Maurice Rheims

de l'Académie française

Les forêts
d'argent

Gallimard

À Bettina
À Nathalie,
indulgentes et rieuses.

Le coucou à la voix si claire, saute et fait danser l'argent de sa robe de buisson en buisson... Dieu que j'écris joyeusement dans la verdure des bois !

Écrit en vieux gaélique, manuscrit du Xe siècle conservé à la Bibliothèque abbatiale Saint-Gall (Suisse).

Dans un garni rue Greneta

Dans le coutumier des quartiers du nord-est de la capitale et jusqu'à ce qu'il est convenu d'appeler la Couronne, il est habituel d'enregistrer, dans le courant d'une nuit qui débute à vingt et une heures pour s'achever vers six heures trente, en saison morte pourrait-on dire, une vingtaine de décès. Dans les quelques heures qui suivent, une fois les identités relevées, vérifiées, on est en droit d'avancer que, pendant quarante-huit heures environ, six ou huit morts, plutôt des hommes que des femmes, risquent de demeurer inconnus des services d'état civil ou de police ; pour la plupart, des gens d'origine modeste, des employés, d'anciens fonctionnaires ; dans la majorité des cas de pauvres types, le plus souvent des immigrés. Le Pérou n'est pas là. Peu d'histoires, sinon de celles qui constituent l'ordinaire d'un monde souvent humble. Le fait divers volontiers se révèle plus sordide qu'atroce.

Est-ce pour éviter le « pépin » que le médecin des urgences, appelé par le patron de l'hôtel Beauséjour, rue Greneta, chambre 9, intrigué par le client étendu de guingois sur le couvre-lit de la chambre Pompadour

— fierté du taulier —, après avoir replié son stéthoscope et constaté le décès, glissa : « Mort naturelle : arrêt cardiaque » et précisa goguenard : « Tout de même, vous devriez faire attention » ?

« Ça vous fait rigoler ? dit l'autre. N'empêche qu'un mort dans mon établissement ! Voyez le tintouin ! »

Le docteur ajouta : « La veste, le pantalon, touchez ça. Du cachemire. Mocassins superbes, qu'il n'a même pas pris la peine d'enlever, des semelles à peine frottées et la chemise brodée J.R.D. Tout ça, je vous le dis, ça sent le "mais"... »

Sans doute quelques réflexions faites sur l'habillement du mort allaient-elles déclencher l'enquête du substitut de permanence. À l'instant de disparaître, il jeta un dernier regard sur le visage : il commençait à blanchir, marquant un bon sourire qui, dans une heure ou deux, se révélerait sarcastique. Ce magistrat, qui ne manquait ni d'instinct ni de curiosité, retarda son départ, amusé, comme s'il avait déjà deviné ce qui allait s'ensuivre.

À l'inspecteur qui l'interrogeait, le patron du Beauséjour déclara : « C'est une certaine Cynthia Beuron, une fille sans histoire qui, en vitesse, est descendue prévenir : son client avait tourné de l'œil encore tout habillé. Je lui ai demandé de rester là.

— Il t'a payée ? » demanda le commissaire. De son sac, Cynthia sortit six billets de cinq cents.

« Trois mille francs pour une passe ? Et tu lui as fait quoi pour ça ?

— Dans le quartier, il est connu. Il n'a que des Pascal, toujours neufs — à croire qu'il les fabrique Vous allez tout de même pas me les piquer ? »

Sous les rabats de la veste apparut l'étiquette en toile blanche du bon tailleur, marquée *D. Caracenni, 2 via Marche, Roma.* Aussitôt, le commissaire pria tout ce petit monde de le laisser seul. Dans les minutes qui suivirent, ça n'allait plus cesser de carillonner dans le réduit du portier du Beauséjour. « Vous, la Cynthia, on va vous embarquer, pas pour vous embêter, juste le temps de rédiger mon rapport. Ça a l'air plutôt sérieux.

— Je peux reprendre mon fric ? reprit la demoiselle.

— T'inquiète, ma cocotte ! » Préoccupé, il ajouta : « T'as l'air d'avoir pêché du gros ! »

Au commissariat, on commençait à y voir plus clair : le client était connu dans le quartier. On l'appelait l'Avocat. On le sollicitait volontiers parce qu'il donnait des conseils et généralement des bons, avec ça généreux. À peine centralisés, les premiers procès-verbaux filèrent au commissariat de la Madeleine. De là, on dirigea l'affaire place Beauvau, à destination du cabinet du ministre. La dépouille prise en charge par l'Institut médico-légal y demeura un court moment. Les résultats de l'autopsie devaient être transmis en main propre au commissaire principal qui, depuis des lustres, doucement tirait des brasses dans les affaires délicates. Vers quinze heures trente, sur le bureau du ministre d'État, on déposait une grande enveloppe kraft où figuraient les pièces principales d'une enquête préliminaire concernant la vie financière et sociale de M. Jean-Robert Debief. Apparemment sans histoire, pas de liaison, du genre sauvage, ne disant jamais bonjour, au revoir, à bientôt, demeurant des six mois sans donner signe de vie ; des aventures amoureuses, à première vue bien simples ; un homme pressé, mais toujours calme, réputé aimable, tendre — le mot revenait à plusieurs reprises. Avec les dames, pas besoin de faire ci ou ça ; en ces temps d'épidémies mortelles, le défunt, comme s'il lui plaisait de jouer avec sa vie, semblait s'en désintéresser. Ça, c'était le privé. Pour le reste, depuis seize heures, des télex tombaient simultanément de partout, particulièrement dans les offices de police et de sûreté. « Jean-Robert Debief, le président-directeur général de "Forêts et Coupes" s'est éteint en ce début de matinée. »

Sur Jean-Robert Debief personnellement, au siège de la société, pas un mot, pas une information : mutisme absolu sous peine de sanctions. À tous les organismes de presse, on devait affirmer ne rien connaître. Depuis onze heures du matin, la belle, la redoutée Rolande, la secrétaire privée du président Debief, nippée le matin en Chanel, l'après-midi par Valentino, s'était enfermée à Courcelles. Dans le courant de l'après-midi, un va-et-vient fut à sa disposition à Vendôme, un autre à Richepanse, de façon qu'elle ne perde pas une seconde de son temps.

Le lendemain, à neuf heures, une estafette du ministère de l'Intérieur l'attendait. Au préalable, le directeur du cabinet lui précisa que le ministre entendait tout savoir. Une fois dans le bureau du patron, elle dit : « Je dirai tout ce que je sais mais cela ne va pas loin : je sais simplement que le président Debief détenait, outre une trentaine de coffres épars à travers le monde, des clés ou des doubles répartis dans une dizaine d'établissements bancaires ; qu'il fallait pour les

14

ouvrir disposer de combinaisons. J'en détiens un certain nombre qui, sur l'heure, peuvent être à la disposition de la justice. Autant de petits coffres, de plis cachetés existent, entreposés dans d'autres lieux archi-cachés, même de moi. Il n'est pas impossible qu'en dépit du souci qu'avait mon patron de préserver "Forêts et Coupes", de respecter des engagements particulièrement secrets, de par le monde, certains relais se mettent à clignoter. Au siège de la société, il y a des instructions, qu'il ne cessait de renouveler, pour qu'après sa disparition tout fonctionne dans le droit-fil des consignes générales. Mais qui peut se vanter de les connaître intégralement ? Le reste, c'est dans sa tête, dorénavant inerte, que tout se trouve. Tout cela, vous ne devez pas l'ignorer. À plusieurs reprises, M. Debief m'avait précisé que de ces sujets, il vous avait tenu informé ainsi d'ailleurs que le président de la République. » Elle ajouta qu'auparavant, il avait dû en être ainsi de ses prédécesseurs. « Je détiens là-dessus un dossier, dont la constitution remonte à la Première Guerre mondiale puis à l'époque de Vichy et dont certaines pièces ont été communiquées à M. Jean-Denis Bredin alors qu'il préparait un livre sur Joseph Caillaux. Il y est question de Barthélemy, l'ancien garde des Sceaux, de Marcel Peyrouton, de Jean Jardin, le conseiller particulièrement écouté du président Laval. "Forêts et Coupes" est un État dans l'État, et ça ne date pas d'hier. On avancera avec prudence. À vouloir en savoir plus, à tenter de prendre le contrôle de la firme, les uns ont perdu leur porte-feuille, d'autres leur honneur. En 1913, Clemenceau avait prétendu à ce propos faire la lumière, allant jusqu'à s'en prendre à Jean-Louis Malvy, alors ministre de l'Intérieur, le propre grand-père de l'actuel député socialiste. Tout cela, le ministre ne l'ignore pas. Dans le grand monde des affaires, pour les uns "Forêts et Coupes" c'est un sigle ; pour d'autres, ce n'est qu'une entreprise forestière, sans oublier, disait M. Debief, revenant volontiers là-dessus, que la forêt constitue une des principales richesses de la France. »

Le ministre écouta, les yeux ronds, ou faisant semblant d'être étonné. « Vous parlez bien, mademoiselle Rolande. Vous avez compris que j'entends tout savoir de ce qui va suivre, en être minutieusement informé. »

À l'instant de prendre congé, il ajouta : « Il n'y a pas si longtemps, M. Debief m'avait fait part du désir d'être au soir de sa vie enterré à côté des restes de son oncle, le chanoine Debief. Pas de problème : je viens de prévenir le préfet du Lot. Le gouvernement tout entier entend répondre au pieux souhait du défunt. Mademoiselle, si cela vous est possible, nous reparlerons de tout cela demain à trois heures. D'ici là, sans doute d'autres choses vous reviendront en mémoire. » Il s'inclina et, saisissant la main de Rolande, la baisa.

De retour à Vendôme, elle se prit à sourire : le ministre avait posé ses lèvres sur la main d'une secrétaire. Décidément, Jean-Robert Debief devait être encore plus important qu'on ne pouvait l'imaginer.

À treize heures quinze, le ministre d'État pénétrait dans le bureau de Premier ministre. « Ah ! le curieux bonhomme qui vient de quitter notre vallée de larmes ! Il en connaissait un bout sur notre planète. Un jour que nous évoquions les fatigues que peuvent ressentir ceux qui à tout moment la parcourent, Debief me révéla qu'au cours de sa vie, il avait de la sorte arpenté le monde pas moins de deux mille cinq cent cinquante fois. Après le décès de Mathilde Declercq, il était devenu son héritier. Et voici qu'on le retrouve trépassé, il y a quelques heures, dans un garni à trois cents mètres de la gare de l'Est, lui un des trois ou quatre hommes les plus riches du monde.

— Tout de même pas plus que le sultan de Brunei ou que les dames Schlumberger.

— Debief, c'est autre chose. Bien plus mystérieux que la dame qui vit à Neuilly dans un petit hôtel modeste. Debief... "Forêts et Coupes"... »

La coupole du soufflé éventrée, l'hôte s'enquit : « Monsieur le ministre d'État, puis-je savoir ce qui provoque votre sourire ?

— Que notre défunt qui s'est éteint hier matin, bon septuagénaire, depuis son plus jeune âge n'avait jamais cessé de baiser. Et quand je dis baiser, c'est quelque deux ou trois fois par jour ! Encore une précision : Jean-Robert Debief le faisait sans précautions et, d'après mes informateurs, sans jamais avoir écopé de rien.

— Sans précautions ! »

Encore un secret que le patron de « Forêts et Coupes » devait dissimuler dans les plis de son linceul.

I

TOUS LES CHEMINS
MÈNENT À VENDÔME

La troublante saveur des mûres

Jean-Robert avait attendu l'automne de sa vie pour retrouver un peu de ses souvenirs. Que s'était-il passé sur l'almanach mémorial, entre sa petite enfance, place Possoz, à Passy, et son adolescence cadurcienne, ce temps charmant qu'il avait passé au bord du Lot, orphelin recueilli à l'âge de onze ans par son oncle chanoine ? Voulait-il des images, généralement c'était à l'instant de sombrer dans le sommeil que des silhouettes se pressaient, pareilles à ces garçons et filles qui faisaient de grands signes aux passants, depuis la plate-forme de l'autobus qui de la Muette desservait la rue Taitbout. Bras levés, ils exhibaient des panneaux où apparaissaient des fragments de décor de l'appartement familial, des visages de mères, la vraie, les autres, maman Angela, maman Denise ou Dorothée. Il y eut même une Fugiwara que son père avait, paraît-il, pêchée, égarée, haletante, à la recherche de son autocar touristique, quai des Tuileries. Niponne, elle dura le temps d'une inclinaison jusqu'à Lina, la Bulgare.

À plusieurs reprises, M. Debief avait précisé, comme s'il était important que son fils en fût informé, que Mily était anglaise, que la blonde Sonia, qui habitait rue des Quatre-Vents, n'avait de russe que son prénom. À en croire son père, il y en eut que l'enfant aima, qu'il embrassa sans réticence, qui le trouvaient mignon. Pour ne pas s'y perdre, il eût fallu être physionomiste, de ce métier particulier où, au casino, piétant à l'entrée des salles de jeu, des messieurs à l'œil vif trient entre le tricheur, le maniaque sexuel ou celui qui espère tout du 17. Ainsi dut-il lui arriver de saluer d'un « Bonjour, Marie-Blanche » celle que son père venait de prénommer Nadège. Il se souvenait également d'une Erika, que, conquis par la joliesse de son nez, la courbe de ses joues, la rondeur de ses lèvres, il embrassait sans qu'elle l'en priât. Des décennies plus tard, il retrouvait le trouble qu'il avait éprouvé à étreindre sa main, à la couvrir de baisers, à tenter de forcer en vain la barrière de ses dents.

C'était ça la vie à Passy : mille et mille dadames, qui faisaient rayonner son père de fierté, comme s'il visitait le plus sublime musée du monde, lui qui, sans doute, n'avait jamais fichu les pieds au Louvre. À Jean-Robert, il demandait laquelle, de celle-ci ou de celle-là, lui semblait la plus jolie. Au début, l'enfant répondait au hasard, sans comprendre à quoi rimait la question. Il ne tarda pas à y prendre goût, et se mit à réfléchir gravement à cette profusion de choix. « Et son derrière, comment le trouves-tu ? » C'est une partie du corps qui requérait particulièrement l'attention de M. Debief, telles les rondeurs d'une Marie-Ange qui dut avoir bon train pour s'installer à demeure. C'était peut-être aussi parce qu'elle faisait si bien les croquettes de poularde en ces années où, au marché d'Auteuil, la volaille de ferme n'était pas chère.

Lorsque, de guerre lasse, désenchantée par les campagnes de son mari, sa mère s'éteignit, Jean-Robert allait sur ses six ans. Il lui fallut changer ses fusils d'épaule en voyant débarquer Sophie, son aînée de sept ans, jusqu'alors en pension à Coutance chez les dominicaines. C'était la première fois qu'il la voyait, du moins en eut-il l'impression. Peut-être s'étaient-ils croisés, sans que Jean-Robert y attachât d'importance. Leur père avait décidé qu'il vaudrait mieux que frère et sœur vivent désormais ensemble, à la maison. À peine les affaires de Sophie déballées, M. Debief les prévint que, ce soir-là, et probablement toute la semaine à venir, on le trouverait plutôt aux abonnés absents. La femme de ménage s'occuperait de tout. Ils ne la virent guère non plus celle-là.

Dès ce premier soir, Sophie prit son frère à bras-le-corps, le renifla : « Mais c'est que tu sens mauvais ! tu pues, garçonnet. À poil ! » Elle ouvrait des robinets tout en lui caressant le dos de la paume : « Retourne-toi. Un garçon, et à demeure, c'est drôlement amusant. Je t'emmènerais chez les religieuses, ça ferait un de ces cirques ! C'est vrai que ça bouge. » Et, l'enlaçant : « Tu vas voir, on va apprendre à mieux se connaître, maintenant qu'on va vivre ensemble. »

Puis, comminatoire, elle lui fit part du règlement. Puisqu'il était son cadet, il lui servirait de valet. Il devait s'appliquer, apprendre à rouler ses bas, à lui retirer ses chaussettes, sa chemisette. « Tu pourras me toucher. Tu auras le droit : je suis ta sœur. »

Il apprenait. Elle guidait sa main, d'abord un doigt, puis deux. À écouter Sophie, elle et Jean-Robert ne se quitteraient jamais, ils vivraient ensemble éternellement. Lorsque leur père s'en revint, il se déclara enchanté : manifestement, ses deux enfants allaient s'accorder.

Ensuite, les souvenirs se brouillaient. Sans qu'on eût pris la peine de lui demander son avis, avant la fin du trimestre précédant les vacances, il se retrouvait interne chez les frères de Passy. Un après-midi, en pleine classe, son père était venu le chercher au pensionnat. Il avait évoqué une ambulance, qui avait emmené Sophie. Lorsque Jean-Robert était arrivé chez lui, tout était fini. Bien plus tard, l'oncle chanoine lui révélerait qu'il avait refusé d'aller voir sa sœur sur son lit dernier, de se rendre à l'église, au cimetière.

Sophie est inhumée à Cahors, dans le petit lopin de noyers où reposent plusieurs des Debief, au bord du Lot, un si joli coin. Vingt-cinq ans après sa mort, Jean-Robert ressentit sa présence, lors des funérailles de l'oncle. Depuis lors, il n'y était jamais retourné. Des instructions étaient enfermées dans son coffre pour que, à son tour à l'heure fixée par le Seigneur, il y soit mené.

La roue du temps avait tourné si vite que Jean-Robert, durant toutes ces années, s'était convaincu d'avoir chassé ces ombres de son esprit. Lorsqu'elles surgissaient, fugaces, fragiles, il s'en étonnait, haussait les épaules comme pour s'en alléger. Pourtant, jamais il n'oublierait la saveur du liquide que, du bout de ses doigts, Sophie lui donnait à lécher, plus chaud que la tiédeur de son corps, ce goût de mûres écrasées qu'il cueillait en automne.

Maintenant qu'il avait pris de l'âge, de temps à autre lui venait l'envie d'aller sur sa tombe s'asseoir sur la dalle mousseuse, de prendre son temps pour lui conter ce qu'il était devenu, la prier de ne pas lui en vouloir de l'avoir négligée depuis lors, elle qui, si elle avait réapparu, lui aurait à l'instant même sauté au cou. Il l'aurait déshabillée, en l'écoutant murmurer : « Pour ton âge, tu sais encore y faire ! » Gravé dans sa mémoire, il conserva toujours le dessin de son nombril, tracé un peu de travers, à peine visible, comme la morsure d'une épine.

De tout cela le chanoine, qui devait en savoir long, ne laissa jamais rien paraître. Costaud dans une soutane épaisse, moirée de maculatures, il assuma comme il faut, tout au long de sa vie, sa tâche dont la principale consistait à veiller sur sa famille cadurcienne. Fort, il fallait l'être pour successivement mener les siens au tombeau. Exécuteur testamentaire du père de Jean-Robert, le chanoine confia à son neveu, au lendemain de la disparition, que son joyeux drille de frère n'avait pas eu le temps « de tout bouffer avec ses poules » : « De ta sœur Sophie, tu trouveras des nippes. Elle avait souhaité que je te les remette. Ça ne pèse pas lourd. »

Depuis lors, à Richepanse, dans la grande et belle armoire Louis XIII en noyer aux armes des évêques de Cahors, un emplacement est réservé pour le linge de Sophie. Ça pue l'antimite ; pourtant, encore aujourd'hui, en y replongeant son nez, Jean-Robert Debief retrouve, toujours aussi têtue, l'odeur de mûrier salée-sucrée des lèvres de sa sœur Sophie.

La goutte militaire

Bientôt soixante-quinze ans. À l'approche d'une nouvelle décennie, à nouveau Jean-Robert se livrait à de ces équations où, partant de ses origines, de ses souvenirs, il harcelait sa mémoire ; sans grande satisfaction, sans passion : si peu méritait d'être retenu, sinon du fragmentaire. Pour le reste, des périodes de trois ou quatre années avaient disparu comme ces notules que les gamins confient à des mémentos constitués d'une feuille de Plexiglas plaquée sur un support métallique, qu'il suffit de manipuler pour que tout s'efface. En y regardant bien, sous certains angles, la pointe a pu laisser des traces permettant de déchiffrer ce qui a été marqué, dénué d'intérêt sinon peut-être pour l'analyste qui, doué de sensibilité, avancera que, dans telle ou telle de ces strates, le client aura intérêt à revenir, à étendre ses fouilles comme le chercheur qui promène sa « poêle à frire » sur un lieu propre à receler le trésor. Si la chance le favorise, il déterrera une boucle dorée, une simple bague, à moins qu'il ne s'agisse tout simplement d'un anneau de rideau. L'essentiel est que tout cela amuse.

« Essentiel : ce mot, pour la première fois Jean-Robert a dû l'entendre prononcer par son oncle le chanoine, par lui souvent répété. « Essentiel », et en quoi ça consiste ? Jean-Robert revint sur la question. L'oncle haussa les épaules.

Serait-ce qu'il n'aurait pas la foi, qu'il lui arrivait de douter ? Le prêtre hochait le tête. « Et d'où tiens-tu donc que j'ai la foi ? Peut-être parce qu'à la cure où à la mort de tes parents je t'ai recueilli, je portais la barrette, d'abord parce que je suis chauve, et ça depuis le séminaire que je ne cesse de m'enrhumer, et puis le couvre-chef ça allait de pair avec la soutane, façon jupe. La foi ! Parce que ça faisait plaisir à ma mère, gentille personne, que je "fasse curé" comme on dit à Gramat. Le dimanche, à l'issue de la messe de onze heures ou en semaine — inhumation, enterrement, mariage et *tutti quanti* —, hormis le desservant, le bedeau et un ou deux paroissiens qui votaient à droite, le reste des citoyens, ostensiblement faisant le pied de grue devant le portail gothique sans jamais entrer, dissertait à haute voix pour savoir si on allait faire passer Jean-Louis ou Anatole au premier tour, ou bien si, pour les punir, en guise d'avertissement pour ne pas avoir procuré à l'un le bureau de tabac, à l'autre fait rétablir son permis de pêche, ils ne passeraient qu'au deuxième tour. » C'était ça à l'époque, pour les gens du Lot, l'« essentiel » : cela enrobait aussi bien le confit d'oie de la mère Couderc que l'arôme du cahors 1937.

Ce matin-là, Jean-Robert allait sur ses quinze ans, l'oncle maugréait.De sa voix qui d'un mot à l'autre suivait le texte, sautant de la lecture des Prophètes à l'Évangile de saint Marc, disant la messe façon latin, à l'escarpé comme la rivière rageuse d'être, pour quelques instants, emprisonnée dans les gorges du Lot, il articula : « Dis donc, garçon, ça n'a pas l'air d'aller. Tu as la mine verte. À l'école, on ne vous a donc pas mis en garde contre le danger pour la santé des pratiques solitaires ? » De la scène, des propos tenus dans la bibliothèque où habituellement ils se tenaient, de l'aquatinte où Ravaillac plonge le poignard dans le thorax du roi de France, du devant de feu en tapisserie, des chenets en fer où on se chauffait les pieds... de tout cela Jean-Robert se souvient d'autant plus que ces choses, à la mort de l'oncle, il en a hérité, comme des sept hectares, biens ancestraux que les siens détenaient depuis des siècles. Patraque, nauséeux, transpirant, le petit Jean-Robert, assis sur la lunette en noyer ciré des cabinets qui donnaient dans le couloir, la culotte déboutonnée, les deux mains agrippées à la chasse d'eau, hoquetait. Rien ne passait. En même temps, redoutant que, dans le conduit à pisse, désormais ne roule un fleuve de feu, il demeura ainsi des minutes et des minutes jusqu'à ce que, sans autre forme de procès, le chanoine pousse la porte. « Je ne peux pas, mon oncle. Ça fait trop mal. » Il était pourtant aguerri : chef aux Scouts de France. En avant pour sainte Jeanne ! Mais elle, ce matin, devait être loin d'ici, à Domrémy, rêvant à son roi. L'oncle lui dit : « Reboutonne-toi, de ce pas on va chez Dauliac. » Par chance, en cette fin du jour, la consultation s'étirait. Sans prendre la peine de l'interroger, Dauliac l'attrapa et, comme s'il s'agissait du pis de la vache, entreprit de le traire. Il hurlait. « Ben mon garçon, on t'a drôlement arrangé ! » Et, se tournant vers l'oncle : « Une chaude-pisse, sauf votre respect, et *da prima cartello,* si parfaite en son genre que, sans avoir encore eu le temps de servir dans les chasseurs à pied, le neveu a bel et bien écopé de la goutte militaire. » Du doigt, il caressa les faces de deux plaquettes en verre, les fixa avec un élastique : « File sans tarder à l'hôpital. Je te griffonne un mot. »

Le lendemain le laboratoire confirmait le diagnostic : « Des gonos, mon garçon, plus nombreux que les angliches à Bouvines. Sur l'heure, je te fais un premier lavage, le soir un autre. Ça risque de faire mal. On persévérera. Et peut-on savoir qui t'a collé ça ? » Jean-Robert hochait la tête ; les cheveux en brosse, haussant les épaules, ça ne regardait personne. Dans les heures qui avaient suivi, à force de boire à s'étouffer, les choses étaient revenues à la normale. Il pissait de quoi enfler le cours du Lot, repissant cette fois pour le plaisir. À l'hôpital, Dauliac à nouveau pressait le bout : rien, archi-rien ! Pas croyable. Il n'avait jamais vu ça. L'oncle lui dit : « Tu parles de ça comme si tu évoquais un miracle ! Que je sache, c'est plutôt dans la boutique au curé qu'on les distribue. » Le cas apparut assez étonnant pour que l'urologue, dont la réputation était grande et justifiée dans le département et les entours, publiât à ce propos une communication où observations et analyses rendaient compte à l'académie de Toulouse du cas Debief. Il y a bien plus de cinquante ans de cela, et pourtant le nom de Debief est toujours évoqué.

À Richepanse par Rivoli

Dix-neuf ans, études secondaires terminées, l'oncle pour la circonstance monta à Paris inscrire le gamin à la faculté de droit. L'argent hérité des parents fut employé à chercher un logis. Tous deux passèrent des journées à pousser des portes, à écouter les litanies des courtiers, jusqu'à ce qu'ils dénichent rue Richepanse, à l'ombre de la Madeleine, un trois-pièces, salle de bains, cuisine. « Te sens-tu bien ici ? » Le soir, à quelques mètres de là, ils mangèrent des huîtres. Jean-Robert rue Richepanse, l'oncle de retour à Cahors, il n'y avait guère de jour où ils ne s'enquissent chacun de leur état. Les vacances scolaires venues, le petit rejoignait la cure. De temps en temps, le chanoine demandait : « Depuis ce qui t'est arrivé à ta quinzième année, jamais plus tu n'as été souffrant ?

— Jamais, mon oncle.

— C'est bien, disait-il. Si la nature humaine est faible, de temps à autre elle est plutôt bonne. Prends-tu au moins des précautions ? » Jean-Robert entendait le rassurer, mais comment lui révéler que depuis sa mésaventure avec Lucie, brunette bien connue à

Cahors sous le sobriquet de la petite Lucie, il avait sans dommage traversé mille et mille régions orageuses. Dorénavant, comme par elle vacciné, il couchait à tous vents ; d'une dame à l'autre, roulant une bosse indéformable. Ça avait fini par se savoir : autour de Saint-Lazare, de Notre-Dame-de-Lorette, de la place Clichy ; certaines le prenaient pour un phénomène. Se piquant au jeu, gobant ce que le sort lui offrirait, ce que les meilleurs portiers d'hôtel lui réserveraient, entre une entrevue avec un chef d'État ou un des forestiers les plus fortunés de la planète, Jean-Robert se délecterait sans jamais écoper de la moindre disgrâce. Du Claridge de Londres au Ritz de Paris ou au Pierre de New York, de Bombay à Anvers ou de Glasgow à Philadelphie, rien au monde ne devait l'empêcher de sauter d'un matelas à l'autre, pour se retrouver le surlendemain à des milles et des milles de là, plateau de thé sur les cuisses. Gracieux effet de la mémoire, jamais ses souvenirs pour l'oncle ne faiblirent, son image demeura, celle de sa barrette qu'il portait un peu canaille sur l'œil, traits et expressions qu'il avait retrouvés sur les faciès de défunts qui, tout suaire dehors, rigolards et atroces, dentiers indestructibles, se pressent dans les sous-sols de la chapelle des Capucins à Palerme.

Avec le temps, la tête de Jean-Robert devenue cassette, conservatoire de ses souvenirs, de ses impressions fugitives, à volonté lui restitue le principal : la petite Lucie qui, depuis ses quinze ans, continue à occuper ses pensées. À Cahors, des années plus tard, à l'issue des obsèques de l'oncle, il passa la soirée à tenter de la retrouver. Lucie, on s'en souvenait ; dommage, ce soir elle n'était pas là. Revenez ! Il est revenu il y a une dizaine d'années de cela. À l'instant d'atterrir au Bourget, il avait prié le pilote de mettre son cap sur Cahors, demandé au radiotélégraphe qu'un taxi l'attende en bout de piste. « Lucie ? Attendez donc ! » Au bar de la Liberté ça disait quelque chose ; à trois cents mètres de là, Aux Amis : « Lucie ? Une brune ! C'est pour le monsieur qui demande. » Au chauffeur, il dit : « À l'aéroport ! »

Lucie, soixante ans et des poussières, pourquoi continue-t-elle à demeurer présente avec son visage dont à l'époque on disait qu'il ressemblait à celui de Lucia Bose, une actrice italienne alors admirée ? Lucie, survivante, aurait son âge. Lucie, il croit même se souvenir de quelle manière elle perdait la tête, et que professionnelle déjà, soucieuse de plaire, elle ronronnait, jambes écartées, des deux mains dirigeant la tête de Jean-Robert à l'étouffer dans de sombres et délicieuses boucles drues sous la langue. Relevant la tête, à la vue des lèvres de la petiote, Jean-Robert — tel le pilote d'hélicoptère aux commandes de son appareil qui s'émerveille au spectacle offert par des canyons profonds taillés dans les falaises, les uns couleur anthracite, les autres clairs comme le grès d'Alsace —, à s'approcher des chairs éprouvait un joli trouble.

De temps à autre Henriette surgissait, comme l'image jaunie d'un hebdomadaire jadis voué à la vie heureuse, qu'on retrouve après qu'il a servi à envelopper des tasses à café et leurs coupelles fragiles. Jean-

Robert, en butte à sa mauvaise conscience, comme pour punir sa mémoire de l'avoir privé de ses traits, s'efforçait toutefois d'ameuter quelques réminiscences, pour lui importantes, concernant les façons dont l'un et l'autre s'y prenaient. Cela remontait au temps où tous deux affrontaient la « Conférence du stage ». Ironie du sort, Henriette menue, dont le nom aurait dû évoquer par la taille une épouse monarchique, arrivait à peine à la poitrine du garçon. Brillante civiliste, on s'attendait qu'elle fût désignée pour être la première. Elle devait se retrouver quatrième alors que Jean-Robert, son jeune confrère, sans effort, nourri de son sujet, orateur émérite, fut cette année choisi comme premier au concours. À l'instant où l'on proclamait les noms, tandis que les regards se portaient sur lui, Henriette tout en battant des mains avait fondu en larmes. Elle renifla. À Jean-Robert penché sur elle qui l'avait prise dans ses bras, elle disait : « Je suis contente pour toi. »

On alla fêter les résultats au Balzar. À une heure du matin, sur le trottoir de la rue des Écoles, elle sanglotait. On héla des taxis, mais nul n'entendait pousser jusqu'à Nogent. « Je loge chez mes parents. » Elle pleurait de plus belle. Un passant s'approcha — trois têtes de plus qu'Henriette : « Il t'emmerde ce mec ?

— Pas du tout, dit-elle, c'est mon frère. » Plus tard dans la nuit, allongée sur le lit de Jean-Robert, elle le couvrait de baisers. À bouger son corps menu, à saisir ses doigts, à les guider, elle éprouvait là plus de satisfaction qu'à tenter de dépasser le jeune maître sur les chemins montueux et escarpés qui auraient pu un jour le conduire jusqu'au bâtonnat. Lui, bon garçon, se devait de bander. Comme elle semblait y prendre beaucoup de plaisir, interprétant ses réactions comme des signes de reconnaissance, il se persuada que la moindre des courtoisies l'amenait à l'épouser. Il décida de la présenter à l'oncle.

Entre-temps, Jean-Robert — décidément on n'était pas à une heure près —, salle des pas perdus, s'éprenait d'une rousse. À la buvette du Palais il lui jura sa foi. Rousse, éphélides sur le nez et aux joues, dans ces tonalités elle fut la première. Alezane, elle chevauchait le jeune et ardent Cadurcien. Henriette, informée, avala deux tubes de Gardénal. De l'hôpital on chercha à joindre Jean-Robert qui, malheureusement en ce mois de juin radieux, enfermé à l'Académie de billard, rue des Entrepreneurs, enchaînait les caramboles. Il courut au chevet : trop tard !

« Elle s'en est allée sans mot dire », dit une infirmière à ce visiteur qui avait l'air plus interdit que peiné. « J'aurais dû être là » se répétait-il, comme déjà il aurait dû être là, il y a cinq ou six ans, lorsque son père s'était éteint.

Ce matin-là, fasciné par la mort, le rideau grand ouvert, en plein soleil, le vieux monsieur n'avait pas laissé un mot pour son fils. Depuis lors, il faudra à Jean-Robert être disponible, quelle que soit l'heure, le méridien, le coin du monde. « Mme Mathilde a téléphoné... » Des années ont passé. Pourtant, il ne cessera jamais de demeurer sur le qui-vive. Parfois, il se laisserait bien aller, mais, sait-on jamais, des fois que Mathilde ait besoin de lui. À la pointe du jour, lorsque les ressorts de son horloge se détendaient, oubliant enfin Henriette, son père, peut-être même, pour quelques instants, Mathilde, il s'endormait.

Jean-Robert se sentait à l'aise, pas trop dépaysé dans les trois pièces de la rue Richepanse dont la plus grande n'excédait pas quatre mètres sur cinq. « N'en faites pas trop », avait-il dit aux petits artisans dénichés dans le coin. Il garda le chauffe-bain et son brûleur à gaz où, l'allumette frottée, s'ensuivait un raffut qui, jadis, maintes fois dans le sanitaire familial l'avait fait sursauter. L'oncle lui avait dit : « Je t'expédie quelques meubles qui encombrent le presbytère. Ils devraient faire bien chez un avocat. » Là, le dos à la lumière qui par une lucarne filtrait de la cour sur le bureau néo-Renaissance, il posait ses dossiers. Faisaient face deux fauteuils Louis XIII qui avaient dû en connaître un bout du temps où l'aïeul exerçait la profession de notaire ; des fauteuils aux accoudoirs polis par des mains fiévreuses à l'instant où le maître rompt le scellé. D'une cantine longue et verte comme une prolonge d'artillerie, Jean-Robert déplia une lourde tapisserie tissée à Felletin au temps de Marguerite de France qui, après trois siècles, semblait encore bruire d'actions héroïques remontant à l'époque où le roi Darius n'en finissait pas de résister aux assauts du grand Alexandre ; une tenture qui devait dissimuler la cloison qui séparait son bureau de la salle d'attente. Le reste, il l'acquit chez les petits antiquaires qui nichent à l'ombre de la rue Saint-Roch, dans une des cinq échoppes qui, dans le quartier, sont les dernières survivantes des boutiques qui fournissaient le nécessaire et le superflu au temps de l'ancienne monarchie.

Jean-Robert se demandera toujours quel motif profond le conduisit à choisir ce coin de Paris, ce logis modeste, à bâtir là le château de ses songes. Ce quartier, il l'adoptera non parce qu'il lui apparut particulièrement aristocratique, mais parce qu'il recelait un passé à la fois bourgeois et artisanal : il se sentait là rassuré. Le chemin qu'il allait suivre pendant une quarantaine d'années, de la Madeleine à la Cité, s'ouvrait pour lui comme un livre d'histoire plaisamment historié.

Dans le bain qu'il faisait couler frais, le réchauffant à petits coups de robinet, il s'interrogeait sur ce bonheur qu'il semblait avoir trouvé là. Ça l'amusait, en sortant de chez lui, de mettre ses pas là où, il y a deux siècles, les grands de la Convention avaient dû mettre les leurs. À moins de deux cent cinquante mètres, rue Saint-Honoré, à la hauteur du 398, Robespierre avait vécu les derniers jours de sa vie. Peut-être comme lui, amoureux d'une Charlotte, il l'aurait invitée à croquer la galette sablée, cuite chez le pâtissier viennois à deux pas de l'actuelle Cour des comptes et du parvis qui allait devenir le rendez-vous des Polonais en exil. Poussant plus avant, il risquait de croiser l'esprit de Mme Joffrin qui, à partir de 1750, avait reçu ce qui comptait de plus élégant, de plus aimable, de plus cultivé, pendant qu'au 382, Mme de Tencin, dans son ventre, mitonnait un petit garçon qu'à l'aube elle déposerait sur les marches de l'église Saint-Jean-le-Rond. De la sorte, d'Alembert débuta ici sa vie. Au 374, Chateaubriand avait reposé ; à la même adresse Marivaux avait croisé Diderot. Un peu plus bas, au 278, Mlle Bécu brodait des collerettes destinées à son aimable clientèle. La Bécu, un nom auquel elle allait bientôt préférer celui de Du Barry. En longeant le trottoir, traversant à la hauteur de Saint-Roch, grimpant sur le perron, Jean-Robert se mêlait aux fantômes des canonniers de Bonaparte, nobliau ajaccien qui, sans gêne, avait expédié sur les royalistes assez de plomb et de bronze pour qu'au soir du 13 vendémiaire an IV, meurent couchés sur le granit trois cent vingt-huit braves.

Quand Jean-Robert assumera la direction de « Forêts et Coupes », il bénira le sort de l'avoir fixé là. Sur le parcours qu'il devait emprunter jusqu'à la place Vendôme, il pouvait mieux juger de l'évolution du monde, de la société, de la mode. Comme pour le rassurer également, il mesurait à quel point, en trente-cinq ans, la chaussée s'était peu modifiée. Si tant de commerces avaient disparu, les « fonds » étaient demeurés les mêmes. « Tout de même, monsieur, la rue n'est plus ce qu'elle était, affirme, désolé, l'excellent bottier arménien. Il faut avoir l'âme chevillée au corps pour, en dépit de la crise, tenir comme nous le faisons à quelques-uns. Ces bottines à œillets, prenez-les en main ; je les ai dessinées, et les cuirs, je les ai cousus moi-même. Si je veux les vendre, il m'est nécessaire de singer le tout-fait. Je vous le dis, le monde tourne à l'envers. »

Ces façades, Jean-Robert aimait en déchiffrer les secrets. Tôt dans la vie arpenteur de la cité, aujourd'hui septuagénaire qui tenait dans ses bras, dans sa tête, sur ses mille comptes bancaires une fraction de la fortune de la planète, il trouva toujours là à se divertir. Tout au long de ce chemin qui s'étend des anciennes halles jusqu'au coin de la rue Royale, il se disait que ça vaudrait la peine d'attendre le Jugement dernier pour voir se relever, épousseter os et poussière incrustés dans leur suaire, saluer au coin du prochain carrefour : Lavoisier, Cyrano de Bergerac, Molière, le duc de Beaufort, roi des Halles, Jeanne d'Arc, Gabriel d'Estrées, Fouché, le pâtissier Ragueneau, Pluvinel l'écuyer et Philidor le joueur d'échecs, sans oublier Buffon.

Modestes débuts

Encore en 1995, d'anciens condisciples de Jean-Robert au lycée de Cahors auraient pu compléter les cartons d'un puzzle dont des éléments souvent importants, avec le temps, ont disparu. Jean-Robert fut-il comme on dit un arriviste ? Il ne le pensait pas ; disons plutôt un fataliste, d'une certaine manière un joueur qui ne l'était guère mais qui, si le sort glissait un quatrième as à son brelan, « filait » sa carte, prenant son temps, d'une part pour savourer sa chance, d'autre part pour, quelques instants, mieux jouir de la déconvenue de ses partenaires. Cela faisait partie de sa curiosité. On la retrouve à tout moment. De même, il va bientôt être ici question d'argent, de beaucoup d'argent, de sommes folles comme on dit. On se gardera de juger Jean-Robert. Ce n'était pas d'argent qu'il s'agissait, mais plutôt de broder de nouveaux motifs sur le canevas où il espérait qu'un jour, il réussirait à ajouter des épisodes à une histoire complète du droit et de ses jurisprudences.

Jean-Robert allait faire de modestes débuts au Palais. Venu de sa province, il dut apparaître aux yeux des anciens comme jadis ce canoniste, cadurcien lui aussi, qui à la stupéfaction générale fut jugé digne d'être l'évêque de Rome.

Ses premiers gestes furent exemplaires. Sans doute souci d'économie d'un débutant, d'un petit provincial déjà fasciné par le secret, Debief, vers dix-neuf heures, le dernier dossier clos, passait une heure ou deux, à l'image des écrivains anglo-saxons, progressant dans de modestes disciplines — la frappe des lettres, la tenue de sa comptabilité, la remise de ses notes à jour. Pour venir à bout d'un travail allant en augmentant, il se levait au petit jour. Il allait prendre son café-croissants au Dauphin, achetait la presse au kiosque des Capucines. Il y avait les pannes de sommeil ; elles le prenaient un peu avant le lever du soleil. L'oncle lui avait dit : « Ouvre ton missel. Il te tiendra quelque peu éveillé jusqu'à ce que l'apôtre achève de t'endormir. » Jean-Robert, plutôt que d'ânonner des textes saints, déambulait aux abords du Printemps, entreprenant un brin de conversation avec Charlotte ou Marie-Ange. « Je t'emmène, bonhomme ? Ma voiture est garée rue Caumartin. » Une heure plus tard, Jean-Robert de retour, à pied d'œuvre, prêtait l'oreille à qui s'adressait à lui, quitte à ce qu'après avoir écouté le visiteur, il lui conseille de s'adresser à un autre de ses confrères, prétextant qu'il ne prenait plus de nouveaux clients ou qu'en ce genre d'affaire, il ne se sentait pas en situation de bien défendre ses intérêts. Toute consultation ne devait pas dépasser les trente minutes. À l'issue de celle-ci, la personne tardait-elle à évoquer les honoraires, Debief les réclamait comme ces marchands qui, vendant d'honnêtes produits, estiment que sur l'heure, ils doivent leur être réglés. Venaient s'ajouter des demoiselles amies. Généralement, c'était urgent. Elles ne savaient que faire ! On les avait prises la main dans le sac. Celles-là, Jean-Robert les recevait sur-le-champ. Il lui arrivera même de reculer d'un moment un conseil de haute importance pour se consacrer à Jeanne, à Mado, à Joséphine. « Ces filles, t'est-il arrivé de t'éprendre de l'une d'elles ? lui demandera Mathilde.

— C'est ma famille ! » répliquait-il. Famille nombreuse où des rejetonnes choisiraient d'être galantes et les autres d'être leurs défenseurs.

Son goût pour le droit, dénouer des rets souvent minces comme des fils de soie, mais sur lesquels on pouvait bien faire trébucher le gêneur, l'enchantait. Plus volontiers intéressé par l'histoire de la Loi que par ses applications pratiques, il donnait des articles à la *Gazette du Palais,* de plus en plus commentés. Le téléphone sonnait-il, il décrochait, il écoutait, plutôt étonné que quelqu'un s'avise de le consulter. Il en fallut du temps, bien après qu'il fut en charge de « Forêts et Coupes », pour qu'enfin il prenne conscience de sa notoriété. Les plaidoiries terminées, l'affaire gagnée ou perdue, il s'en allait féliciter son confrère, l'assurer qu'il avait mieux plaidé que lui ; puis, empruntant le grand couloir, qu'il vente, qu'il pleuve, il filait par la rue de Rivoli, ses arcades, rejoindre la rue Richepanse.

Des décennies plus tard, au lendemain de sa disparition, on devait retrouver, rangés soigneusement, les carnets à souche sur lesquels il s'était obligé à inscrire les sommes reçues ; pour les chèques, utilisant les bordereaux fournis par l'établissement, il allait lui-même les déposer à l'agence bancaire la plus proche, à quelques pas de la rue Royale. Semblable manière d'agir lui convenait. Quant à faire le moindre effort pour accroître sa clientèle, toujours il s'y refusa. On dira que tout cela est propos de circonstance, qu'au jour de sa mort, il était devenu l'un des personnages les plus importants du monde.

Au lendemain de la fermeture des tribunaux, maître Debief donnait quelques tours de clé. Le temps de l'été, il allait le passer à Cahors. « Tu as déjà meilleure mine. Dans ton Paris, on travaille trop. » Et l'oncle d'ajouter : « Sais-tu que l'on parle beaucoup de toi ici et plutôt en bien, le président de Monzie particulièrement. Brigue le Conseil général. Il me l'a assuré, tu auras son soutien. » Mais Jean-Robert, à l'idée de battre les estrades, de hanter les sacristies, de défendre les intérêts des producteurs de noix, reculait. Le président des radicaux, sans attendre son accord, laissant entendre que, volontiers, Jean-Robert se laisserait porter à la tête des Jeunesses radicales. Deux mois plus tard sous les acclamations, Debief se trouvait investi. Il remercia, se déclara touché mais la politique n'était pas son affaire. L'oncle saisit le téléphone en bakélite noire, grisé à l'usage, à la disposition des anges et de ses paroissiens. « En ville on est navré, on fondait beaucoup d'espoir sur toi. En réalité, si je comprends bien, c'est d'aliéner ta liberté qui t'embête, mais cette liberté qui te tient tant à cœur, finalement pour toi, en quoi ça consiste ? »

Jean-Robert raccrocha. Il ne pouvait pas dire au chanoine que la conception qu'il avait de sa propre

44

liberté consistait à baiser à tous vents comme la petite fille qui, sur le dictionnaire Larousse, sème de la même manière. L'oncle lui avait dit : « Chez nous, la tradition veut qu'on mange bien. Une table raffinée, c'est bon pour les affaires. J'ai hérité d'une petite-nièce, Catherine, en place depuis un an chez les Couderc à Souillac, selon eux inégalable dans l'art de faire roussir la pomme sarladaise et mijoter le gigot de sept heures. En réalité, il en faut plus de huit pour le bien disloquer. Catherine, je ne l'ai pas revue depuis sa communion. Elle était déjà mignonne à ce moment-là. Comme on a plutôt le sang au bord des lèvres dans la famille, on ne déteste pas, à l'occasion, trousser la bonne, bien sûr si elle accepte ; sainte femme à sa manière ; tu risques de te retrouver papa. Jadis, c'était comme cela que ça se passait. Bonne de curé qui respecte Seigneur et maître, c'est tout de même l'idéal.

— Mais je ne suis pas curé, mon oncle ! dit Jean-Robert.

— Laissons faire le Ciel, il a réponse à tout. »

C'est vrai qu'elle était jolie, Catherine. Une carnation fauve, pommelée, qui au moindre mot se teintait de framboise. Au début, il venait des idées à Jean-Robert : la jeter sur le grand lit Louis XIII, dégrafer sa blouse, faire glisser la fermeture Éclair qui, suivant la courbe de ses reins, invitait irrésistiblement à s'abreuver comme ces chemins qui, en pente douce, conduisent jusqu'au creux de la source. De temps à autre, sous un prétexte quelconque, il s'égarait dans la chambrette qu'elle occupait en face de l'office. Si d'aventure elle avait abandonné une culotte, il repensait à ce qu'il venait de lire : qu'au Japon, à Tokyo, un marchand de lingerie avait fait fortune, rachetant aux jeunes ouvrières, aux écolières leurs dessous qu'il payait d'autant mieux que la pièce de lingerie était proposée brute de tout lavage.

« *Il s'agit là d'affaires considérables...* »

Il fallut du temps, de surprenants concours de circonstances souvent déconcertants, de la chance également, pour que l'obscur robin cadurcien, reclus jusque-là dans un trois-pièces de la rue Richepanse, se retrouve, trente ans plus tard, à travers des imbrications et des réseaux aux galeries plus ténues que celles que tracent les vers dans l'orme, l'égal des plus grands de ce monde.

En cette fin d'après-midi, Jean-Robert s'apprêtait à quitter le Palais lorsqu'un appariteur s'approcha — il avait eu du mal à le trouver ; le bâtonnier tenait absolument à le rencontrer. « Notre confrère Tristan, une des nobles figures de notre Palais, s'est effondré hier à la fin du jour, terrassé par un malaise. Il m'a demandé d'aller lui rendre visite. Il a insisté, en dépit des instructions de l'hôpital. C'est de toi qu'il m'a parlé, de la crainte qu'il a de voir des dossiers importants s'égarer entre les mains d'avocats ou de conseils qu'il ne connaît guère, ou alors trop bien. Il s'agit là, paraît-il, d'affaires considérables aussi bien sur le plan financier que sur le plan national. Il est revenu à la charge : je devrais insister auprès de toi. Tristan est un type bien. Je sais que ce genre de situation te déplaît, mais c'est là une question d'éthique et de confraternité. »

En 1924, François Tristan, après avoir présidé la Chambre des avoués, cédé à des sollicitations financières avantageuses, avait pris en charge un groupe forestier jusque-là inconnu de lui. L'entreprise était lourde car, depuis le début du siècle, les systèmes contentieux n'avaient pas été modifiés. Des accords souvent importants qui concernaient le groupe pouvaient, en cas de litige, se révéler caducs. Des propriétaires terriens, gens peu désireux de toucher à leurs biens, en laissaient la direction à des gérants de fortune dont certains vivaient ancestralement sur la bête. Il fallut toute l'intelligence de Tristan, sa patience pour que rien de ce qui avait été patiemment tissé par les ancêtres ne fût bouleversé pour désormais adapter les structures de mondes en effervescence. En 1928, trois ans avant l'abdication d'Alphonse XIII, Tristan, dorénavant son conseiller privé, réussissait à obtenir de l'Espagne un fabuleux contrat forestier. Dans la foulée, Tristan devenait l'un des hommes les plus écoutés de Primo de Rivera puis de Franco. Il en était de même avec Salazar au Portugal. En Amérique du Sud, grâce à des accords souvent occultes mais dont la teneur était secrètement communiquée à Londres au Foreign Office, à Washington à la Maison-Blanche, la majorité des exploitations forestières du Brésil se retrouvait, soit gérée par « Forêts et Coupes », soit épiée par Tristan : entreprises qui allaient se développer au rythme des besoins croissants des industries du papier, donc de la presse. Dès 1928, Tristan, surfant comme on dit de nos jours sur des mouvements insolites ou inopinés, sur des dépressions financières ou économiques, se jouant de la « crise », se fondant sur des besoins mondiaux, faisait que les industries du bois et les industries annexes n'allaient plus cesser de croître et de se développer. En Irak, puis en Iran, d'abord associé avec Gulbenkian, Tristan parvenait à intéresser les émirats, à les persuader d'investir dans le bois, ce qui n'avait jamais été envisagé jusque-là.

Jean-Robert retrouvera à Vendôme quantité de notes manuscrites rédigées par Tristan, consignées au fur et à mesure des rencontres avec Bazil Zaharof dans son hôtel de l'avenue Hoche, en Hongrie avec l'amiral Horty, en Grèce avec Polítis, en 1943, aux heures les plus sombres, avec des dirigeants nazis. En témoignaient les millions de dollars qui, sous sa seule griffe, avaient été versés sur des comptes confidentiels. C'est encore Tristan qui, dès 1947, conscient de la prodigieuse prééminence du pétrole, et des dangers que puits et derricks pouvaient constituer pour l'environnement naturel, mit en garde le président Nicolas. C'est enfin Tristan qui, le premier, réussit à modifier certains contrats afin qu'ils ne soient plus exclusivement fondés sur les cours du pétrole mais sur les meilleures essences forestières.

« Monsieur le bâtonnier, demanda Jean-Robert, et pourquoi devrais-je prendre en charge les dossiers de notre confrère Tristan et, si j'ai bien compris, ceux de la holding intitulée "Forêts et Coupes" ?

— Parce qu'il le souhaitait. Je l'ai eu ce matin au bout du fil, visiblement épuisé mais en grand état d'agitation. Tout son propos, quasiment, a été consacré à toi. Il t'a entendu à plusieurs reprises plaider. Il m'a dit que nul autre que toi ne pouvait présider aux destinées de "Forêts et Coupes", c'est-à-dire de ce groupe forestier dont depuis des années il avait la responsabilité.

— C'est quoi au juste "Forêts et Coupes" ?

— Au juste, comme tu dis, je n'en sais trop rien, sinon que notre confrère avait pratiquement cessé depuis une quinzaine d'années de s'occuper de son cabinet, pour se vouer uniquement à cette entreprise. »

Quatre jours plus tard, le bâtonnier était au bout du fil : « En fin d'après-midi, tu pourras l'entendre aux informations, notre confrère Tristan vient de mettre fin à ses jours. J'ajoute qu'il n'est pas mort dans le besoin.

— Suicidé, et pour quel motif ?

— Il ne s'est pas suicidé. Il s'est tiré une balle dans la bouche, peut-être par réflexe professionnel, souci de ne pas trop en dire. Les dossiers qu'il avait en charge, il est urgent que tu en prennes possession. » Le bâtonnier ajouta : « Je te félicite, mon cher ami : d'après ce que je sais, le client est de première importance. Que dire de plus ? Pour moi, je n'entends rien aux affaires de bois, sinon pour caresser quelques troncs en allant promener mes teckels le dimanche matin autour des pistes du Polo. »

Au marché de Lalbenque

Il y avait bientôt deux mois que Jean-Robert n'avait plus revu l'oncle. Affaire de bois ! N'étaient-ils pas tous deux propriétaires de beaux noyers, sept hectares au bord du Lot ?

Il y tenait, le chanoine, qui une ou deux fois par mois priait un de ses fidèles de le conduire jusqu'à son petit lopin de terre. Au passage, il hélait le neveu à la sortie de l'école. Ainsi allait-il initier Jean-Robert à ce qui allait trente ans plus tard constituer l'essentiel de ses préoccupations. « Il m'apprit à gauler les noix, à les faire sécher, à les mettre en sac. Dur travail pour un petit garçon ! » « Une terre sacrée, disait l'oncle, qui un jour sera tienne, dont tu ne devras jamais te défaire, des hectares qui, de mémoire de famille, nous ont toujours appartenu. Le dernier qui restera sans héritier devra les remettre aux pauvres de la commune. Une petite fortune que je te laisse ! »

Ainsi, Jean-Robert apprit quelques-uns des secrets, des vrais ! Comment échanger de l'huile de noix contre du raisin pour faire du bon cahors. De quelle façon, grâce à des manigances subtiles, maritimes, l'acajou avait pénétré dans ces familles. L'oncle se baissait, arrachait de la rocaille, une motte de terre, l'écrasait dans ses mains. « Elle est belle, avec ses trois plateaux où rien ne manque, même pas la fraction réservée à la vigne qui, traditionnellement, sert à gagner un peu d'argent de poche. » C'est toujours du doyen que Jean-Robert avait appris de quelle manière se faisait l'écrêtement des noyers, à quelle distance ils devaient être plantés : chacun à trois mètres l'un de l'autre et éloignés de dix mètres des limites de la propriété. Il ne s'agissait pas que la noix mûrie, au premier coup de vent, chutant chez le voisin l'enrichît et, du même coup, gonflât les poches des fiscaux qui jamais ne cessèrent d'avoir l'œil pointu. La première fille venue au monde, si elle était pauvre, on devait la doter de cent peupliers, un arbre qui pousse plus vite que la gamine. Pas la peine de se hâter. Avec l'oncle, tout était simple. À l'entendre, la mort, c'était comme une sieste en juillet à l'occasion d'un bon repas. Jean-Robert l'écoutait évoquer la senteur des truffes et leur apparition miraculeuse sous un enchevêtrement de sarments pourrissants souvent négligés depuis des années.

Dès le 15 décembre, l'oncle mettait comme il disait son petit monde en congé. Prétextant quelque fièvre malicieuse, quelque bienheureuse rougeole, il sortait Jean-Robert de l'école. Le temps était venu, pour préserver le champignon, de tenir serrés chiens et cochons. Pour les deux, une seule tâche : courir après la truffe pour la porter au marché de Lalbenque, un petit bourg situé à dix-huit kilomètres de Cahors, un lieu où du temps des ancêtres, on coulait le bronze pour les cloches, on chauffait la résine des chandelles, on tressait la paille pour les chapeaux. Le goût pour le secret, Jean-Robert affirme qu'il trottait dans sa tête depuis ce fameux temps de l'enfance où, dès la première foire aux truffes, le chanoine, suité du petit, allait de comptoir en comptoir, humant le fruit, le passant d'une paume à l'autre, à la condition qu'elle fût sèche — pas question de pourrir le fruit. « Monsieur le chanoine, il est mignon le petit ! C'est tout votre portrait.

— Dis plutôt celui de mon frère ! » précisait le saint homme, puis désignant un groupe serré comme une crotte séchée : « Fais-toi humble ; sans en avoir l'air, écoute ce qu'ils révèlent du prix du jour. Bouge plus de là. »

Le « là » se composait de sept ou huit « pays » qui, teint bistre, bouche flottante — le dentier est cher —, assis l'un à côté de l'autre, quasi mutiques, constituaient une manière de haute confrérie ultra-secrète où il était décidé du cours de la truffe. Chacune passant d'une main à l'autre, chacun, bouche à l'oreille de l'autre, s'exprimant en patois pour se délivrer le message. Depuis les deux guerres, l'huile de noix, le confit, la truffe demeuraient autant de personnifications de la fortune. « Lors de ma communion, disait Jean-Robert, la truffe se traitait sur le marché à dix et onze francs le kilo. De nos jours, le même se négocie entre douze et quinze cents francs. »

À l'annonce de la mort de François Tristan, avant même qu'il se décide à faire une première analyse de l'état des dossiers dont jusque-là son ancien confrère avait eu la charge, Jean-Robert alla consulter Hereil. Depuis que l'un et l'autre avaient quitté Cahors, ils avaient eu quelques occasions de se rencontrer au Palais, de se retrouver à la barre d'un tribunal, œuvrant généralement dans des disciplines différentes. Hereil, personnalité brillante, épris de politique, bientôt remarqué par le pouvoir, apparaissait souvent aux yeux des notables de l'Ordre délesté de ces scrupules susceptibles de brider une carrière. En charge d'une clientèle d'autant plus exigeante qu'elle était fortunée et haut placée dans la société, avec cela classé comme homme de progrès — gauche cahors rosé —, il était de ceux à qui s'adressent volontiers les grandes compagnies.

Là, à la première de la Cour, la semaine passée les deux hommes s'étaient opposés : Debief défendant des intérêts modestes, ceux d'usagers d'Air France qui, après avoir souffert d'une grève prolongée, avaient entrepris de mettre à mal la compagnie. Celle-ci avait chargé Hereil de la représenter. Si, à première vue, ce genre d'affaire apparaissait dérisoire, en revanche un jugement défavorable pouvait entraîner, pour ce grand transporteur aérien, des conséquences fâcheuses. L'un jugeant que les frais risquaient de se révéler exorbitants pour les usagers, l'autre redoutant de cette affaire une publicité fâcheuse pour Air France, ils décidèrent de se rencontrer. Ces deux hommes ne manquaient pas de sagesse. Assis sur les banquettes en bois dur de la salle des pas perdus, ils établirent un simple protocole : pour les usagers, des regrets exprimés, assortis d'une aimable somme, une goutte d'eau pour la compagnie. Sur l'heure, on se présenta devant le président. L'affaire fut retirée du rôle.

On promit de se retrouver prochainement. « Avec ce que va nous rapporter cette transaction, il y a toutes les chances pour qu'elle ne solde pas le montant d'un bon repas. Et ton chanoine d'oncle, que devient-il ?

— Je viens de lui rendre visite à Cahors. Sur le plan du cœur, de l'esprit, il se porte le mieux du monde. C'est drôle ! Tu me parles de lui. La dernière fois, la conversation est venue sur toi.

— Il t'a dit du mal de moi ? demanda Hereil. J'en suis certain, il me prend pour un aventurier, un homme d'argent. C'est vrai que j'aime le fric, les grandes affaires. À propos, à ce qu'on dit au Palais tu serais appelé à reprendre les dossiers de Tristan et, du même coup, le contentieux de "Forêts et Coupes".

— Possible ! dit Jean-Robert. Pour autant que je sache, il s'agit des gens qui traitent de problèmes forestiers.

— Nous y voilà, dit Hereil. Ton bois m'intéresse. Tu serais propriétaire, du moins tes futurs clients, de quelque cinq mille hectares plantés de belles forêts à une trentaine de kilomètres de Paris. Pour eux, c'est de la terre, du bois. Pour mon client, c'est une vaste plaine bien orientée, sans relief, idéale pour faire décoller de l'aviation et la reposer. Sans doute l'as-tu appris, je suis devenu l'administrateur judiciaire d'une firme qui entreprend la réalisation d'un avion nouveau, un engin inouï du type ailes en flèches, avec des réacteurs placés à l'arrière du fuselage. Grâce à lui, la France peut légitimement ambitionner de régner sur l'aéronautique mondiale. De plus, nous détenons dans

nos dossiers un appareil étonnant, le Concorde, super-
réacteur prévu pour transporter cent passagers à une
vitesse de deux mille deux cents kilomètres à l'heure
à seize mille mètres d'altitude. Ça te fait rire ?

— Non, c'est l'idée. J'ai le cœur fragile. Et puis
Paris-Brive me convient fort bien en six heures. Mais
je t'écoute. En quoi tout cela me concerne ?

— Pour donner de l'air à leur monstre, mes clients
ont besoin d'un terrain à l'abri, à cent kilomètres environ de tout escarpement. Sur le plan climatique, tes
forêts, il y a mieux, mais il faut faire avec. Nos avocats se sont efforcés d'approcher les propriétaires, en
vain. » Il ajouta : « J'ai pris moi-même la peine de les
appeler. Ils ont pris cela sur le mode badin. "Nous
acheter Bas-Bréau — c'est le nom du terrain —, mais
vous n'y pensez pas ! Il est notre propriété depuis l'ancienne monarchie, depuis la nuit des temps." Et de
conclure : "Le fondement de notre société forestière
est de n'être jamais vendeur. En revanche, si vous
avez quelques milliers d'hectares susceptibles de nous
intéresser, nous serons toujours acquéreurs." Ces gens
sont des forestiers, espèce paraît-il secrète, généralement honorable et qui tient à le faire savoir. "Forêts
et Coupes" — c'est le nom de la firme — jouit d'une
bonne réputation, et ça depuis bien longtemps. Pour
autant que je le sache, "Forêts et Coupes", c'est un
pactole ; tu te souviens, le rêve des anciens de se bai-
gner dans ce drôle de fleuve qui, prétendaient-ils,
charriait des paillettes d'or ? Pactole, un baiseur de
première qui déflora sa propre sœur. » Il reprit : « Je
te confie le dossier. Tu seras notre avocat. Je ne puis
t'en dire plus. Secret défense. Débrouille-toi. Ces hec-

tares, il nous les faut. Si ça marche, je t'inviterai au *Petit Montmorency,* les meilleures truffes de Paris et, là-dessus, toi et moi, il ne faut pas nous en promettre. »

Ils se quittèrent. Hereil, toujours de son pas redoublé — autant que le lui permettait son gros derrière dont les fesses charnues, si par mégarde il les serrait par trop, risquaient de mettre le feu au tissu —, courait comme s'il redoutait des argousins qu'ils ne viennent l'embarquer ; à voir Jean-Robert s'en aller, glisser en quelque sorte, depuis leur adolescence, il enviait sa taille mince, ses attaches plutôt graciles, son long visage creusé, ombré par une promesse de barbe et qui, même au cœur de l'hiver, paraissait basané ; sans doute descendait-il de ces Maures qui, il y a dix siècles, avaient occupé le Sud-Ouest et engrossé nos vachères wisigothes.

Jean-Robert n'avait pas jugé utile de révéler à Hereil qu'il en connaissait assez long, sinon sur « Forêts et Coupes », du moins sur ses dirigeants et qu'il avait gagné haut la main deux procès contre eux, des râleurs, ce qui n'allait sûrement pas favoriser l'arrangement escompté à propos d'une éventuelle cession de Bas-Bréau. Il ne lui avait pas parlé non plus de la rencontre qu'à deux reprises il avait eue avec le président Nicolas — ainsi l'appelaient ceux qui l'approchaient —, deux affaires qui portaient justement sur des problèmes différents, assez considérables : l'une plaidée à Besançon, l'autre à la Cour d'Orléans. « Forêts et Coupes » aurait dû l'emporter, sauf que Jean-Robert Debief, jeune avocat représentant la partie adverse, avait réussi à mettre des bâtons dans les roues de telle manière que la société forestière y avait laissé des plumes. Pas le genre à oublier, le président ! Ça ne pouvait au contraire que l'exciter, et en même temps l'agacer. Ainsi, il allait découvrir sa vraie nature, qui, d'une part, le pousserait toujours à se surpasser, et, de l'autre, l'inclinerait à la nonchalance, le portant à s'émouvoir à la vue d'un aimable visage, d'une hanche étayée par des jambes dont il rêvait de faire son licol.

L'arbre aux oiseaux

Bien plus tard Mathilde posera la question à Jean-Robert : ça la turlupinait. « Tout de même bizarre, cette histoire au début de votre carrière, ce terrain de Roissy ; mais quel rapport y a-t-il avec la famille et votre entrée en forêt ?

— Peut-être, dit-il, en trouverait-on l'origine avec l'arbre aux oiseaux. Il m'arrivait, en passant par les Tuileries pour aller de la rue Richepanse jusqu'au Palais, si le temps était clément, d'écouter l'arbre. C'est lui qui m'a attiré vers vous tous, sans que nous en soyons conscients. De la rue Richepanse au Palais, deux itinéraires s'offrent : soit rejoindre le quai des Orfèvres par le quai Conti, puis les Grands-Augustins ; soit, si le temps est doux, et le terrain sablonneux suffisamment desséché, traverser les jardins sur une vingtaine de mètres, descendre quelques degrés pour aboutir à la Terrasse du bord de l'eau. Là, tant de fois je me suis arrêté sous l'arbre aux oiseaux : c'est le deuxième avant les degrés de pierre. De dimension modeste, sous les feuillages qui ne s'éteignent qu'à la mi-novembre, continuent à pépier, autant qu'à la

Bourse des valeurs, des mésanges, des charbonniers, des chardonnerets, des moineaux friqueurs ; ils bavardent et sifflent, ces ramasseurs de miettes qui, pour remercier le fournisseur, mettent les gorgées doubles ; je retrouve des espèces aussi raffuteuses à la salle des pas perdus, ou à la buvette du Palais. »

Le double vantail spacieux, majestueux évoquait l'entrée de quelque arche de la Défense ; il donnait sur un long couloir qui devait desservir, tant la perspective se prolongeait, un grand nombre de bureaux. Des portes séparées les unes des autres par de vastes meubles, des consoles, apparemment de modèle identique, de l'acajou massif ou du poirier, menuisé comme Jean-Robert en avait vu à Cahors dans le couloir du grand appartement des évêques, de ces meubles qui lui arrivaient à l'épaule lorsque, petit garçon, il rendait visite à l'oncle qui, à l'époque, à l'évêché, assumait la très mystérieuse fonction de désenvoûteur.

Place Vendôme, au siège de « Forêts et Coupes », tout comme chez les prélats, régnait un silence absolu et nulle sonnerie ne semblait commander les gestes de deux appariteurs, chacun en jaquette, pantalon rayé, cravate noire. Jean-Robert n'eut pas le temps de se défendre que l'un glissait la main gauche dans le dos du visiteur, pendant que l'autre, de sa droite, le débarrassait de son manteau, le faisant disparaître de telle manière que l'angoisse pouvait bien saisir le maître à l'idée qu'au milieu de l'hiver — celui de 1961 fut particulièrement rigoureux —, on ne restituerait le vêtement qu'aux conditions dictées, sans doute par ce vieux monsieur dont la silhouette se détachait dans la porte maintenant béante.

« Je suis le président Nicolas Declercq. Vous avez peut-être entendu parler de moi. Pour ma part, ces derniers temps, ils sont plusieurs à m'avoir entretenu de vous qui avez mis obstacle à deux affaires qui me tenaient à cœur, cinq mille hectares d'ormes d'un seul tenant en Seine-et-Oise et deux cents hectares en Alsace. Par les temps qui courent, pareilles étendues se font rares. Par deux fois, vous l'avez emporté. Je vous le dis tout net : je suis contrarié, très. »

Le bonhomme qui, tout en étant de petite taille, semblait considérable, évoquait pour Jean-Robert ces bouvillons acariâtres qu'on matelasse, de peur qu'arpentant les prés, ils ne mettent à mal tout ce qui paît. Habillé de drap sombre, gilet boutonné jusqu'à la trachée, il demeurait debout, omettant de prier le visiteur de prendre place. Il reprit : « Par deux fois, vous m'avez maltraité.

— D'abord monsieur, ces deux affaires, du moins pour moi, n'ont rien en commun, sinon qu'il s'agit des mêmes essences.

— Essences ! aboya-t-il. Appelez donc l'orme par son nom ! L'orme, pour moi, pour ceux qui aiment la forêt, l'occidentale, est un phénomène prodigieux, la pierre des sages par excellence. » Soudain, l'expression de cet homme changea. Il semblait peiné.

Jean-Robert, se sentant gagné par la mauvaise conscience, comme si en l'emportant il avait commis une mauvaise action, fit remarquer que, tout au long des débats, il s'était évertué à ne pas mettre personnellement en cause le président ou l'un des siens, alors

qu'il aurait pu révéler de quelle manière contestable
« Forêts et Coupes » avait acquis ces terres de trois
héritiers, dont un mineur en l'affaire mal représenté.
Jean-Robert ajouta : « De plus vos conseils avaient
toute possibilité de chercher la meilleure voie pour
obtenir la cassation. »

Propos qui eut le don d'aiguiser un peu plus la
méchante humeur du vieux monsieur. « Nous le
savons, dit-il, notre affaire n'était pas des meilleures
et la poursuivre eût occasionné encore plus de frais. »
Puis, modifiant le registre, il précisa que ce n'était pas
particulièrement les finances qui l'agaçaient mais bel
et bien de perdre. « Perdre, répéta-t-il, je ne le sup-
porte pas ; ici et ailleurs, je n'ai jamais perdu. Vous
avez tout de même entendu parler de moi ? » Encore
un peu, se dit Jean-Robert, il va me dire « mon petit
monsieur ». Et comme si, au sommet de la colline,
Jéhovah était apparu, il assena : « Je suis le président
Nicolas Declercq. » Il se tut, demeura un moment
silencieux avant de reprendre.

Jean-Robert eut l'impression que, insensiblement,
le timbre de voix se modifiait, s'adoucissait : il devait
se méfier. « Revenons à l'objet de votre visite. En tant
que président de "Forêts et Coupes", je suis sensible
au fait qu'un avocat, dont je dois reconnaître que partout on m'a vanté les qualités, s'en vienne discuter
d'une affaire que, pour ma part, je juge de peu d'importance. Il me faut donc vous entendre. » Et, se tournant vers deux relevés topographiques, dont chacun
était épinglé sur un portant comme les éléments d'une
carte d'état-major destinée à une bataille qu'il entendait remporter : « Si j'ai bien compris, vos mandants

souhaitent acquérir l'ensemble de deux propriétés, Bas-Bréau et Luchaire, environ quatre mille hectares que vous ambitionneriez de posséder. » Il insista sur les deux verbes. Il reprit : « Malheureusement — et ce mot sembla l'enchanter — "Forêts et Coupes" n'a jamais aliéné fût-ce un millième de ses biens sylvestres. Il en est ainsi depuis plus de trois siècles. C'est long trois siècles. » Sur le visage ridé filtrait un sourire qui apparut trop aimable. « Nos services avaient pourtant reçu la consigne d'épargner à qui que ce soit toute démarche concernant ces affaires. Entre-temps, notre ami Edgar Faure, informé je ne sais par qui — il a toujours son nez du côté où souffle le bon vent —, a insisté pour que je vous reçoive, parlant même d'importantes contreparties. C'est un malin, Edgar ! Seulement voilà, contrairement à ce qui tend de plus en plus à se produire dans le monde des affaires, mes associés, c'est-à-dire les actionnaires principaux, mon cousin Émile, ma petite-fille Mathilde, n'ayant nul besoin de conforter leur capital, entendent tout conserver. Pas question de disperser "Forêts et Coupes" entre les mains de millions d'actionnaires, grands, petits ; de réduire notre société au gré de cotations en Bourse. À Vendôme, seuls sont fondamentaux les lopins que nous détenons, et sur lesquels, souverains à notre manière, nous entendons régner. Sans rien céder de nos avoirs ni de nos prérogatives. » Jean-Robert écoutait, médusé. Il se hasarda malgré tout à dire : « En ces temps troublés, la sagesse ne consisterait-elle pas à morceler l'entreprise, à l'introduire en Bourse pour en sauvegarder le principal ? »

Le président Declercq, s'appuyant sur ses avant-bras, pesamment se leva. Pour donner à mesurer l'effort qu'il avait dû faire, et pour clore l'entretien, il grogna : « Je vous dis mon compliment, monsieur.

— Tout de même, monsieur le président, je dois vous informer que je tiens du gouvernement hongrois le titre de conseiller honoraire. Voici ma carte accréditive. » Le président se saisit du bristol puis, comme le ferait l'entomologiste d'un vermisseau d'une espèce de lui peu connue mais sait-on jamais urticante, saisissant une loupe lourdement ceinturée d'ivoire, de l'œil ajusta le carton. « Conseiller honoraire ? » Il hocha la tête, répéta le mot « honoraire ».

Le bonhomme se paie ma tête ! se dit Debief. Pourtant, il lui sembla percevoir à quelques plissements des paupières, là où se terre la curiosité, un certain amusement. Nicolas reprit : « Dois-je, à la teneur de cette carte, en inférer que vous seriez informé de certains de nos projets danubiens ?

— Du haut Danube, plus précisément. Quarante mille hectares de hêtres, de bouleaux, de chênes, de résineux situés aux bords du fleuve et aisément accessibles par voie fluviale. Une carotte que le gouvernement hongrois a successivement promenée sous le nez des Allemands entre 1933 et 1942, et plus tard sous celui du gouvernement soviétique.

— Et ce matin, sous le mien, si je comprends bien ?

— Exact, monsieur le président. Les Magyars ne sont pas vendeurs, du moins pour le moment. Peut-être envisageraient-ils une sorte de bail emphytéotique, réglé par une armada de tracteurs qui font cruellement défaut à l'agriculture hongroise. Une main-d'œuvre spécialisée serait fournie par votre groupe qui, jadis, traitait la forêt pour le compte des rois bosniaques. Vous auriez ainsi la haute main sur leur quarante mille hectares de bois. Du même coup, intéressés, les Danubiens se feraient fort d'être l'amical intermédiaire entre "Forêts et Coupes" et des forestiers qui, avec l'occupation allemande puis soviétique, ont souffert de n'avoir plus là-bas d'interlocuteurs valables. Vous n'auriez rien à décaisser. Seule contrepartie : vous cédez Bas-Bréau et Luchaire pour une durée de quatre-vingt-dix ans.

— Pour tout cela, vous me prenez quatre mille hectares de bois bien plantés auxquels je tiens particulièrement car ils sont dans notre famille depuis avant la Révolution, et que, si j'ai bien compris, vous allez couper, raser ?

— Possible, mais dans moins d'un siècle, "Forêts et Coupes" pourra récupérer le terrain. Il est notoire que dès 2100, nombre d'aéronefs pour prendre leur envol le feront à la verticale. Nul besoin alors de pistes allongées. »

Le président Declercq s'était assis, visiblement fasciné par les propos de Debief. « Vous en savez des choses », dit-il. Il reprit la carte, l'approcha à nouveau de ses yeux. « M. Jean-Robert Debief, conseiller honoraire du gouvernement hongrois. C'est bien ça ? » dit-il. « Nous sommes lundi 12 novembre. Le 19, revenez ; si vous êtes toujours dans les mêmes dispositions, j'aurai recueilli là-dessus les sentiments de mes collaborateurs.

— Mais, monsieur le président, l'affaire est urgente. Il s'agit d'une opération qui va nécessiter ensuite de longues démarches au plus haut niveau de l'État.

— Je vous entends, mais apprenez qu'il faut trente ans avant qu'un chêne se révèle l'égal d'un homme. Alors, qu'est-ce qu'une huitaine de jours ? À vous revoir, maître. » Puis il esquissa un geste. « Encore un instant, monsieur. Il y a ici quelques notes vous concernant, réunies par nos soins. Vous y apparaissez sous des dehors flatteurs, élogieux. Maître Tristan enseveli, sa place est à prendre. »

À Vendôme,
qui donc cache la forêt ?

Les heures puis les jours qui allaient suivre la disparition de Tristan, Jean-Robert les passa place Vendôme à visiter les bureaux. À entendre les uns et les autres, il ressentait un certain malaise et se disait que semblable impression était due à la mort de l'administrateur. Quel motif avait pu conduire cet homme, que tous décrivaient comme si maître de lui, au soir d'une carrière particulièrement réussie, à se donner la mort ? Il revoyait le visage cendreux qu'il avait ordinairement, y mêlant dans son imaginaire la tête broyée par la balle qu'il s'était tirée sous le menton, maculant un dossier dont le contenu peut-être l'avait décidé à mettre fin à ses jours.

Il faisait beau. À sept heures, le soleil inondait encore la place Vendôme. Le président Nicolas entra. Sans autre forme de procès, il lui dit : « Hésiteriez-vous ? » Jean-Robert revint sur la mort de Tristan, sur ses circonstances. « C'était un personnage ambigu, dit Nicolas. Longtemps, je suis demeuré attaché à lui, d'autant qu'il nous avait toujours servis. Je vous le répète, un homme aux sentiments ambigus à force de nous jalouser. Hautement intelligent, il a fini par nous haïr, moi particulièrement. Il savait que je l'avais percé à jour. Je souhaiterais vous en dire plus. Son vrai problème, c'est qu'à l'inverse de nous tous ici il n'était pas de la forêt. Pour moi, c'est grave. À force d'arpenter durant mon existence tant de couverts feuillus, si je n'ai pas tout compris, du moins en ai-je vu des forêts admirables, au point qu'on les imagine immortelles jusqu'à ce que certains s'acharnent et assassinent des bois de thuyas plus que centenaires, tordus comme s'ils avaient été surpris par les flammes. Depuis ma prime enfance, j'avais vécu au milieu de ce bois sublime, j'avais joué et rêvé là, peut-être même cru aimer une petite fille de mon âge. J'ai ressenti la fin de ce bois comme une trahison. Nul ne s'est soucié de trouver d'autre motif qu'un grand vent rageur qui, en cette nuit-là, avait dû courir de la Hague pour s'écraser contre les immeubles de la ceinture de Paris. Ne cherchez pas, maître, la petite bête. Il y a trop d'alvéoles, trop de branches, trop de taupinières où elle peut trouver refuge. Quel culot il avait ce Tristan : il s'était mis en tête d'épouser ma petite-fille, mon unique héritière, pour mieux pénétrer dans la forteresse. Il a même été son amant. J'ai mis le holà ! » Jean-Robert, en écoutant cet homme, se sentait saisi de pitié : il décelait dans l'expression un certain désarroi qui faisait songer à la démence.

Au vestiaire, Jean-Robert endossa sa robe. Ainsi vêtu de noir et rabats blancs, il allait mieux se fondre parmi ses confrères, prêtant l'oreille comme il le faisait tout enfant au marché de Lalbenque afin de rapporter à l'oncle le prix auquel, ce jour-là, on traitait la truffe. La mort de Tristan, c'était pour ces basochiens comme si sur l'assiette on avait dispersé du gros sel de manière que chacun puisse y piquer sa truffe et la dévorer. La mort, particulièrement celle d'un grand confrère : une nourriture exquise pour des gens excités à l'idée de choisir une bonne mort, de se la « donner » comme s'il s'agissait du plat le plus raffiné. En même temps, se supprimer à son gré, quel chic ! Jouer avec l'idée comme les enfants qui, en duel, avec une épée de bois, tranchent la gorge du capitaine Crochet. De temps à autre surgissait le nom de « Forêts et Coupes ». On évoquait des groupes forestiers disposant de capitaux à la mesure de contrées immenses à peine exploitées. Le nom de Debief fut prononcé. Comme Jean-Robert passait par là, Maurice Garçon, aux cheveux plats, informé de tout, l'interpella : « Toi, si brillant, avec ça encore jeune, cette place abandonnée par le défunt, pourquoi ne sautes-tu pas sur l'occasion ? » Jean-Robert se défendit : « Vous autres, pourquoi ne profitez-vous pas de l'aubaine ? À vous entendre, c'en est une. » L'un évoqua l'âge, son œuvre littéraire ; l'autre se devait à son Jura natal. On prononça le nom de Giovanni Agnelli.

De retour à son cabinet — Jean-Robert vit là comme un signe, et comme s'il avait le don d'ubiquité —, il avait l'Italien au bout du fil. De cette voix aux étonnantes intonations glissantes, élégantes, précieuses, Agnelli confirma qu'il s'agissait d'une belle entreprise, que, déjà avant la guerre de 1914, son grand-père avait représenté les intérêts turinois auprès des dirigeants. « "Forêts et Coupes" »... semblable joyau, nous autres Italiens, nous vous l'envions. Le bois, la forêt appartiennent à la grande légende. »

À peu près dans le même temps, des hommes que Jean-Robert n'avait jamais songé à rencontrer lui firent connaître, soit directement, soit à travers leur conseiller, leur désir de s'entretenir avec le futur responsable de « Forêts et Coupes ».

Jean-Robert s'étonna. La nouvelle s'était répandue. De Londres, E.G. Edouard, de la Banque d'Angleterre, manifesta les mêmes sentiments, pendant que Miliken, le patron de la Réserve fédérale, l'appelait sur l'heure. Ce fut, c'est le cas de le dire, un feu de forêt. Kissinger sollicitait un rendez-vous. « Je ne vous connais pas, sur vous je voudrais en savoir plus. » Quelques heures plus tard, Gogel, qui avait en charge une fraction des activités arboricoles de la Catalogne, mit en garde Jean-Robert : « Kissinger vous poursuit, son ambition est d'entrer au conseil de "Forêts et Coupes". Prudence ! Les différents présidents lui ont toujours fait bonne figure, mais, le temps passant, les choses sont demeurées en l'état. »

Rapidement, Jean-Robert en arriva à une conclusion provisoire : dans cet univers forestier qu'était « Forêts et Coupes », il fallait regarder l'orme pousser, l'aider au besoin à croître, mais aussi abandonner au vent, au froid, au sec, aux averses le privilège, le plaisir de servir la nature comme elle l'entendait. Tout cela confortait la prudence de Jean-Robert, la règle qui, sa vie entière, ne cesserait plus de le guider : freiner des quatre pieds à l'idée de s'engager dans des voies qui risquaient de l'entraîner dans des situations contestables. Au téléphone, le chanoine lui confirma qu'il connaissait bien, et ce depuis toujours, Delpech de Sarlat, en bons termes avec la place Saint-Sulpice. Une heure plus tard, l'oncle rappelait. « On se calme, Delpech est réservé. Aux Finances, on ne dit ni oui ni non. La prudence s'impose. »

Jean-Robert s'apprêtait à demander un nouveau rendez-vous au président Nicolas afin de lui rendre compte de ses réserves, mais celui-ci étant retenu par quelque indisposition, il se retrouva face à Mathilde Declercq, une immense jeune femme — peau mate, cheveux châtains, traits nourris et bouche avide. Drôle de personne, celle qu'on surnommait la Voyageuse et que d'autres appelaient « À Tire-d'Aile » tellement elle se prétendait incapable de tenir en place. Au dire des initiés, elle avait une vision quasi instinctive de la forêt, avec un sens inné de ces mondes végétaux, hérité de Patrick, son père. Pendant un moment, tous deux s'en tinrent à des généralités sur le bois, tandis que Jean-Robert s'efforçait de tirer de son interlocutrice quelques précisions sur ce que, dorénavant, on attendrait de lui et sur ce que seraient ses attributions au sein de la société.

Mathilde éluda. Elle, ce qui lui importait, disait-elle, « c'était la sauvegarde du bois, l'enrichissement des espèces. Pour cela, "Forêts et Coupes" dispose d'une armada humaine dont l'occupation principale consiste à veiller sur l'état sanitaire des territoires forestiers qu'on retrouve dans les deux hémisphères, quelque trois mille deux cent trente personnes attachées à cette tâche. À Vendôme, un peu plus de cent ingénieurs hautement spécialisés règnent sur la troupe, usant de tous les procédés possibles, qui vont du simple combat contre les feux de forêt, jusqu'aux innombrables artifices visant à travers le monde à stopper les fléaux, principalement la destruction de la flore, et du même coup une partie importante de la faune. C'est un peu tout cela, dit Mathilde, dont j'ai théoriquement la responsabilité, un monde à tout moment en mutation, insaisissable, tant le Seigneur s'y entend aussi bien à détruire qu'à faire fleurir. Ainsi, j'apprends qu'en Géorgie russe, le huitième du massif forestier vient d'être mis en péril par des feux nés au sein d'exploitations pétrolifères. Quant à l'état de nos finances, de nos dépenses, de nos gains, cela ne m'incombe en rien. Je suis venue ici ce matin par courtoisie, pour avoir le plaisir et l'honneur de rencontrer l'homme qui dorénavant, nous l'espérons, aura en charge l'ensemble des actifs de notre groupe. Je dois vous apparaître futile, peut-être désinvolte, mais ce que vous pouvez attendre logiquement de moi, je suis dans l'incapacité de vous le fournir. Pour ce qui est des bilans, nous avons ici des gens qui sauront vous répondre, armés de batteries d'ordinateurs parmi les plus fiables de l'univers. La semaine passée, le président des États-Unis lui-même a passé quelques heures à interroger nos petites bêtes. Elles ont dû répondre convenablement puisque le jeune Kennedy, entouré de ses collaborateurs, se déclare satisfait de "Forêts et Coupes" et de ses actions. Je vous laisse, ma coiffeuse m'attend. Juste un mot : je compte sur vous, monsieur Debief, pour succéder à M. Tristan. Mon grand-père, le président Nicolas, se fait vieux. Quant à moi, je n'ai guère le talent, et encore moins l'envie, de m'intéresser aux affaires. Sans doute sommes-nous appelés à nous revoir ; ce jour-là, je vous en dirai plus sur "Forêts et Coupes", sur moi. »

« Forêts et Coupes » apparaissait à Jean-Robert comme une entité vouée à la nature et plus particulièrement à la forêt, lieu que le vain peuple tient pour un couvert gratuit, fruit de mille et un hasards. Soucieux d'y voir plus clair, il avait souhaité rencontrer le chef du personnel, demande, pensa-t-il, banale mais qui parut troubler les esprits. Prié d'intervenir, le secrétariat général répondit que semblable occupation était du domaine d'un certain Félix Loubière. Le trouver ne fut pas aisé. Enfin, il surgit, vêtu de toile blanche sous laquelle il paraissait accumuler des masses de lainages. On eût dit un chef de cuisine enrhumé. Il expliqua : « C'est rapport à une tension basse. J'ai volontiers froid et puis, à force de vivre dans la paperasse, j'en ai adopté le teint parcheminé, d'où ma mine plutôt inhabituelle. » Il disait cela comme pour s'excuser. Parlant bas, il avançait des mains qui semblaient avoir été prélevées sur des coquilles d'œuf. Répondre ! Il prétendit que cela n'était pas si simple que ça, que s'il avait bien compris, on lui demandait le nombre de gens qui vivaient de « Forêts et Coupes ». Jean-Robert n'avait rien demandé de tel, mais se garda de le révéler. M. Loubière reprit : « Des différences fondamentales résident dans le fait que les gens que nous employons, que vous appelleriez des forestiers, dépendent de systèmes comptables et sociaux complexes. Un bon nombre, plutôt que d'être assistés par des organismes étatiques, préfèrent être traités par nos systèmes sociaux. Nous disposons des meilleures institutions caritatives, à l'usage de tous ceux qui travaillent dans la forêt. Si en Amérique du Sud ou dans de notables parties de l'Afrique, nos effectifs sont souvent réduits, la faute en revient généralement aux dirigeants locaux et à leur hostilité souvent manifeste à l'égard d'initiatives comparables à la nôtre. »

Jean-Robert demeura un moment penché sur les documents concernant le personnel et ses activités. Il ne parvenait pas à comprendre qu'autant de gens employés à Paris puissent tenir dans ces locaux. Loubière, là-dessus, allait en dire assez long. « Regardez ces écrans qui s'éclairent. Si tous ceux qui se dépensent ici n'apparaissent pas sur ces tableaux, la raison en est qu'ils s'y refusent. Chez nous, le secret est de rigueur. Tenez, voici le schéma de l'architecture des lieux, telle qu'elle apparaît à ceux qui les traversent, les fréquentent. Face au bureau du ministère de la Justice, de la banque Morgan, des fleurons de la parfaite frivolité, "Forêts et Coupes" occupe six cents mètres carrés. Bien peu... Tout cela semble de conception plutôt logique et simple. Puisque j'ai une décharge totale signée par le directeur qui m'y autorise, je peux désormais tout vous révéler. En réalité, les lieux que vous découvrez appartiennent à un univers d'autant plus complexe qu'il ne répond à aucun ordre classique. On parlera plutôt de trompe-l'œil. L'idée d'un grand plan parisien tournait dans la tête de Louis XIV. À plusieurs reprises, il s'en était ouvert à Louvois qui redoutait qu'à trop délaisser Paris en faveur de Versailles, on ne se mette à dos une part du négoce et de l'artisanat. Pour donner une nouvelle mesure de la grandeur monarchique, tous deux décidèrent qu'on élèverait ici, à Paris, un deuxième Versailles, un Ver-

74

sailles bourgeois, riche comme l'autre mais moins spacieux, moins baroque. Une fois abattus l'hôtel de Vendôme et toutes les constructions qui jusque-là le jouxtaient, sur l'espace rendu libre, on aménagerait une place, de deux cent treize mètres de long, sur une largeur comprise entre vingt-deux et cent vingt-quatre mètres. L'installation de nos bureaux débuta en 1686. Jugeant finalement banal le plan qui à l'origine devait être rectangulaire, on décida de le faire octogonal. Étant donné l'accroissement des dépenses, on ouvrit à la spéculation des participations financières. Grands seigneurs, banquiers, marchands exigèrent les meilleurs emplacements : que derrière la noble façade, on leur cède assez de terrain à bâtir pour leur permettre de se rembourser. C'est Law qui, en 1718, après avoir acquis au 21 de la place l'hôtel d'Arnay, eut l'idée d'augmenter la superficie de ses parcelles en édifiant derrière ces élévations nobles des immeubles "à loyer". Dans une lettre adressée au Régent et datée de février 1720, pour prix de son silence Law lui offrait à titre gracieux un huitième de ces terrains nouveaux, proposition écartée prudemment, sans doute par peur du scandale. En 1727, au lendemain de la mort de Law et après celle de l'architecte Boffrand, Antoine Declercq intervenait, acquérant à titre définitif — l'acte est confirmé par Necker, banquier à Genève —, sur une longueur de cent quarante mètres et une largeur de quinze mètres, assez de surface pour capter l'attention de nouveaux spéculateurs. C'est sur ces espaces qu'à partir de 1865 furent élevés le Ritz, le ministère de la Justice, les grandes banques, les commerces. Ce qu'on ignore, et ceci a toujours été tenu secret même aux plus hautes instances de l'État, c'est qu'en 1817, Antoine Declercq aurait obtenu de Fouché, au prix fort, la cession de six cents mètres situés à côté de la façade et derrière elle : de la sorte fut triplé le volume des installations de "Forêts et Coupes". Voilà qui explique que, depuis lors, ça trottine ferme derrière les élévations architecturales, que grâce à des galeries savamment aménagées, on y circule librement. Depuis 1935, grâce à la fiabilité des appareils d'écoute, à "Forêts et Coupes" nous n'ignorons rien des propos échangés — souvent les plus secrets — aussi bien au ministère de la Justice que dans les appartements de l'hôtel Ritz. Écoutes qui, à tout instant enregistrées, analysées, sont demeurées en notre possession, de quoi évidemment favoriser nos entreprises. Sans nous étendre davantage, nous dirons que tout a heureusement fonctionné.

— Et pendant les périodes de 1940 à 1945 ?

— Comme toujours nous avons fait en sorte que chacun ait l'impression que "Forêts et Coupes" était, sinon sa chose, du moins très proche de sa sensibilité politique, d'abord à l'époque du Front populaire, puis plus tard à l'époque de Vichy. Avec les occupants, nous avons fait le gros dos, acquérant tout ce qui se présentait en matière de terres ou de bois. Seuls ont compté pour nous l'accroissement de nos espaces et leur sauvegarde pour assouvir notre passion, la forêt. »

Jean-Robert écoute, éprouvant de curieux sentiments à l'égard de semblables propos. On est loin ici du Palais, de sa salle des pas perdus, de Cahors. Vendôme apparaît comme une grotte dissimulée dans l'immense forêt Declercq. Admis à arpenter ces lieux,

Jean-Robert se sent quelque peu menacé, comme si ces choses, ici ordinaires, n'auraient pas dû lui être révélées, et qu'un excès de confiance accordé à un intrus risquât finalement de lui être fatal.

L'âge du président Nicolas, la disparition de son fils, la frivolité de Mathilde constitueront autant de vides que Jean-Robert devra dorénavant combler. N'en était-il pas ainsi dans le monde lorsque, pour des motifs inconnus de tous, le seigneur, ayant pris du recul, convoquait un de ses serviteurs pour le prier de se substituer à lui ? Heureusement, demeure présente Mathilde qui, chaque matin, préside à l'un ou l'autre des conseils de direction. Elle le fait avec sérieux, quelquefois ensommeillée, arrivée une heure plus tôt de Hong Kong pour repartir le lendemain à Helsinki, toujours vaporeuse dans des corolles de lin, de cachemire, de lynx. Elle accepte de présider. Elle parle peu.

Pour Jean-Robert, on a décidé de patienter, qu'il prenne son temps, puisqu'il semble hésiter encore à devenir « un de Vendôme ». « Au temps des Fugger, dit Nicolas, les Allemands se sont retrouvés dans une situation qui rappelle la nôtre. En 1531, Antoine Fugger avait conseillé la patience, la moindre décision hâtive pouvant peser un siècle entier sur le destin de toute grande compagnie. De nos jours, "Forêts et Coupes" n'aura pas comme ceux de la rue Laffitte la possibilité d'expédier cinq frères dans tous les coins de la planète. » Debief, on le tiendra à l'œil, sous haute surveillance ; à tout instant des notes tombent sur le bureau du président Nicolas, précisant ce que, dans l'heure précédente, il a accompli, les coups de téléphone, les messages qu'il a reçus ou donnés. Jean-

Robert, pour la première fois de sa vie, pourrait bien s'alarmer de ce qu'il aperçoit de ces gens, de ce monde de la forêt. Il s'en amuse, et en même temps redoute de se laisser prendre au jeu. Le secrétaire du président Nicolas l'informe que, s'il le souhaite, il pourra se joindre au prochain conseil, à onze heures quarante-cinq...

Il passe d'un bureau à l'autre. On se lève, il fait de petits signes. Des entretiens se poursuivent. Il demeure un moment à écouter des spécialistes tisser les bases d'un accord entre Brasilia et Berlin, pour une fourniture considérable de papier journal destinée au groupe Manstern. À treize heures, il est question d'une coupe de bouleaux situés en Alaska. C'est le domaine de Pierre, un cousin Declercq. Il en profitera pour approcher un troupeau d'ours blancs, immenses et féroces, qu'il poursuit depuis six saisons. « Profitez de l'aubaine ! dit-il à Jean-Robert. Pareils bestiaux féroces, qui, subitement, peuvent se retourner et vous croquer ; émotion garantie. » Jean-Robert décline. Il est touché par l'infinie courtoisie de Pierre, mais le plantigrade n'est pas particulièrement son totem. Il imagine le potin que ça ferait parmi les petites du côté de Clichy, l'effet produit sur Irène qui, elle, ne demande qu'à le croire, imaginant qu'il pourra peut-être lui offrir une immense cape d'ours blanc, deux fois sa taille, trois fois son poids.

Près d'un cinquantième de la planète constitue le fonds de clientèle de « Forêts et Coupes ». Pendant qu'ici et là se posent les appareils du groupe, à Vendôme, on enregistre les appels venant de Buenos Aires, de Mont-de-Marsan, de Budapest. C'est le moment où, au portier du Ritz, il arrive de voir à une heure avancée de la nuit, au troisième étage de Vendôme, une grande pièce toujours éclairée. Le secrétariat restreint demeure ainsi jusqu'à l'aube, apte à prendre les communications du monde entier, analysant dépêches et radios.

« *Lisez donc ce mémoire,*
rien de scandaleux... »

Avril 1965. L'agitation était grande à Vendôme. Il s'agissait d'organiser le transport, l'hébergement de la fine fleur des forestiers, trois cents gaillards dont certains venaient de l'autre bout du monde, de la Terre de Feu à Luxembourg, de Pretoria au Bénin. L'intendance sera du ressort de Mme Mathilde Declercq. À Genève, on avait loué l'hôtel de Russie et le Richemond. Le grand état-major sera hébergé aux Bergues.

S'adressant au secrétaire général, Jean-Robert s'enquit : « On évoque volontiers la personnalité de Mme Mathilde Declercq. Je l'ai croisée, bonjour-bonsoir, mais je n'ai pas réussi à savoir si elle exerçait ici un rôle prépondérant.

— On parlera plutôt d'une ruche dont Mme Mathilde serait la reine.

— En consultant les organigrammes, je n'ai pas trouvé son nom.

— C'est possible. » Et comme si cet homme responsable de tous ceux qui s'affairaient ici découvrait quelques lacunes, il précisa : « Mme Mathilde est la petite-fille du président Nicolas. Comme lui, elle sera présente, à moins qu'au dernier moment elle n'en décide différemment. Nulle logique. Nos patrons n'obéissent qu'à leur caprice. Tout cela vous intrigue, monsieur Debief ? C'est normal. Mais vous m'êtes sympathique, allez savoir pourquoi, aussi ai-je sorti de la bibliothèque un petit mémoire, l'ébauche d'une "Histoire des Declercq" dont un enquêteur pensait faire un succès. Le projet n'a pas eu de suite, vous l'imaginez bien. M. Nicolas n'a pas eu de mal à persuader ce petit monsieur de l'abandonner. Je vous prête ses informations, rien de scandaleux, mais motus là-dessus. Que nul ne sache que je vous l'ai fourni. »

Parmi les ancêtres Meunier, Pelletier, Sergent, qui tirent leur nom du métier qu'ils exerçaient alors, le fouineur découvre un des grands, le fameux Hartig, secrétaire de Colbert, qui tira gloire du fameux mémoire débutant ainsi : « La forêt sert aux nécessités de la guerre, à l'avènement de la paix, à l'accroissement du commerce. » Rapport qui préluda à la célèbre ordonnance de Louis XIV, « Sur le fait des eaux et forêts », promulguée à Saint-Germain-en-Laye. Dans les mêmes années, les registres de l'église Sainte-Anne de Valenciennes mentionnent un Declercq, fabricant de charbon de bois, qui, dix ans plus tard, sera fournisseur principal des cristalleries de Choisy et de Baccarat.

Ces deux noms, Hartig et Declercq, ne cesseront plus d'être associés à la forêt, à ses richesses, à ses mystères. Georg Ludwig Hartig, de la branche prussienne, nommé « grand maître des forêts de la Prusse » en 1764, caracole en Forêt-Noire. Au cours d'une chasse, il tombe en arrêt devant la joliesse fauve d'une

Nathalie Declercq. Elle baisse les yeux, charmée. Un an plus tard, naît une fillette, qui épousera un cousin, Charles-Henri Declercq.

Sous la restauration, un Anthelme fut autorisé à porter la particule, sans titre de noblesse. Les Declercq, en cette époque où l'on s'anoblit à tout va, n'en ont cure. Leur singulière élégance, ils la tiennent du bois, ce grand artisanat dont ils sont les princes.

Jamais ils n'emprunteront l'un des noms aristocratiques que les unions apportent dans la corbeille de noce, Hohenzollern, Thurn und Taxis, Starhemberg, Bragance. Pour eux chaque union sera prétexte à s'enrichir de prodigieuses contrées forestières, dont l'évaluation échappe aux cadastres, comme si aucun registre déjà ne pouvait les contenir. Huguenots, papistes, seigneurs, bourgeois, qu'importe : en mêlant les sangs, on devient toujours plus forestier. De père en fils, tous semblent avoir hérité du goût du secret, préférant le silence des cabinets d'étude aux lustres de la célébrité. Arnaud, au temps de Napoléon, a collaboré à l'un des premiers codes forestiers. Ainsi la hoirie Declercq est à l'origine d'une idée nouvelle : la forêt conçue non plus pour ses essences particulières, mais comme une entité à enrichir, à maintenir, à préserver. À quoi il faut ajouter l'exploration.

En 1823, Arnaud Declercq, dit l'Américain, fait acquérir au futur Louis-Philippe, déjà riche à millions, des milliers de pins et de bouleaux autour de Philadelphie. Plus tard, le roi rétrocédera une grande partie de ces biens forestiers à Jean-Baptiste, le fils d'Arnaud, qui les transmettra à son fils, Anthelme. De la même façon, près d'un siècle plus tard, Émile mettra au nom de Mathilde une fraction notable de la forêt des Maures, acquise pour obéir aux obligations testamentaires d'Anthelme. La petite fera là ses griffes.

Le jour de ses douze ans, les sylviculteurs qui gèrent l'admirable forêt domaniale de L'Estérel offrent à cette toute jeune fille un marteau d'argent frappé à son chiffre, rite initiatique, dignité jusqu'alors réservée aux hommes : l'outil servait au martelage des arbres laissés sur pied lors d'une coupe. Par ce présent, les forestiers marquaient aussi Mathilde du sceau de la forêt. On lui apprend à étêter les fossés, à traiter les gélifs, le feuillu et le conifère. Initiée, entrant dans le cercle magique des espèces et des essences, à douze ans elle reconnaît l'âge d'un sapin plus sûrement que celui des humains. Émile, l'oncle, lui disait : « Écoute, tu trouveras dans les arbres plus que dans les livres. » Aussi, tandis que ses amies adolescentes se pâmaient entre les bras des skieurs au tremplin, Mathilde errait dans les sous-bois, humait ce coin de Provence qu'oncle Émile avait fait sien, s'acharnant à rendre vie à des milliers d'hectares calcinés, à relever des massifs abandonnés depuis deux siècles, à exploiter ce que l'économie forestière tenait pour inexploitable. À cette forêt des Maures, elle donna sans doute plus d'attention qu'à ses propres enfants, recrutant les meilleurs forestiers, les équipant d'hélicoptères et de bombardiers à eau pour sauver ces espaces des morsures du feu. En 1979, se sentant dépassée par des problèmes qu'elle ne maîtrisait plus, elle rétrocéda son bien à « Forêts et Coupes » pour un franc symbolique.

Au cours des temps, il n'avait pas manqué d'hommes au courant des affaires, ou prétendant l'être, pour évoquer, mine entendue, le nom des Declercq, comme se chuchote toujours à Rome celui des futurs cardinaux ou d'un général de la Compagnie.

En réalité, jamais aucun des rois, des empereurs, des présidents n'aurait osé prétendre savoir au juste ce que représentait « Forêts et Coupes ». Le journaliste était bien reçu à Vendôme : on produisait des bilans, des comptes rendus d'activités. L'investigateur souhaitait-il plus de détails, le plus aimablement du monde, entre vol-au-vent et poire au vin servis dans la salle à manger réservée à la presse, on prenait ses coordonnées, lui assurant que tout serait mis en œuvre pour le satisfaire. Hélas, les responsables des départements semblaient alors se volatiliser. Vous demandiez M. Andrieux ? Il a pris sa retraite. M. Relin. Mille regrets, il n'occupe plus ce poste. Tant de mystère excitait l'intérêt : économistes et thésards à Berkeley ou à Stanford planchaient sur « Forêts et Coupes ». Que cherchez-vous donc de si mystérieux ? Il ne s'agit que d'une affaire — certes importante — traitant de l'achat et de la vente des bois, lançaient quelques pragmatiques. Ceux-là ignoraient tout du culte millénaire des sylviculteurs, de la région dévotieuse de l'arbre répandue de l'Alsace à l'ancien Empire soviétique, de l'Alaska au Brésil, avec son cérémonial dont chaque fût, unique et semblable à la fois aux millions et aux millions de troncs surgis de par le monde, serait la chapelle. Chacun à sa manière, de génération en génération, se vouait à cette déesse chevelue ; les uns devenant des « homosylves », d'autres, financiers, dotés d'un flair infaillible, enrichissant la citadelle, et ses défenseurs, qui avaient su prévoir les crises, les bouleversements politiques, choisissant à bon escient les « amis », veillant à leur fortune, fidèles sans pour autant leur permettre d'entamer la forteresse.

Il avait fallu beaucoup de persévérance à Nicolas, le père de Patrick, pour amener les « forestiers » aux techniques nouvelles, pour les inciter à respecter la faune et la flore, ce qu'on nomme aujourd'hui l'écologie. Parallèlement, il avait investi des centaines de millions de dollars dans les industries pharmaceutiques et agro-alimentaires et, par le biais du papier, séduit la communication. De sorte que, sans jamais recourir à l'endettement dont, dès l'origine, les Declercq s'étaient méfiés comme d'une faiblesse redoutable, tout ce qu'on pouvait assurer sans se tromper était que la holding se trouvait à la tête de biens incalculables dans les régions les plus improbables du monde, gérés par des responsables choisis parmi les moins fantasques. Véhicule aux rouages depuis si longtemps parfaitement huilés que rien ne semblait susceptible d'en gripper la marche. Même aux pires moments du régime soviétique, entre 1922 et 1929, les plus implacables ennemis du capitalisme s'accommodèrent de l'activité de « Forêts et Coupes » en URSS. Ce n'est qu'en 1990 que le vieil Armand Hammer, un des rois du pétrole aux USA, fidèle ami et complice de Lénine, lors d'une ultime interview accordée à CBS, mentionna le nom de « Forêts et Coupes ». Selon lui, si dans des temps proches, les ingénieurs n'imaginaient pas des sondes souples capables de forer au plus profond, les nappes d'or noir encore accessibles seraient taries. Resterait alors la forêt, l'or vert, un trésor mondial qu'il fallait préserver, une source d'énergie à nulle autre pareille.

Hammer et Tristan s'étaient toujours bien entendus. Ce dernier s'était efforcé de lui expliquer de quelle manière il avait été conquis par la forêt : ce « bois sacré », celui dans lequel il y a des siècles trouvaient refuge les hors-la-loi, celui de Robin et de Brocéliande. On retrouva, par trois fois, ce terme de « bois sacré » sous la plume de Jean Jardin, conseiller du gouvernement de Vichy. Dès 1941, il avait fait passer certains messages à la Maison-Blanche, à Downing Street, et ensuite à l'état-major du général de Gaulle, afin que tous aient le souci de préserver les forêts d'Europe.

Dans ce droit-fil une connivence tacite épargna certaines sources d'énergie et des centres de transformation, mis à part quelques bombardements destinés à satisfaire les opinions publiques ; on se garda autant qu'il était possible d'anéantir les immenses nappes forestières aux abords des champs de bataille. Entrait aussi, de la part des combattants, un peu de sentimentalité et le respect de superstitions très anciennes. Très tôt on en retrouvait l'esprit dans le protocole signé en 1913 à San Francisco où d'éventuels belligérants s'accordaient à respecter les lieux saints et... la forêt.

Jusqu'ici on ignore que le promoteur de cet accord fut Anthelme Declercq, celui qu'on appelait alors le Vieux, qui peu avant de disparaître en 1919, pour remercier le Seigneur de lui avoir permis de réaliser le vœu qu'il n'avait cessé de poursuivre, légua à Cîteaux l'intégralité de ses parts à « Forêts et Coupes ». À la veille de la Seconde Guerre mondiale, le 4 avril 1939, le général Guisant, président de la Confédération helvétique, était averti que le maréchal Goering et des « chasseurs », généralement des dignitaires du IIIe Reich, souhaitaient rencontrer quelques représentants des Alliés, en vue de se préoccuper du sort des domaines forestiers. Étrangement, ce chef barbare et quelques-uns de ses amis prétendaient mettre au ban des nations ceux qui ravageraient les forêts.

En juillet 1942, à Stresa, dans le cadre paisible de la villa Borromeo, Ernst Dienst, le bras droit de Speer, prit place à la même table que l'Anglais Lord Dufelt, l'Américain Disney Hopp, le Soviétique Durochenko. Pendant que les armées se prenaient à la gorge, une journée durant les mêmes discutèrent de l'univers forestier. Mathilde Declercq servit elle-même le thé et le café à ces messieurs. Gardant le visage fermé, elle ne prêta pas attention aux regards posés sur elle. Nul ne haussa le ton.

Dans l'après-midi, une fois scellés les accords concernant la survie des réserves boisées de la planète, on se sépara, sans une poignée de main. De la réunion, il ne resta que le sillage des vedettes rapides sur le lac, le souffle des pales des hélicoptères. Une fois encore « Forêts et Coupes » avait secrètement, à sa mesure, pesé sur le cours d'une fraction du monde.

Mathilde était demeurée seule en compagnie d'Anthelme. Pendant toutes ces discussions, tapi dans un siège, dans l'incapacité de se mouvoir, il dit à son arrière-petite-fille : « Ma petite Mathilde, le bois c'est le saint chrême. Tartine un peu de miel sur mon toast. » Et, sur la terrasse dominant le lac, tous deux grignotèrent les pains dont ils avaient privé les émissaires des guerriers.

La barrette noire tomba à terre

À Richepanse, Jean-Robert a pris l'habitude, depuis que l'oncle l'a installé là, de noter les moments importants de sa vie. Il devait avoir dix-sept ans. Cela se situait au lendemain de la distribution des prix. Jean-Robert s'en était retourné à Cahors. Le soir même, égaré du côté du 18 de la rue aux demoiselles, attablé, il sirotait un de ces mélanges appréciés des sous-officiers — demi de bière dans lequel on versait un doigt de Picon, un autre de Pernod, quelques gouttes de fraise touillées à l'aide d'une longue cuillère. Son âge, il le faisait tout juste car, bien qu'il fût grand de taille, il était trahi, au dire de ces dames, par ses expressions volontiers émerveillées qui les amusaient. Il arrivait à Emma, à Paule, à Marinette, toisant le consommateur, l'espace d'une seconde, d'être happées par ses yeux topaze brûlée, ardents, pendant qu'il suivait les mouvements de l'une, de l'autre circulant entre les tables, moulées dans le satin noir. Du doigt, il effleurait un bras à l'aise dans des combinaisons noires filetées de valenciennes, retenues lâchement à l'épaule par un simple ruban.

Régine régnait avec le sourire sur son pensionnat adolescent. Indulgente, elle permettait de petits attouchements. Il arrivera que, las de caresser les mêmes traits, d'épuiser les charmes de Marie-France, d'Adèle, d'Adrienne, de Frédérique, de Béatrice, d'Irma, il s'esbigne. À Agen, c'était du côté de la rue Ardente qu'on pouvait lorgner les plus beaux derrières, entreprendre d'autres Rosalinde, d'autres Odette, d'autres Justine. Dès qu'il fut en âge d'enfiler un pantalon long, comme jadis avait pu le faire Poussin, passant d'une colline à l'autre, du Capitole à l'Aventin, soucieux d'en rapporter les beautés sur la toile, Jean-Robert glissait, rebondissait sur des abdomens, les uns plats, les autres dodus, nombrils fascinants, les uns profonds, les autres pas plus grands qu'un grain de café que, de la langue, il rêvait de happer avant qu'ils ne se perdent à la lisière de touffes épaisses, crin sombre au fond duquel se dissimulent les lèvres rubis foncé, de la teinte de ces champignons à l'apparence inquiétante mais au goût exquis qu'on trouve à l'automne, à Venise, au marché du Rialto.

Aux premières lueurs du jour, assis sur les berges au pied desquelles coule le Lot, Jean-Robert, penché sur l'eau trouble, se trouve confronté avec les traits d'un homme encore jeune, mais à ses yeux dépourvu de grâce. Est-ce pour cela que, de retour à Paris, sans raison apparente, un certain désarroi l'envahissait ? Lui aurait-on demandé s'il y avait là quelque motif, il aurait répondu non. De corps, il se sentait bien. C'était plutôt les prémices d'une insatisfaction, qui jamais ne le quittera, celle de n'être ni ici ni là à sa place. Sauvé de la mélancolie par l'ambition, mais plus encore par la curiosité, il sait que franchie la porte du bureau du président Nicolas, il n'aura plus la force d'âme de refuser la proposition qui lui est faite, d'autant que la quasi-totalité de la population de Vendôme ne cesse de faire bonne figure à celui dont on devine que, un jour peut-être plus proche qu'on ne l'imagine, il sera ici le grand patron.

Il se déshabilla, passa un long moment à rêvasser sous la douche, puis, conscient qu'il allait lui falloir des heures pour s'endormir, se retrouva rue Tronchet, du côté de la rue Godot-de-Mauroy. À la hauteur du 21, Zélie dit : « Chou blanc cette nuit ! Tu m'offres un café ? » Elle raclait le fond sucré de la tasse. « Tu montes un petit moment ? » Il éluda. Zélie, il aimait bien son corps androgyne, s'émouvait à sa voix enfantine, mais il avait l'esprit ailleurs. À la Madeleine, au coin de la rue Tronchet, Florence, assise à l'abri derrière l'auvent de verre de son guéridon, pêchait à la palangrotte. Elle esquissa un bonjour : « T'as pas un instant pour moi ? Avec mon frère, on a un problème : tout près du bois de Vincennes, on a hérité d'une bicoque. D'après toi, ça ne serait pas le bon moment pour vendre ?

— T'as besoin de sous ? »

Elle hocha la tête. Sur le marbre, sur le parquet de Lucky Strike, il crayonna : « Appelle-moi demain matin très tôt. »

Jean-Robert, pour rompre un peu sa solitude, pria l'oncle de venir le rejoindre. Heureux de se retrouver l'un et l'autre, ils étaient conscients que, lorsque le premier des deux s'en irait, la vie du survivant ne serait plus ce que jadis elle avait été. En voyant son neveu à Vendôme, en des lieux si vastes dont jamais il n'aurait imaginé qu'il pût en exister de semblables, sinon peut-être pour un ministre, le religieux lui dit : « Tu n'es peut-être plus si jeune, mais à te voir gambader ici tel un elfe sur sa prairie, je souhaite que pour toi le temps ne cesse plus d'être clément. Dis-moi, ces gens qui se succèdent dans ton bureau, qui courent comme des petits garçons, qui sont-ils ?

— La fine fleur de l'ENA et des écoles forestières. »

À eux, Jean-Robert disait : « C'est mon oncle. » Fièrement, il ajoutait : « Il est chanoine. Il appartient au chapitre de la cathédrale Saint-Étienne de Cahors. » Jean-Robert lui présenta Étienne Chardon, un des plus brillants de la firme ; en charge, en Italie du Nord, de la Vénétie, il connaissait chaque coin, chaque arbre, chaque retable. « Ça n'a pas été simple ! précisa Chardon. Mais finalement la municipalité a donné son accord. Résultat : dans le courant de la semaine prochaine, des centaines de chênes qui racinaient dans le Haut-Adige depuis vingt-cinq ans vont se retrouver à terre pour être expédiés à Venise *via* Mestre pour, quelque temps plus tard, servir de soutènement à la Salute. »

Dans le quart d'heure qui suivit, ce fut le tour d'une délégation du sultanat d'Oman, proposant de fournir des tonnes de brut contre la livraison de milliers de traverses en chêne. les trois hommes, sapés de l'avant-veille à Saville Row, avaient dû avoir des difficultés à passer du coton blanc à la flanelle grise et dissimulaient mal leur étonnement à la vue de ce prêtre qui, assis un peu à l'écart, regardait la scène d'un air amusé. Des postes branchés sur haut-parleurs diffusaient des informations depuis Nagasaki, Montréal, Leningrad... Au chanoine qui redoutait de déranger, Jean-Robert dit : « Reste ! » « On vous passe Alma-Ata. » Suivit une conversation avec le président de la République du Kazakhstan. « C'est mieux qu'au cinéma. Et vous les connaissez tous ces présidents ?

— Mon oncle, des républiques, dans le monde, il en pousse plus vite que le bamboura au Cambodge, un bambou qui, paraît-il, en une nuit, croît de trente-cinq mètres. À ce propos, je te présente Roland de Nicolaï, notre représentant au Viêt-nam. À "Forêts et Coupes", nous importons de quoi alimenter les restaurants chinois du monde entier, entre autres le germanium. Tu en absorbes un bol et, paraît-il, la vieillesse est stoppée, remise à la prochaine fête de la pleine lune ; tu bois un peu de la sécrétion de tarkasher et, à peine l'as-tu consommé, tu éblouis les dames comme le grand Turc lors de la prise de Constantinople. »

Jean-Robert entraîna le chanoine dans la salle des cartes. Située en face de la Chancellerie, elle s'étend sur près de deux cents mètres carrés. « Notre grand cartulaire ! » dit fièrement Jean-Robert ; il parla de ces sous-sols blindés où, au cours des grands conflits, des spécialistes avaient été en mesure de préciser en quels lieux évoluaient flottes aériennes, maritimes et terrestres, se déplaçant au rythme de milliers de nouvelles. « Ici, nos gens, écouteurs aux oreilles, à l'instant même informent Vendôme de l'état des forêts, des réserves en bois de la planète, des milliards et des milliards d'arbres. Ceux qui bûcheronnent ici nous sont d'autant plus attachés qu'en plus de rétributions coquettes, chaque année il leur est attribué, dans des coins de l'univers qui leur conviennent, des hectares qu'ils géreront à leur guise, et on leur fournit, si nécessaire, les moyens financiers pour soigner leurs domaines. Ainsi, à travers le monde, des pléiades de forestiers, dont l'arbre est le seigneur, volontiers sauvages, n'ont d'autres guides, d'autres régents que "Forêts et Coupes". »

Le soir venu, en sirotant la tisane, le chanoine avait la tête qui lui tournait d'avoir rencontré des gens si loin du petit monde cadurcien, et Jean-Robert contait à ce vieux curieux qui n'était revenu de rien un peu de l'histoire des Declercq, et celle-ci était tellement étonnante qu'à l'entendre l'oncle était prêt à battre des mains et à dire encore et encore.

À nouveau on se quitta, le chanoine retournant à ses offices et Jean-Robert à ses univers sylvestres. L'un et l'autre songeaient aux temps à venir, proches, où ils devraient assumer leur solitude, le prêtre dans sa sépulture, Jean-Robert dans son bureau où, depuis les fenêtres quasiment au niveau des lèvres de l'Empereur, il suivait des yeux le périple des véhicules qui tournaient autour de la colonne. Alors que jadis, l'un et l'autre n'usaient du téléphone qu'à l'occasion d'incidents majeurs, cette fois, peut-être parce qu'il regrettait ces derniers temps d'avoir négligé le vieil homme, Jean-Robert décrochait souvent l'appareil.

L'oncle lui dit : « Ne t'agite pas trop. Sage moi-même, je ne l'ai guère été plus que toi. Je vais m'en aller sans même connaître à fond Cahors, sans avoir pénétré l'âme de tous ses habitants, sans avoir eu le loisir de croiser toutes les brebis, tous les renards, tous

94

les chiens, tous les chats qui hantent le Causse, sans avoir sondé tous les terriers, toutes les grottes. Il y en a autant que de cailloux recueillis dans mes chaussures. Tu l'as vu à ma mine, je vais m'en aller. Pourtant il me paraît que je viens à peine de naître. M'esbigner, finalement ne conserver le souvenir que de quelques visages, de quelques coins de ma cité... Ça devrait suffire au pauvre bougre que je suis. » Bougre : lorsqu'il prononçait le mot, Jean-Robert entendait comme une once de regret, une sensation de manque. Riche, le prêtre aurait peut-être étendu le lopin de terre familial, acquis une jolie petite maison du xve siècle dont il raffole, pourquoi pas une cabane du côté d'Arcachon, de cette baie que le chanoine avait entrevue lorsque, sous-lieutenant d'artillerie, couché par la mitraille, frappé à Verdun en 1917, il avait passé sa convalescence dans un lazaret de la côte. Depuis lors, la mer, il ne l'avait plus jamais revue.

« Bonne idée ! Je te donne ma voiture, mon chauffeur.

— On verra ça », dit le chanoine.

À la fin de l'année, ça n'allait pas bien fort, comme si la mort, pour faire fructifier ses moissons, de temps à autre mettait les bouchées doubles. Alerté par le timbre de la voix qui perdait de sa raucité, six heures plus tard Jean-Robert sonnait à la cure. « C'est bien que tu sois venu. Tu me regardes. Au dispensaire, ils ne sont pas allés par quatre chemins. On doit tout dire à un vieux cureton : que le temps est venu de retrouver mon Créateur. Ce n'est pas l'idée de m'en aller qui me chagrine, dit l'oncle, mais celle de te laisser. » Il fit un mouvement. La barrette noire tomba à terre. Jean-

Robert la ramassa. « Elle ne tient plus. Même la tête a perdu sa chair. »

Trois semaines plus tard, les dernières pelletées de terre obturaient la fosse où reposait le chanoine.

Reflets de forestiers
dans le lac de Genève

L'estrade avait été disposée de telle manière qu'elle semblait surplomber le lac et servir de premier plan aux contreforts du Mont-Blanc. Autour des tables ovales, chacune recouverte d'une nappe historiée de feuilles de platane, l'assemblée, debout, immobile, demeura une bonne minute sans ciller. De chaque côté de la scène, deux hommes, l'un flûtiste, l'autre corniste, sur un signe de tête ponctuèrent une mélodie d'abord lente puis qui s'accéléra, haletante, reprise par un frémissement de cordes : le thème de *La Forêt enchantée* de Geminiani. Alors tous, sabots aux pieds, rythmèrent le mouvement en souvenir de temps très anciens, saluts aux croisés luttant contre les démons de la forêt de Jérusalem, aux combattants helvètes qui avaient rossé la horde de Charles le Téméraire, hommage aux Chouans, à l'aïeul Jérémie Declercq qui, à l'époque de la Fronde, était parvenu à fabriquer des sabots si remarquablement taillés qu'on les vendait aussi bien en Écosse qu'en Transylvanie. Il fallut même que Colbert s'en mêle, sinon la Marine royale eût pâti de la concurrence. Pour faire une bonne paire de sabots, on devait abattre deux beaux sapins, de quoi menacer la Lorraine et son univers forestier ; conséquence pratique : l'enrichissement des marchands de bois, particulièrement des Declercq.

Le corniste n'avait pas fini de jouer la fantasmagorie qu'apparurent les maîtres d'hôtel précédant les premiers services. On avait dû vider le lac de Genève, le Rhin, la Moselle pour garnir les plats en poisson blanc tant les exigences des cuisiniers avaient été grandes.

Une trompette, de trois coups, exigea le silence. Le président Nicolas se dressa. « Avant toute chose, et pour en finir avec moi, il me faut, puisque c'est la coutume chez les forestiers, vous donner des nouvelles de la santé du plus ancien. Elle n'est pas des meilleures. L'urologue dont nous finançons une partie des recherches n'a pas mâché ses mots : je vous aurai quitté à la fin du solstice de juin. Je sais, vous êtes tous contrits, moi également parce que je me plaisais bien en votre compagnie. »

À l'instant d'approuver les bilans de l'année passée, de signer le nouveau protocole face à la ville de Genève, sous la lippe paterne de M. Derieux, peint grandeur nature par La Tour, le président Declercq s'apprêtait à reprendre la parole lorsqu'il fut interrompu par l'entrée de Mathilde. Il poursuivit : « Pour la dernière fois, j'approuve les procès-verbaux. Dorénavant, c'est ma petite-fille Mathilde ici présente qui sous mes yeux, aussi longtemps qu'ils resteront entrouverts, assistée par maître Jean-Robert Debief, assumera la présidence du groupe. Maître Debief sera des nôtres à treize heures.

— Devons-nous entendre que, désormais, leurs décisions pourraient l'emporter sur toute autre ?

— Qui sait, mon cher Sylvain ! Jusqu'ici, le fait est confirmé sur les premiers documents concernant notre famille, il s'est toujours trouvé opportunément un héritier mâle pour assurer la direction. Aujourd'hui, il s'agit pour "Forêts et Coupes" de se montrer plus avisée, plus active, moins conformiste que n'avaient pu l'être les générations précédentes. La superficie même des territoires toujours plus vastes que gèrent nos groupes nous conduit à être toujours plus circonspects, à veiller à ce que rien ne soit fait sans une entente parfaite. Moi disparu, ma petite-fille Mathilde, notre unique héritière, devenue la patronne, en raison des développements inéluctables et systématiques de "Forêts et Coupes", aura à faire face à des situations de plus en plus écrasantes. Je compte sur maître Jean-Robert Debief, le successeur de maître Tristan, pour sans cesse l'assister. Quant à eux deux, je les invite à poursuivre sans relâche et dans un climat d'amitié. Autrement, c'en sera fini de "Forêts et Coupes". » Le représentant de la Tunisie se leva : « Et si Mme Mathilde persiste dans le célibat ?

— Alors c'est que le Ciel ou le destin aura jugé que c'en sera dorénavant fini de "Forêts et Coupes" en tant qu'entité familiale. Aucune dynastie ne résiste à l'usure du temps. Un jour ou l'autre, de la fontaine à fabriquer le liquide dont on fait les enfants il ne coule plus que de l'eau, souvent saumâtre. » Il se retourna vers le cousin Pierre. Celui-ci haussa les épaules comme s'il ne pouvait faire mieux.

Nicolas Declercq regarda Mathilde, tapota son épaule, sourit et se rassit. « Nous signerons les procès-verbaux sur la terrasse face à la ville, par une nuit qui s'annonce encore froide. Il se pourrait bien qu'il neige. Tant mieux. J'aime cette maison en toute saison, une des plus jolies demeures du monde. » Mathilde glissa à l'aïeul que tout était prêt pour recevoir ce M. Debief.

À midi trente, un des hélicoptères de la société se posa. Un homme sans manteau en dépit de la froidure sauta les trois degrés de l'engin, atterrit sur un gazon jauni. Le bagage était léger. Mathilde s'approcha : « On s'est déjà vu ! L'appartement vous attend. Je vous accompagne. Le délégué du Brésil vient de faire savoir que son avion a pris quelque retard. » À travers des verres teintés, Mathilde ne perdait pas des yeux celui dont il y avait toute probabilité pour que, dorénavant, il soit appelé à régler son destin, du moins sa vie quotidienne. À Vendôme déjà, elle l'avait entr'aperçu. Un Français venu de son terroir, frisant la quarantaine banquière. Grand, brun, décidément joli, plus jeune qu'elle, souriant, il la dévisageait avec aplomb ; un brun qui, chez le monsieur, tirait sur le roux. Il sembla à Mathilde que, si elle avait entrepris de compter un à un ses cheveux, ils apparaissaient si vifs, si drus qu'elle se serait retrouvée bientôt sans voix. Pas un ne devait manquer. Les lèvres étaient opulentes, ourlées. Au nez, il manquait la truffe pour aller à la chasse débusquer la belle au terrier. Ils grimpèrent l'escalier. Il s'arrêta un instant devant un groupe de marbre. Il dit : « Superbe ! » Elle répondit : « Pigalle. » Comme, visiblement, il ne connaissait pas, elle précisa : « Pigalle, un sculpteur du temps passé.

— Pigalle ? » Jean-Robert avait dû entendre le nom au coin de la rue à l'angle de la place Clichy. À la station de métro, il connaissait Betty, Andrée, Nadine, trois poules, mais allurées comme des montgolfières.

« Le repas est prévu dans trois quarts d'heure. » À une femme de chambre qui avait entrepris de les suivre, elle dit : « Ce n'est pas la peine. Monsieur est venu sans bagage. » Elle repoussa les portes. Elle dit : « Alors, ça y est, ce sera donc vous le patron de l'affaire.

— À dire vrai, je ne sais guère ce qu'on attend de moi, ni ce qu'il adviendra de moi quand on m'aura engagé. » À suivre du regard cette femme qui évoluait sans gêne, il s'interrogeait, se demandant si, nue, elle aurait pu rivaliser avec le modèle de ce Pigalle. Il se dit que le mieux était d'aller voir et sans attendre, prenant l'initiative, il fouilla la jupe en cherchant une échancrure dans la masse des tissus. Elle, de sa main, caressait la nuque du visiteur. Elle lui parut profonde. Le souffle bientôt allait leur manquer. On entendit un coup de gong. Elle dit : « On a encore une demi-heure. » Et comme pour montrer que les minutes allaient prendre leur temps, et du bon, l'air d'être autre part et des plus occupées, elle entreprit de défaire les boutons du col. De là, elle passa à ceux de la chemise, sans hâte, comme pour faire durer le plaisir. Lui se demandait comment concilier un projet immédiat et le moment de passer à table. Elle releva la tête, le regardant. « Quelque chose semble vous préoccuper, dit Jean-Robert.

— Je pense, dit-elle d'un ton sérieux, qu'étant à Genève, dans la cité de Calvin, pas question de vous laisser de la sorte rencontrer nos bonshommes, particulièrement mon grand-père ; il a l'œil, celui-là ! » Et, s'assurant que Jean-Robert était toujours debout, le corps contre le lit, le bassin à hauteur du sommier, sans défense, des deux mains elle l'expédia. Puis tout alla vite, un peu trop peut-être ; lorsqu'ils se relevèrent, qu'il tira sur sa cravate, elle sur sa jupe, elle lui dit : « En tout cas, à table, on sera à l'heure. » Elle se releva, lui tendit une main. « Eh bien voilà, monsieur. Dorénavant, on se connaîtra un peu mieux. »

Leurs regards se croisèrent. Elle ajouta : « La fête est prévue pour trois jours. C'est la coutume ! Chaque année "Forêts et Coupes" traite trois cents de ses meilleurs forestiers. C'est pas le moment d'avoir sommeil. Trois cents convives, une seule femme : moi ! En raison de la situation mondiale, de la crise qui frappe le négoce du bois, mon grand-père a décidé que, cette année, on ferait simple, mais tout de même pas trop. De ces fêtes, il y en a eu de mémorables, telle celle donnée en 1869 pour l'inauguration du percement du canal de Suez et présidée par l'impératrice Eugénie. En 1885, Xavier, mon arrière-grand-père, à la veille d'atteindre ses quatre-vingt-dix ans, soucieux de solenniser l'événement, avait, pour ce faire, négocié avec les Musées nationaux, dont il avait longtemps présidé les conseils, l'autorisation exceptionnelle de faire tenir les assises de "Forêts et Coupes" dans la grande galerie des Rubens. Cette année, mon grand-père a obtenu du Mobilier national le prêt de fauteuils parmi les plus précieux, les plus extravagants, tournés, retournés, chantournés comme des tiges d'acacia. Autant de sièges que de présidents des délégations, le tout disposé à la diable, de manière que les assistants aient l'impression de se retrouver au sein d'une réunion amicale tenue sous les auspices d'un président bon enfant. En même temps, soucieux de donner à cette réunion un caractère aimable, l'aïeul a tenu à ce qu'on disperse çà et là des guéridons autour desquels vont voltiger les valets chargés de présenter les plats et la verrerie. »

Il avait fallu mobiliser tout ce dont les aviations privées disposaient et les échanges seraient traduits simultanément en huit langues. Chacun des représentants était placé, non pas en fonction de l'importance de son pays dans des domaines territoriaux ou financiers, mais plutôt selon ses actifs forestiers. Ainsi cette année-là, encore une fois, le Gabon et l'Écosse l'emportaient sur les Anglais. De même, la fortune sylvestre dépassant celle de la plupart des émirats pétroliers, nul ici n'avait encore de légation.

Avant de passer à table, Nicolas fit signe à Mathilde : « Ce Debief a fait quelques manières à l'idée d'entrer chez nous. Qu'importe ! Il est nécessaire que toi et moi nous en parlions. Tu sais dans quelles circonstances j'ai fait appel à lui ; pris à la gorge par le temps. Il fallait remplacer Tristan. » Rageur, il ajouta : « Il ne pouvait pas attendre un peu pour se supprimer ? Cette hâte, à quoi ça rime ? » Il reprit : « Contrairement à ma règle, j'ai dû me presser. Je ne voudrais pas par la suite le regretter. C'est à toi que je pense... te savoir seule face, disons-le, à un inconnu. Nos enquêtes confirment que ce Debief est hautement intelligent, ingénieux, rusé, infatigable.

— Ça promet ! dit Mathilde.

— J'ai dû en outre payer des indemnités considérables. »

Mathilde posa sa main sur celle de l'aïeul : « Souhaitez-vous que je vous rembourse ? Avec cela, qui vous fait croire que je vais le supporter longtemps, ce monsieur ?

— Ne t'énerve pas, de toute façon, on ne va pas te forcer. » Puis, retournant son assiette, il précisa : « On chauffe trop le sèvres ici. Un jour, on retrouvera des pièces pétées. » Mathilde se morfondait. La belle céramique n'était pas son affaire, sinon pour supporter des nourritures exquises. Pas de chance : juste au moment où il lui fallait perdre des kilos ! Elle s'interrogeait : allait-elle goûter au pétrus 47 ? Du corps, mais exquis. Nicolas se pencha et, revenant à la charge, il reprit : « Es-tu consciente du fardeau qui va peser sur toi ? À la tête de l'affaire depuis trois siècles, il y a toujours eu deux ou trois hommes par génération. De femme, jamais. C'est le moment de donner des preuves de ta personnalité. "Forêts et Coupes" mérite que tu fasses des efforts. Jusqu'ici, tu t'es fichue de tout. Tu dois assumer ton rôle, sinon pour moi, du moins en souvenir d'Émile. Si ça t'est insupportable, adieu la compagnie, adieu tout. Sans doute, ta fortune demeurera considérable, mais ça ne sera plus la même chose. L'argent Declercq sera privé de vie. »

Il se leva, toqua son verre, s'ébroua, évoqua le souvenir de Hans Hoffmann, le Bavarois qui venait de s'éteindre. À l'adresse de Jean-Robert, il prononça les paroles de circonstance ; que la présence d'un grand juriste s'imposait ici. Jean-Robert, lui, tête inclinée, n'ouvrait pas la bouche, comme s'il attendait, pour dévoiler ses traits, sonder plus avant les reins de cette compagnie. Tout de même, il se leva, posa ses mains à plat sur le plateau de bois, tourna son visage vers le président. Il allait prendre la parole, sans doute pour dire quelques mots en hommage à son prédécesseur, mais il demeura silencieux, marquant par là que, si d'aventure il ne devait pas faire l'affaire, il pourrait sans autre forme de procès à jamais se retirer.

Le déjeuner se poursuivait. On était passé au vacherin noyé dans le kirsch vosgien. Jean-Robert regardait les serveurs occupés à nourrir ces gens, à veiller à ce qu'ils boivent leur content comme on le faisait chez lui, en Dordogne. Un homme s'approcha, tira une chaise à lui et, sans façon, éméché comme il faut, fit la conversation, évoqua son métier : tronçonneur, démineur, des occupations où on attrape soif ; sous l'écorce, au soleil, ça chauffe. Le président Nicolas s'était relevé. Tous deux se donnèrent l'accolade. Le vieux monsieur en était au quatrième gobelet d'un sirop qu'il avait l'air d'apprécier. Debout, un peu de biais, il dit : « Un mot, mes amis, pour vous signaler qu'en dépit de la crise qui règne dans le monde, notre capital vient encore de s'arrondir. » L'assemblée avait fait silence. Nicolas n'avait pas l'habitude de s'entretenir aussi longtemps. « Je vais au plus pressé : un câble nous délivre un joyeux message. "Forêts et Coupes" vient d'hériter de cinq cents hectares de palmeraie, à quelques lieues de Taroudant, un des plus beaux sites du monde. Sans doute la superficie n'est-elle pas considérable, mais pour nous tous l'affaire est émouvante. Elle remonte à 1913, au temps de Lyautey, l'ami du glaoui de Marrakech. Ce jour-là, au cours d'une battue au sanglier, aux alentours de la forteresse, le chef maure était à deux doigts d'être éperonné lorsque Lyautey, d'un coup de fusil, abattit la bête. En souvenir de cet incident, les fils du prince ont décidé de faire don de ces bois à notre assemblée. Après cela, qui peut douter que "Forêts et Coupes" demeure de par le monde le *nec le plus ultra* de l'univers sylvestre. »

Pour Jean-Robert, ce déjeuner devait demeurer inoubliable pour plusieurs motifs. D'abord pour sa durée. On avait dû passer à table vers treize heures trente. À dix-sept heures, la brume était tombée sur le lac, sur Genève. La plupart des fauteuils abritaient des corps de forestiers taillés comme pour servir de rails aux schlittes vosgiennes. Le reste sombrait, ronflant, allongé sur les tapis précieux de la Chine et de la Perse.

« Monsieur, comment vous sentez-vous ? » lui demanda Mathilde. Jean-Robert hocha la tête. Il n'était guère en état de se prononcer sur pareil sujet. Le chef sommelier tendit une feuille à Mathilde. Pour information, ces messieurs jusqu'à présent avaient vidé cent trente-six bouteilles de pétrus 47 et presque autant de château-latour 1955. Les plus résistants étaient passés à un certain vintage fonseca 1960 dont Jean-Robert n'avait jamais entendu parler, jusqu'à ce qu'un dîneur, au passage, dise à la cantonade, comme si cela était le fruit d'une réflexion profonde : « Ça c'est du bon ! » Jean-Robert sentait l'univers se dérober sous ses pieds lorsque Mathilde lui glissa à l'oreille : « Grand-père souhaiterait vous entretenir quelques instants — question fric, si j'ai bien compris. Il est gris, profitez-en, mais pour son âge, la pensée est plutôt intacte.

— Au préalable, dit le vieux monsieur, je tiens à vous préciser que, depuis que vous avez accepté de nous rejoindre à "Forêts et Coupes", vous êtes devenu sinon un homme riche, du moins à l'aise. Sept chiffres, deux lettres, voilà les "passes" pour dorénavant accéder à vos deux comptes, l'un à Bâle au Crédit Suisse, l'autre à Genève à la S.B.S. Dix millions de dollars sur chacun d'eux.

— Ce sera là le prix auquel vous m'avez acheté ?

— Qui achète qui ? Qu'importe ! Pour vous, il n'y a aucune contrainte. Je précise : ce qui vous sera versé n'apparaîtra nulle part, sinon pour quelque obscur comptable à notre entier service. » Un moment passa. Le président Nicolas dodelinait. Encore un peu, se dit Jean-Robert, il va rouler sous la nappe. Il reprit : « Ainsi, vous m'avez littéralement acheté pour un grand prix, certainement plus que je ne vaux à cette heure. Mais comment résister ? Je suis d'une lignée paysanne qui aime les sous — tout de même pas jusqu'à vendre son âme. Pas de contrat ! Si vous en avez préparé, ne m'obligez jamais à le signer. Ne prenez pas en mal mon propos ; je suis ainsi et entends le rester.

— Qu'importe que vous parafiez l'accord ! Pour moi et pour Mathilde, définitivement, vous êtes des nôtres, de la forêt. Nous vous voulons ! La règle dans notre famille a toujours été fondée sur celle des hommes des bois, sur ses usages. Le boqueteau qu'on désire, on l'occupe, on le soigne, on le taille. Si on l'abat, c'est dans l'espoir de voir surgir de terre de plus beaux soliveaux. Mathilde partage notre conception. Forestier, elle l'est à sa façon.

— Paysanne, tu veux dire ! Même le Chanel n'y peut rien changer. » Il sembla à Jean-Robert que, sous le tissu taillé ample, les hanches de sa future présidente ondulaient en son honneur. Peut-être le provoquait-elle sous l'œil amusé du grand-père. Jean-Robert se dit que, plus d'une fois, l'un et l'autre avaient dû être complices. S'ensuivit alors, entre le président, le cousin Pierre et Mathilde, des propos échangés à mi-voix, souvent confus, en français mâtiné de mots en allemand, de phrases en anglais. À certains moments, il sembla à Jean-Robert que ces belles personnes allaient se colleter. Ostensiblement Pierre, sous les yeux de Nicolas, avait sorti de la poche de son gousset trois dés, les faisait rouler. Désinvolte, il annonça : « Deux fois trois six », l'air du bonimenteur. « Qui fait mieux ? » Nicolas, lui, exhiba un fragment de carton encadré de cuir, de la taille de deux ongles. Un moment il le contempla, comme perdu dans un songe. « Regardez ! dit-il à Jean-Robert. Le trois-pennies émis à Hong Kong en 1881, le seul exemplaire tête-bêche au monde. Je viens de mettre la main dessus. À l'occasion, je me ferai un plaisir de vous montrer quelques pièces éparses dans les cent trente-sept albums où repose mon trésor. Toi, Mathilde, je sais que tu n'en as rien à fiche, ni aucun membre de la famille ! » Mathilde s'était éclipsée. Il se pencha vers Jean-Robert : « Pouvez-vous me resservir un peu de porto. Mes mains tremblent. Je ne peux guère mâcher. Mes muscles sont sans réflexe. Je ne suis plus qu'un vieux con. »

Jean-Robert n'avait plus aucune idée du temps écoulé. Pourtant, il ne voulait rien perdre des propos. Peut-être était-ce dû aux alcools, mais ce qu'il entendait lui permettait de pénétrer l'âme de ces gens. À nouveau, le nom de Hartig fut évoqué. On parla de forges dont le fonctionnement depuis longtemps dépendait de l'Ordre des forestiers. Jean-Robert écoutait. Entre tous ces gens, il n'y avait guère de place pour les siens. Il pouvait se demander : pourquoi donc ces gens riches de tant de huppes se croient-ils obligés de me chatouiller les narines ? Malgré tout, il y avait dans les propos des uns et des autres de quoi l'amuser. À deux ou trois reprises, on évoqua l'oncle Émile. « Celui-là, dit Mathilde à Jean-Robert, je regrette que vous ne l'ayez pas connu. Dandy peut-être, noceur, mais il aimait la forêt à s'y perdre : plus que tout. Adolescent, il descendait à se briser les reins les pentes des Vosges en schlitte, une sorte de traîneau qui, en glissant sur de grosses billes en bois, permet de charrier des troncs entiers. En cas de chute, on y laisse sa peau. »

Était-ce dans l'espoir de reculer l'échéance du sommeil, on était passé au cliquot rosé. Mathilde avait entraîné Jean-Robert un peu à l'écart, dans une pièce tapissée de tentures fanées. Elle saisit ses mains. « Vous avez de belles lignes, comme seuls les tracent les amants qui griffent leurs noms sur l'écorce des platanes. » Elle lui dit que chaque année elle allait au cœur de l'Afrique centrale écouter le bruit du vent dans des forêts ; qu'elle pouvait rester là des semaines entières couchée pratiquement à même le sol, bouffée par mille et mille vermines. « Qu'importe, jamais je ne quitterai ces arbres. Je désire les étreindre, être prise par chacun d'eux un peu comme ce matin par vous. Mais tout cela n'est pas pressé. » Et elle ajouta : « On verra plus tard. » Alors Jean-Robert eut peur. En voyant ces visages, il éprouvait le sentiment qu'il s'était fait avoir ; que jusqu'ici maître de son univers, de ses affaires, de ses jeux, il réalisait que, désormais, sa vie n'allait plus être que feutrée, banale, dorée ; que sans doute il allait se laisser entraîner par cette belle femme dans son lit. Il se leva, se dirigea vers la cage d'escalier, enfonçant ses pas dans des hectares de moquette fleurie, épaisse, comme ces gazons arrosés, récemment taillés où, à chaque enjambée, pour suivre son chemin, on perd un peu plus de ses forces. Cahors lui revenait, et la petite Lucie. Lui serait-il encore loisible de rôder dans les coins chauds de sa cité natale, de consacrer du temps aux seuls travaux qui l'enchantaient, entrecoupés de conversations exquises : éprouver de nouvelles surprises à déshabiller l'une ou l'autre ?

Les derniers à signer les procès-verbaux furent les frères Da Silva, deux Portugais parmi les plus grands forestiers de la planète : à eux seuls, ils détenaient plus d'un tiers des essences de la péninsule. Deux jumeaux, mais en était-on bien sûr tant ils se ressemblaient peu. En tout cas, jumeaux par leur avoir financier — si considérable que jamais ils ne se quittaient de peur que, l'autre disparu, le magot ne se volatilise. La tête de Joa l'aîné dodelinait. Comment tenait-elle sur ses épaules ? Démesurée, lourde, taillée au carré, elle évoquait les classeurs qu'on trouvait, il y a encore peu de temps, dans les salles d'attente notariales, et où, sur chacun des volets, figuraient orgueilleusement les identités des grands clients : Beaufremont, Gramont, Harcourt, La Rochefoucauld. Le cadet, Alvaro, de ses mains, ne cessait de se frotter le visage comme s'il espérait de la sorte retirer encore une once d'or. Nul ne songeait à lui adresser la parole. D'ailleurs, depuis les temps immémoriaux où on l'avait présenté au conseil, il était aphasique. Pourtant, soudain, il dressait la tête haut au-dessus de ses épaules, semblant reprendre ses esprits, mais c'était pour hennir. Il hennissait comme aux portes de Coimbra on peut l'entendre faire la descendance équine, jadis orgueil de Dom Pedro, roi du Portugal. Pour eux deux, redoutant qu'ils ne fassent leurs besoins là où ils étaient, on avait dressé leurs couverts à part, à l'abri d'un paravent.

Depuis un moment, Mathilde, réfugiée dans le silence, pianotait sur le damas blanc des mélodies dont elle seule semblait entendre la partition, jusqu'à ce que, lasse du clavier, elle entreprît de soulever le triple rang de perles dont, depuis la veille, elle ne s'était pas défaite, pour entreprendre d'en ouvrir les fermoirs. Comme au café maure, méticuleusement, où les hommes, tout en fumant, égrènent leur chapelet, les trente-trois grains olivâtres, doucement elle les laissa choir sur le plateau de la desserte, choisissant l'endroit où le marbre était nu, comme si elle attendait que les sphères, en bruissant, lui remettent l'esprit en place ; cela fait, sans hâte, des deux mains elle reprit la parure, tendit les cordelettes ; entendait-elle éprouver la solidité des fils ? Elle souleva le collier à la hauteur de ses yeux puis, happant le regard de Jean-Robert, comme si elle invitait le bonhomme à contempler son joyau, un peu comme l'enfant qui exhibe son jouet préféré, elle sembla dire : de ta vie, as-tu déjà vu une chose aussi sublime ? Ce fut ensuite au tour des bagues que chacune, elle fit tourner autour du doigt. Puis, s'en défaisant, elle se servit de la manche de sa blouse comme d'un polissoir. Après s'être à nouveau harnachée, longuement elle bâilla les yeux fermés, jusqu'à ce que le grand-père dise : « Si nos propos t'embêtent, va donc vivre ta vie.

— C'est vrai que je m'embête, dit-elle.

— Voyez, dit-il se tournant vers Jean-Robert, la vie des parents n'est pas toujours des plus simples. » Le maître d'hôtel présenta à Jean-Robert une tasse de café : « Un sucre ou deux ?

— Trois.

— Eh bien, maître, vous ne craignez pas, comme disent nos bûcherons de la forêt solognote. »

Depuis plus de trois heures, la nuit était tombée sur le Léman. Le président Nicolas ne donnait pas signe de fatigue. On aurait plutôt dit qu'il se plaisait tant au milieu de ces gens que son visage soudain reprenait vie. « Monsieur Debief, comment trouvez-vous ma petite-fille ? Je ne vous demande pas physiquement : elle est belle. Pour le reste, saurez-vous lui inculquer, mieux que je n'y suis moi-même parvenu, le sens des responsabilités ? Tout cela n'est guère sa faute : elle a poussé comme l'herbe folle dans une terre trop riche. Changera-t-elle ? » Il souriait, semblait-il pour lui tout seul, se trémoussait sur son siège. Tapotant la main de Jean-Robert, il poursuivit : « Assez bavardé. Vous devez vous entendre, s'il le faut contraindre vos natures, vous accorder avec Mathilde ; ce sera d'autant plus nécessaire que l'un et l'autre, après moi, après Pierre, vous allez vous retrouver seuls, entourés de meutes excitées par des maîtres dont chacun n'aura d'autre ambition que de vous réduire en pièces pour en grignoter les restes. En tout temps il en fut ainsi, tout comme ces petits animaux qu'on installe dans des wagonnets, qui montent ou croient monter pour redescendre, qui croient survivre en escaladant, tandis qu'ils retombent. Pour nous, ça tient du prodige que "Forêts et Coupes", sous des appellations différentes, ait résisté plus que les Fugger, que les Médicis et plus tard les Rothschild n'auront réussi à le faire. Étonnante persévérance, vaine pourtant. Des nôtres, voyez ce qui s'est passé au cours des toutes dernières générations : emporté l'oncle Émile sans progéniture, emporté Patrick, *exit* Sylvie ; de la sorte, tout est passé sur ma tête, puis sur celle de Mathilde qui devrait logiquement nous faire des enfants. Il serait encore temps. Jusqu'ici, elle n'en a guère manifesté le désir, peut-être parce qu'elle a perdu ses deux fils. L'aîné, à vingt-trois ans, surdoué, agrégé de mathématiques et de physique, s'est écrasé contre un poteau en béton en courant à cent quarante à l'heure en bobsleigh. L'autre, il y a trois ans, s'est éteint rongé par un lymphome. Sans doute est-ce mieux que de traîner comme je le fais ; donner vie à des enfants, à des petits-enfants, à des descendants qui meurent. Ils meurent tous. Autant de défaites gagnées sur moi. Ça m'afflige. Je déteste éprouver du chagrin. À quoi bon être si riche pour ressentir de ces tourments ordinaires ! »

Aux valets qui proposaient le choix entre deux portos, Mathilde se fit remplir deux verres. Le premier, aux trois quarts. Elle l'éleva, le laissant un moment à bout de bras, sans broncher, comme si elle voulait s'assurer que sa main ne tremblait pas. L'autre, d'un trait elle l'avala. « Vous devriez essayer le porto. Pour l'emportement, rien de mieux ! Ça calme. » Rencognée au fond d'une bergère, les deux jambes repliées sous elle, une main sur l'accoudoir, elle fit signe. À nouveau, on emplit le verre, à nouveau elle en suçota le contenu. Face à Debief, assurée qu'il ne pouvait plus l'éviter des yeux, sans aucune gêne, elle écarta les cuisses, laissant entrevoir du tissu taillé dans des rayonnes, illustré de motifs de fleurs et de fruits mûrs, gonflés, à quelques jours d'une belle récolte. À attirer ainsi son regard, à laisser espérer que pourraient s'entrouvrir les pourtours du sous-vêtement, Jean-Robert se demanda si elle n'était pas quelque peu confuse, surprenant sur son visage des expressions entrevues sur des épaves lorsque, à Fleury-Mérogis, il lui arrivait de visiter des clientes internées.

De retour à Richepanse, dans les jours qui suivirent le conseil, comme il l'avait toujours fait, il nota précisément ce qui s'était déroulé, ainsi que l'identité et le rôle des assistants. Il appela le cabinet Roquelaure, s'enquit d'Hippolyte, susceptible, en pareille circonstance et dans les délais les plus courts, de rapporter tout ce qui pouvait être connu sur tel ou tel, depuis le jour de sa naissance jusqu'à l'élaboration de sa nécrologique fiche. La vision qu'offrait l'indicateur avait de quoi amuser Jean-Robert : éternellement vêtu du même tweed beige décoloré, tristement assorti à l'empièicement tanné cousu aux coudes. Hippolyte, qui solde ses quarante années passées rue des Saussaies, au saint des saints des RG, avait toujours accès au grand fichier. « Cette dame Declercq — et au cabinet, ça arrive rarement —, après un mois de recherche, c'est pratiquement chou blanc. Votre Mathilde serait effectivement la fille de M. et Mme Patrick Declercq, cette dernière étant décédée le 6 mai 1930, le papa mort en 1928, mort ou disparu. Là débute l'imbroglio. Sur les registres d'état civil à Neuilly, on relève, en date du 1er mars 1910, la naissance d'une Mathilde Paule Jacqueline, fille de M. et Mme Patrick Declercq, petite-fille de M. Declercq et d'une Mme Declercq née Chevault. Tout ça serait normal si, dix années plus tard, n'apparaissait une Mathilde, même identité, Mathilde Paule, déclarée cette fois à la mairie de Honteville dans le Calvados. Seulement, manque de chance, le 14 mai 1940, au moment des derniers combats, ledit bâtiment a été pulvérisé et les archives ont flambé. Ainsi, votre Mathilde, qui accuse quelque quarante ans, pourrait bien en avoir cinquante. Ça arrive, ce genre de choses, c'est généralement le fait de gens haut placés qui ont pu acheter quelques consciences municipales. » Après un instant, Hippolyte poursuivit : « Ces notes doivent-elles être conservées dans les archives de notre cabinet ou bien détruites ?

— Laissez-moi tout ça ! dit maître Debief. Au plaisir de vous revoir. »

Ce dossier allait être le premier d'une série de pièces concernant Mathilde que Jean-Robert, au fur et à mesure, entreposait dans une chambre forte qui occupait une partie d'un ancien salon communiquant avec sa chambre. C'était le dossier « Mathilde ».

Le lever de rideau sur l'acte suivant venait de frapper. Le 26 juin 1965, à six heures du matin, le président Nicolas, quatre-vingt-douze ans, s'éteignait à l'Hôpital américain de Neuilly. Pour la première fois depuis sa naissance, il s'endormait dans un autre lieu que celui où sa mère avait été délivrée. La couche, la literie jusqu'au sommier, conçue pour lui seul, était transportable de telle façon qu'il pouvait être assuré que, dans les différents hôtels où il passerait quelques nuits, même une seule, nul jusque-là n'avait reposé. Dans les univers hôteliers, les exigences du président Nicolas étaient légendaires. Au cours du séjour à Genève, à ce propos il devait en dire plus à Jean-Robert. Par trois fois, il avait fallu l'opérer : à treize ans de l'appendicite, à vingt-sept d'un calcul dans l'uretère, il y a dix ans d'un de ces accidents propres aux vieux messieurs. Chaque fois, pour lui l'hôpital avait dû déplacer le bloc opératoire et tout le tintouin. « Ces obsessions des Declercq sont autant de signes de reconnaissance de notre famille. Mathilde longtemps eut la phobie du désert. L'idée même de le survoler en avion la mettait dans un état voisin de la démence. Alors qu'elle était invitée par le président Bourguiba à l'occasion d'un symposium, arrivé au-dessus de la Tunisie, le pilote, à la vue des masses sablonneuses déplacées par le vent, s'égara. Mathilde

116

étant en proie à une crise d'étouffement, il fallut se poser en catastrophe en plein plateau saharien et attendre le tout-terrain expédié d'urgence par le président de la République. Résultat : onze heures de route et deux ensablements. Des tics, des manies, on en trouve volontiers chez les riches à chaque génération. Pour des gens bien banals, médiocres le plus souvent, c'est l'impression d'être, au moins par ce trait, reconnus. Émile, par exemple, pour s'entraîner au golf, se maintenir au plus haut niveau — longtemps après qu'il se fut retiré de toute compétition, incapable de rester longtemps assis — à Vendôme, en plein conseil, se levait, deux bras collés au corps, pivotait autour de sa colonne dorsale, simulant les attitudes idéales qu'un grand joueur doit adopter. Pour Patrick, c'était l'alerte perpétuelle, comme si du taillis allait surgir le bison en rut. Nous sommes ainsi, que voulez-vous. Bientôt, je l'espère, les travers de Mathilde vous seront devenus si familiers que vous ne les verrez même plus. Oui, je l'espère. »

Jean-Robert Debief, tout juste âgé de trente-cinq ans, demeurait désormais seul sur la scène.

II

EN ÉCOUTANT MATHILDE

Sylvie avait son teckel,
Patrick ses chiens de traîneau

Tout au long de sa vie, Jean-Robert se souvient, comme si les scènes s'étaient déroulées le matin même, des propos et des réflexions qu'il avait échangés avec Mathilde alors qu'ils revenaient des obsèques de Nicolas ; ils sont d'autant plus présents à sa mémoire que, pour la première fois de sa vie, il pénétrait dans la maison Declercq et, ce matin-là, dans l'appartement de Mathilde. Elle lui dit : « Vous voilà donc l'exécuteur testamentaire des volontés des miens, et désormais appelé à veiller sur les actifs de "Forêts et Coupes" et du même coup sur les miens. En quelque sorte, me voilà tombée sous votre coupe, c'est bien cela ?

— C'est la volonté de votre grand-père. Le testament est parfaitement explicite.

— Officiellement, il n'a même pas été ouvert et vous en connaissez le contenu...

— Ligne après ligne. Une nécessité pour l'homme de loi que je suis. Le père Lafarge, notaire de son état aux Quatre-Routes dans le Lot, m'a là-dessus beaucoup enseigné. L'été, en fin de journée, après la partie

— qui n'a pas joué au poker ou à l'écarté, au cercle républicain à Souillac ou dans une de ces bourgades de la Dordogne, connaît bien peu de la vie.

— Et que disait-il, votre notaire ?

— Que tout testament déposé à son étude devait être à l'instant même rangé dans son coffre. Ça, c'est la loi et la coutume. Intervenaient ensuite la curiosité et le bel appétit de maître Lafarge qui, le soir même, pendant que mijotait la soupe aux haricots blancs et aux girolles hachées, grimpait à son bureau. Un peu d'eau portée à ébullition suffisait ; après quoi, d'une mince lame de rasoir, il soulevait les cachets et décollait les enveloppes. Chaque document lu attentivement, il ne restait qu'à tout refermer à l'aide d'une colle sèche de sa composition qui ne laissait nulle trace, puis à tout remettre au coffre. Il ne s'agissait pas de vulgaire curiosité mais de sagesse. À un maître éprouvé, il importe de tout savoir. De la sorte, il pourra mieux guider clients et amis qui, faute d'informations, auraient pu se retrouver avec leur capital écorné.

— Ouvrir le testament de grand-père, mais n'est-ce pas enfreindre la loi ?

— Absolument. Le sachant, il vous suffit d'aller voir le président de la 1re Chambre auprès du procureur de la République et de déposer plainte contre moi. Tout indique que, sur l'heure, je serais démis de ma fonction.

— Décidément, ça ne va pas être simple, la vie avec vous. Un drôle d'homme qui, de plus, entretient des rapports constants avec des putes.

— À ce que je vois, on est bien renseigné.

— Parmi les dossiers que m'a laissés mon grand-père, l'un d'eux vous concerne. Plutôt gai à feuilleter.

— J'ai quelque peu hérité de la clientèle de mon premier patron qui exerçait dans les coins les plus chauds de Paris. J'ose avouer que c'est avec infiniment de plaisir et d'intérêt que j'ai conservé ses petits fichiers.

— Que vous avez enrichis, si je ne m'abuse. Oui, oui, ne prenez pas cet air modeste, également je me suis laissé dire que vous avez entrepris des recherches sur mon compte.

— N'aurais-je pas également le droit d'en connaître un peu plus sur celle qui est devenue "ma" présidente, explorer les zones ombreuses de votre personnel ! »

Pour la première fois, Mathilde et Jean-Robert allaient ce jour-là sacrifier à une sorte de cérémonial dont ils observeraient les règles non établies jusqu'à la fin de leur vie. En savoir long et dire peu.

Mathilde avait treize ans lorsque son père disparut. Dès lors on ne cesserait d'épiloguer sur les circonstances de cet étrange départ, les péripéties étant entretenues par les récits qui évoquaient un peu de l'homme dont les traits jaunissaient sur les innombrables clichés de vieux albums. Ressembler à ce père mafflu, trapu, petit, aux jambes courtes et aux bras si longs qu'il paraissait capable d'atteindre ses pieds, Mathilde en détestait si violemment l'idée qu'à la naissance de ses deux enfants, elle traqua avec anxiété le moindre trait commun avec lui sur leurs visages, comme elle l'avait fait pour elle-même, en se comparant à ces portraits d'ancêtres sur les murs de Courcelles. À peine sorti de l'enfance, Patrick Declercq avait surpris le milieu des forestiers par sa connaissance innée du terrain, des pousses, des espèces, et plus encore par sa morphologie : homme-tronc, aussi corpulent que ces arbres-bouteilles qui croissent en volume et non en hauteur. Jamais il ne dépasserait les un mètre soixante, ancré au sol, engoncé dans des costumes aux couleurs subtiles taillés dans les meilleurs tissus écossais, pareil à ces tonneaux ventrus où vieillissent les excellents whiskies. Cette mise qui, sur tout autre, aurait semblé clownesque lui donnait la touche excentrique qui faisait passer sa bizarrerie d'allure. Il posséda jusqu'à quatre cents de ces chemises taillées dans la même flanelle par Huntsmann, Hilditch ou Charvet, toujours vêtu à la diable, enveloppé par ces tweeds et ces lainages aux reflets de la couleur qu'on voit sur les écorces.

Dans la famille, on l'avait, une fois pour toutes, défini comme le « somnambule voyageur ». Et tel il était, passant inopinément de l'Asie à la Nouvelle-Guinée, empruntant des moyens de transport qui le rebutaient d'autant moins qu'ils étaient hasardeux, lents avions aux escales imprévues, trains poussifs s'enfonçant au cœur des Rocheuses, de la Sibérie, de l'Empire Céleste, où l'Occidental qu'il était, avec ses costumes à carreaux, se fondait, pareil au fourmilier en lisière des bois. Hautement pénétré de ses devoirs de chef d'un illustre clan, il n'entendait subir ni astreintes ni contraintes, hormis celles des saisons, des climats, de la nature. Après des semaines, des mois sans donner de nouvelles, il réapparaissait soudain, envahissait Courcelles, débordait sur les paliers, dans les chambres, et, muni d'un passe de concierge, entrait sans sonner ni frapper.

« Mais enfin, mon ami, vous êtes impossible, et si vous m'aviez surprise dans les bras d'un amant ? s'exclamait son épouse, pétrie par la masseuse.

— Joli garçon, j'espère. J'en aurais profité. Un derrière intact à forcer, je peux tout vous dire, me rappelle la banquise entamée par le brise-glace. »

Son originalité, sa liberté de manières, la fascination qu'elles provoquaient, il en usait pour arracher des contrats autant que pour se lier avec les forestiers, comme ces Indiens de l'Utah dont il avait recueilli les mélopées qui font pousser le hickory. De la sorte, il avait enseigné aux bûcherons japonais à écouter la mélodie du résineux des montagnes, celle qui s'entend seulement l'oreille collée à la base de l'arbre. L'oreille sauvage, il prétendait entendre le piétinement des fourmis. Joueur, il pouvait demeurer deux jours et deux nuits assis à la table de poker. Pitre à l'occasion, ne se séparant jamais des deux jeux de cartes dont les tours séduisaient les présidents de toutes les républiques, les sultans et les rois, il abandonnait les siens sur un sourire, à la façon d'un gamin fugueur. Mais jamais il ne trahit la forêt, forestier comme d'autres sont religieux ou soldats, envoûté par les mystères joués sous les couverts, la fête donnée par chaque fût, sous chaque éclat d'écorce, complice de ces faunes nonchalantes, de ces myriades de bactéries, capsides, primules, gymnospermes, lichens, utricules, qui lui étaient plus familiers que les prénoms de ses proches. Jamais non plus il ne perdit une miette de son temps à frayer avec ses pairs, ces dynasties naissantes d'industriels, ces Michelin, Renault, Peugeot, « maîtres de forges », mais qu'il tenait pour maréchaux-ferrants, vulgaires façonneurs de métaux, lui, un Declercq, qui en secret s'honorait de l'ancienneté de ses origines forestières, en ces temps jadis où seule l'herminette aiguisée à la main avait le privilège d'entamer les troncs.

Lorsqu'un grand médecin, à New York, voulut lui imposer quelques séances de radiations, traitement qui nécessitait alors une hospitalisation, il ne supporta pas que quiconque prétendît arrêter, ne fût-ce que quelques heures, le cours de son élan vital, de son énergie. Cette gêne à la mastication qu'il avait si longtemps négligée, dont il avait fini par s'ouvrir, distraitement, à la fin du conseil de l'Hôpital américain dont il assurait la présidence, se révélait être un cancer, mal qui ne pardonnait guère à l'orée des années trente.

« Je suis foutu, ne tergiversez pas.

— Un bien grand mot.

— Allons, j'ai pas mal de choses à régler. En dépit des apparences, je suis un homme d'ordre. Combien de temps me donnez-vous ? »

Le professeur avait levé les bras au ciel. Patrick lui fit une donation considérable, pour soigner les indigents, ces immigrés irlandais, polonais qui commençaient à ourler les rues de Manhattan, une somme identique à celle dont il dotait le pavillon psychiatrique de la Salpêtrière, l'ancien pavillon de Charcot récemment gagné à la psychanalyse.

Puis il s'en retourna chez lui, à Courcelles.

Comme à son habitude, il s'engouffra sans frapper dans la chambre de Sylvie, cette épouse qu'il voyait si peu, et s'étala sur le lit tout habillé.

126

« Que me vaut l'honneur de votre visite ?

— Si nous parlions de Mathilde ?

— Nouveau, cet intérêt. Connaissez-vous seulement son âge ?

— Douze ans, un mois, quatre jours, et (consultant sa montre) trente-sept minutes précisément. J'aimerais la regarder se développer, prendre de l'âge, mais hélas il faut que je file.

— Quoi ? Vous venez tout juste de débarquer !

— Demain, je serai quelque part entre Paris et Moscou. Puis du côté d'Irkoutsk. Si vous y pensez, n'oubliez pas de saluer de ma part ce crétin d'Émile. » Puis, il se leva : « Adieu, et merci pour tout. »

Du récit de sa fin, il est impossible de démêler le légendaire de la réalité. On le vit avec certitude monter dans un train, à la gare de l'Est, avec un léger bagage. « Monsieur Patrick » semblait fatigué. Il n'avait pas daigné répondre aux questions : où comptait-il se rendre ? Quand pensait-il revenir ? Nul ne le sut. De source sûre, on l'aperçut encore dans le Transsibérien, escorté de station en station, de ville en bourgade par les correspondants locaux de « Forêts et Coupes », des responsables du Parti en manteaux fourrés auxquels obéissaient les moujiks. Fallait-il accorder foi à cet aviateur qui prétendait l'avoir mené aux confins de la forêt soviétique ? L'appareil se serait posé dans un champ enneigé. Le pilote jura avoir aidé à descendre de la carlingue un homme affaibli, armé seulement d'un fusil de chasse, l'avoir regardé s'enfoncer au cœur de la taïga, l'avoir vu agiter la main, comme pour lui signifier de partir. Cela se serait passé un 25 avril, à onze heures du matin, heure locale. Jusqu'à l'autre petit jour, le pilote avait en vain guetté son retour, attendu. La neige avait recommencé à tomber. Il était temps de prendre le chemin du retour. On organisa des battues. Les dirigeants soviétiques diligentèrent des enquêtes. L'Iran voisin ne ménagea pas ses efforts. Armand Hammer pesa de tout son poids sur les autorités, obtenant de Staline un ordre signé autorisant le survol du territoire par les avions de l'Armée rouge. Patrick demeurait introuvable.

Un coupeur de bois affirma avoir aperçu, au crépuscule, un chasseur bien équipé, qui semblait en bonne santé et qui disparut aussi vite qu'il était apparu. Par la suite, on retint le témoignage du représentant d'une coopérative parti sur les traces d'un oncle à Erevan. Là, de ses yeux, il aurait vu un médecin soigner un chasseur apparemment français, le soutenir, lui fermer les yeux. Ne restaient de ce récit que les photographies trop floues d'un homme allongé, d'une cabane, d'un petit village sibérien, d'une tombe anonyme.

Il fallut accepter l'évidence : Patrick Declercq avait été avalé par la taïga, dans l'immensité du tout jeune Empire, englouti au plus profond d'une futaie qui jamais plus ne le rendrait. Durant les six mois que durèrent les recherches, par quatre fois « Forêts et Coupes » réunit le conseil, rassemblant des directeurs venus du monde entier. Un quart d'heure avant la fin du quatrième, on apporta au président de séance par intérim une enveloppe scellée, livrée par un coursier anonyme : en pleine connaissance de cause, informé de l'étendue de son mal, Patrick Declercq avait décidé de s'en remettre aux soins de la nature. Le billet ne disait pas un mot de plus.

Au début d'octobre 1928, un entrefilet parut dans la presse internationale, annonçant, sans la moindre explication, la « disparition » du président Patrick Declercq. Quelques semaines plus tard, afin de clarifier sans tarder l'inextricable situation juridique de « Forêts et Coupes », la justice conclut à sa mort, au vu de témoignages inédits et des pronostics implacables de la médecine. La présidence retourna à Nicolas, qui l'avait cédée à son fils quinze ans auparavant.

Mathilde venait de fêter ses treize ans. Pleurer son père ? Encore eût-il fallu le connaître mieux. À peine se souvenait-elle que, pour ses dix ans, il l'avait entraînée un mois durant dans le Mato Grosso, à vivre au rythme des forestiers, plaquant sa main d'enfant sur un nid de fourmis, retournant ses doigts où couraient les bestioles par milliers. Elle l'avait regardé passer la langue sur les sèves, humer les poix, prélever les poussières : c'était tout l'enseignement que lui avait transmis l'homme-tronc.

Pleurer ? Et pourquoi ? N'avait-il pas choisi de mourir à sa façon, comme il avait vécu, polichinelle en samouraï, au hara-kiri fantôme ? L'image, tel un tatouage, s'imprégna en elle pour ne plus jamais s'effacer. Sa vie durant, lorsque Mathilde craindrait de la voir s'estomper, elle grimperait sous les combles, ouvrirait les albums où reposaient mille et mille clichés de Patrick, comme autant d'instantanés parvenus de ses périples.

Toujours elle envierait cette mort-là car elle haïssait l'idée de finir à Neuilly, dans l'un de ces mouroirs ouatés des riches. Quand elle eut atteint avec Jean-Robert ce degré d'intimité qui permet d'avouer ses peurs les plus secrètes, elle le chargea de lui procurer un appareil funéraire digne de sa beauté égarée, une « pompe » qui rivaliserait avec celle de son père. De ce Patrick auquel elle refusait de ressembler, elle n'eut de cesse de continuer l'œuvre. Par le truchement de « Forêts et Coupes », les actions qu'il avait entreprises, cette médecine des pauvres dans les régions du monde les plus misérables, ces soins psychiatriques aux progrès si lents, Mathilde les poursuivra sans relâche.

Arrivée à ce point de son évocation, Mathilde souriait, chassait de la main les traces introuvables de ce père si mal connu, les questions qu'elle s'était jadis acharnée à poser à ceux qui l'avaient approché. Inéluctablement, surgissait alors le souvenir de sa mère, cette Sylvie avec laquelle elle demeurait désormais seule à Courcelles, un sérail où l'enfant musardait entre les cuisiniers, les marmitons, les lingères, les chauffeurs, tout ce monde s'activant en chaussons, pour éviter de troubler le silence.

« Et toi, mon père, finalement, l'as-tu bien connu ? avait-elle un jour demandé à sa mère.

— Je ne sais même plus comment il était bâti.

— Tout de même, vous avez couché ensemble !

— Possible, je n'en ai pas le moindre souvenir. Tout au plus l'impression d'un mauvais roman d'aventures : tu sais, la jeune fille enlevée par un orang-outang, traînée dans une forêt, et là, peut-être, pénétrée. Et encore, je n'en suis même pas sûre. S'il m'a prise, ce fut sans doute avec une infinie discrétion. Je me rappelle seulement qu'en relevant son pantalon, il a été pris d'un fou rire. Puis je ne l'ai pas revu de deux ou trois mois. J'étais bel et bien enceinte. Lorsque j'ai accouché de toi, j'ai vu arriver chaque matin un exquis bouquet. Quand enfin il a pris le temps de venir te voir, il t'a regardée dans ton berceau, il t'a chatouillé le menton et, épouvanté par sa propre audace, il a filé vers quelque Patagonie. Un fou total, mais un cinglé, comment dirais-je, délicieux... » Et Sylvie soupirait, encore éberluée de ces épousailles.

Elle était née Clément-Saint-Albent, sans particule. Prétendant remonter à ces Saint-Alben, sans *t,* qui s'étaient illustrés aux Croisades, les parents ne faisaient guère mention d'un sieur, fermier volailler d'Orléans, pour s'en tenir à un Amédée, ministre de Louis XVIII, qui leur avait transmis une fraction des grandes forêts bretonnes. Ces biens échus à Sylvie faisaient d'elle un fort aimable parti — avec cela elle était ravissante. La vieille duchesse de Cadaval, tante éloignée de Patrick, organisa la rencontre au Portugal. La dot fut rondement négociée avec les Declercq, trente mille hectares de chênes-lièges cédés à « Forêts et Coupes » contre un prêt à taux modique. Six mois plus tard, le mariage fut célébré dans la cathédrale de Coimbra. Au dire des rieurs, la petite taille du jeune époux ne gênerait guère Sylvie. Dans un grand lit, comment trouverait-il son chemin jusqu'à cette personne longue, svelte, diaphane ? Tant et si bien que certains crièrent au miracle quand, un an plus tard, Sylvie accoucha de Mathilde.

Elle n'avait jamais fait mystère de son peu d'enthousiasme à procréer, fascinée par la finesse de sa propre silhouette dans les miroirs, la grâce vaporeuse de l'immense portrait que Boldini avait fait d'elle, qu'elle n'entendait pas gâcher. Elle s'en était ouverte à Patrick durant les fiançailles : « En m'épousant, vous vous unissez à trente mille hectares de bois à caresser. Épargnez-moi le même sort. Caressez-les pour moi. Être enceinte, m'arrondir, j'en serais fâchée. Mon linge à refaire, mes robes, mes manteaux, mes fourrures ! Mes robes du soir, j'en suis folle. Les plus belles viennent de ma mère, une minceur prodigieuse, célèbre chez les couturiers. Il n'y avait qu'elle pour entrer dans ces modèles, et moi, maintenant. »

Patrick, le court, le trapu, dut prendre garde à l'avertissement : il lui fit un enfant sans pour autant marquer son passage sur ce corps exquis.

Mathilde savait à peine parler que sa mère s'ouvrait à elle de ce qui lui tenait le plus à cœur : « La veille de ta naissance, je dansais comme une diablesse au bal Beaumont. À quatre heures du matin, je n'eus que le temps de défaire mon bustier, et tu étais là, deux kilos tout juste, et miracle, ma silhouette intacte. Je décidai d'en rester là. »

Pendant ce temps, Patrick courait le monde, loin de Courcelles, de Vendôme, de Sylvie et de Mathilde. À l'instant où le portail s'écartait sur sa voiture, il se souvenait qu'entre tous les arbustes rares, il comptait une fille. Avant de saluer Sylvie, il grimpait l'escalier, claquant au passage les lourdes poitrines, les hanches de marbre des cariatides imaginées par l'architecte Garnier sous Napoléon III, et embrassait le front de Mathilde, pour qui il n'y avait guère de place dans la tête de son père, pleine de bouleaux de Norvège, de pins du Caucase, de chasses au cerf ou à l'ours. Jusque dans les ors de Courcelles, son regard se perdait vers un horizon de futaies, comme si déjà il s'en était retourné, butant contre des souches, écrasant des fougères, évitant les taillis touffus, les branches mortes.

À huit ans, Mathilde en paraissait douze. La gamine le dépassait déjà d'une tête. « Elle va devenir comme sa mère. Pourvu qu'elle ne soit pas aussi conne ! »

Jusqu'à la fin, Sylvie se voua à demeurer à la hauteur de sa réputation, belle entre les plus belles, cultivant sa féminité éthérée, bien de famille, dont témoignaient les Bonnat, Boldini, Helleu, alignés dans l'immense salon du premier étage. On retrouvait les expressions de Céleste Declercq, peinte en 1853 par Chassériau, sur d'autres, à deux ou trois générations d'intervalle, toutes émergeant des créations les plus raffinées de leur temps. Généralement en atours de fêtes, ces dames de choc, commandos des bals prêts à se mesurer aux ennemies, requéraient les armes fournies par les Worth, Lelong, Poiret. Tout enfant, Sylvie avait été consacrée à l'azur, mâtinée de quelques tulles d'un rouge cramoisi. L'eût-on écoutée, on aurait badigeonné les plafonds de Courcelles en ciel, et les murs en carmin, rouges de colère, surtout pas de honte, ou de peur, couleurs de pauvres ! Autour de ces dames Declercq, nées pour la plupart immensément riches, de leurs effigies en pied, en buste, à mi-corps, emplumées, nichées dans ces capes de cygne ou d'autruche où se tendaient leurs gorges, piétaient des portraits d'hommes, maris, fils, amants. Sylvie avait décidé de les faire restaurer, revernir, ces messieurs de la main gauche dont les unes et les autres avaient souvent hérité. N'était-ce pas un devoir familial que d'amasser les avoirs, d'où qu'ils viennent, jusqu'au jour où ils enrichiraient un peu plus « Forêts et Coupes ».

« "Il n'y a que ça de vrai, ma petite, souviens-t'en : la beauté et l'argent. Il importe de les conserver toujours." Je tiens ces conseils de ma mère qui s'en est bien portée. "Pour le reste, amuse-toi." On a toujours été tordu dans la famille. Je me rapelle le python de maman, rapporté du Bengale par notre tante Béhague, écharpe sans laquelle elle ne pouvait s'endormir. Il est mort, le pauvre, étranglé par un chat, un vrai, un siamois tout vif, avalé tout cru, poilu et lourd de ses neuf kilos. »

Pour Jean-Robert, Mathilde évoquait volontiers la vie de ces dames, comme autant d'historiettes distrayantes destinées à divertir leur monde.

« Que faire ? Moi aussi j'ai hérité un peu de chacune de ces cinglées, elles font partie de moi. Pour les hommes, c'est différent. J'en ai aimé quelques-uns, nous nous sommes mélangés par-derrière, par les bouches du haut, du bas. Souvent surprise, et pas mécontente, je l'avoue. Mais rien à côté du lien qui m'attache à ces drôlesses. »

Jamais Sylvie n'avait songé à élever Mathilde autrement que sa mère ne l'avait élevée. Ainsi, depuis des générations, mère et fille, parfaites duettistes, se croisaient dans l'escalier à double révolution, mimaient de la bouche le baiser, esquivaient l'étreinte : « Épargne-moi, je sors de chez la maquilleuse ! » S'ajoutaient quelques propos sur la température, le chauffage qui fait des siennes, les cadeaux à choisir pour Noël.

Sylvie fait irruption chez Mathilde. « Le Louvre m'a réveillée à l'aube, ce culot ! D'après eux, je

devrais faire rentrer dans notre patrimoine un Perron-
neau en vente, le portrait d'une préposée arrière-tante,
paraît-il. Marie Fel, ça te dit quelque chose ? Je cours
à Londres. J'y tiens, à ce tableau, plus qu'à mes
yeux. »

Trois jours plus tard, Mathilde s'enquiert : « Alors,
ton tableau, on te l'a adjugé ?

— De quoi parles-tu ?

— Mais du portrait !

— Mon Dieu, on ne m'a pas réveillée. J'ai dîné
chez des gens impossibles. On est passés à table à
minuit, c'est comme ça la vie. Décidément, tout se
ligue contre moi. »

Mathilde contemple sa mère qui, agacée par une
cuticule à l'ongle, court à la coiffeuse. « Tu sais le
prix qu'il a fait ?

— Le prix, le prix ! Tu ne cesses de parler argent.
À ton âge, ce n'est pas convenable.

— Tu en parles bien, toi.

— Moi, c'est autre chose. Et puis, ce tableau, où
l'aurais-je accroché ? Chez les Declercq, on n'a jamais
été brocanteurs, on laisse ça aux riches Américains. Je
te le répète, ça ne veut rien dire. Riche, il faut l'avoir
toujours été, question de rang. Un jour, Mathilde, tu
comprendras. C'est simple comme de nager. Pour survivre, tu fais la planche, et si la nature t'a bien faite,
tu n'as même pas à bouger un doigt. Sois tranquille,
telles que nous sommes, nous aurons toujours la plus
belle vue sur notre montagne taillée dans un bloc d'or,
sans que les reflets du soleil sur le métal nous aveu-
glent. Plus d'un rêve de nous voir nous écraser, saisies
par le vertige. Mais de quoi aurions-nous l'air, si l'on

apprenait que Sylvie Declercq est morte pauvre ? De quoi humilier nos défunts, sans parler de nos descendances ! » Sur le coup de l'émotion, maman Sylvie menace de fondre en larmes.

« Mais ça ne t'arrivera jamais. À moi non plus d'ailleurs. Il suffirait de décrocher un Rembrandt, le Luini, l'Uccello, pour être à l'abri jusqu'à la fin de nos jours. »

Ainsi, au détour des graves questions du jour — comme de savoir s'il valait mieux assortir les gants à la couleur des boutons ou à l'émeraude du collier —, Sylvie revenait sur le sujet.

« Finalement, je préfère le chevreau lilas. Il n'y a pas de quoi te faire du souci, Mathilde. Les riches se marient et procréent entre eux. À la veille de la mélasse, il suffirait de harponner le fiancé milliardaire. Une chose me turlupine : que mes biens aillent à d'autres après moi. C'est proprement insupportable. Tu ris ? Tu es trop jeune pour avoir le sens de la fortune. Le fric, c'est la vie, la mienne en tous les cas. Tu vois, si je connaissais la date de ma mort, je m'arrangerais pour avoir tout dévoré le moment venu, afin qu'il ne reste plus un fifrelin.

— Et à moi, tu y penses ? À mes lendemains ?

— Je ne veux pas qu'il y ait de demain. »

Cette indifférence était peut-être une forme de sagesse, acquise en regardant les murs, tous ces gens ivres de pouvoir, de richesse, aujourd'hui réduits en cendres. L'« Indifférente » : c'est ainsi que, quand elle serait devenue une vieille dame, Mathilde continuerait à surnommer sa mère, cette Sylvie qui eût alors été centenaire, jeune fille éternellement rêveuse, aux yeux éternellement fauves, à l'éternelle et ardente rousseur. Rousse au point que Pierre Louÿs avait dit d'elle « qu'à l'approcher, on risquait de se consumer ». Cyniquement belle, Sylvie régnait sur Courcelles, sur ses murs, entourée des effigies de ceux qui l'avaient vénérée, courtisans de leur reine, hommes de chasse, cavaliers, clubmen dont Mathilde conserverait le « musée » comme un panthéon des hommages rendus à sa barbare beauté, devant laquelle semblaient même s'incliner les effigies du temps jadis.

Aux dames Declercq, la notion de valeur, de trésor eût pourtant paru saugrenue. Il s'agissait simplement d'objets inséparables de leur identité, témoignages de l'admiration qui leur était due.

Il y avait dans le salon une scène de chasse hérissée de lances, à la vue de laquelle un conservateur, retenu à déjeuner, s'était exclamé, grisé : « Uccello ! Uccello ! Oui, Uccello !

— Vous vous répétez, mon ami. Il a toujours été là, ce tableau, il fait partie du mobilier.

— Mais, madame, ou Sylvie — je peux vous appelez Sylvie ? —, il s'agit d'un trésor de la peinture florentine, sans prix, inestimable.

— Uccello, dites-vous ? Ah bon. »

Sylvie jugea que le nom ferait joli sur un menu. Quelques jours plus tard, le chef déposa sur la table un soufflé à l'odeur frémissante, d'où surgissaient des pointes d'asperges, dressées fières comme des lances. Aux convives qui battaient des mains, Sylvie expliqua : « C'est le soufflé Uccello. Il vous plaît ? »

Plus d'une fois, il arriva qu'un petit monsieur confondît Sylvie avec une cousine par alliance, une

Declercq morte en couches auparavant. « Méprise dont je commence à avoir l'habitude. Les hommes Declercq épousent des femmes qui finissent par se ressembler. L'air de famille ! Question de fidélité. Cela prouve qu'ils ont du goût. »

Rentrée à Courcelles, Sylvie, rieuse, prévenait la petite Mathilde : « À toi aussi cela arrivera. Tu verras, avec le temps tu brouilleras les pistes à ton tour. Tu n'auras qu'à puiser dans les armoires, porter l'une de mes robes, et les messieurs se demanderont où ils t'ont déjà vue. C'est amusant de duper les gens, cela passe le temps. »

Jouer, éloigner l'ennui occupait les pensées de Sylvie, elle qui ne pensait à rien. Aux pires heures de la Grande Guerre, elle se garda d'y trouver de quoi se lamenter. Jamais Courcelles ne fut privé de carburant. Guerlain était ouvert et, chez Prunier, on servait les meilleurs marennes. Toutefois, avec tact et sens civique, puisqu'il était bienvenu de se plaindre des Allemands, de Guillaume, leur empereur, chez les Declercq on affectait d'en faire de même. Du moins trouvait-on laide la couleur de leurs uniformes. Sylvie gardait sa compassion pour son teckel, attristée à la vue des petits poils blancs qui envahissaient son ventre. Lorsqu'il devenait décidément trop vieux, on l'envoyait terminer sa paisible vie à la campagne, chez Arsen, le vétérinaire. Celui-ci expédiait à Mme Sylvie le chiot le plus réussi de la nouvelle portée. De la sorte, à Courcelles, la vie continuait sans heurt. Madame avait son teckel, et monsieur ses chiens de traîneau, pour qui l'on faisait venir d'Alaska, une fois l'an, un norvégien maître de meute. Le plus espiègle des huskies avait croqué jusqu'au crin la marquise ayant appartenu à Mme Du Barry : on en riait encore à Courcelles.

Tel un long ruban soyeux qu'il suffisait de dérouler, la vie glissait sur Sylvie. Jusqu'à son mari qui, disparaissant sans laisser de trace, lui épargna l'obligation d'une cérémonie par trop lugubre, à elle qui avait toujours assuré que le noir éteignait la peau des rousses.

Jeune encore, et bien trop belle pour retirer au monde le si joli spectacle qu'elle donnait d'elle-même, Sylvie entendait bien, à peine veuve, se laisser encore séduire, absorber, enchanter. Parmi ces hommes, ces femmes, dont le souvenir durait le temps que s'évaporent leurs bons mots, il y eut d'abord Ivan Douseix. Pourquoi avoir choisi de le glisser dans son lit, lui plutôt qu'un autre ? Il sentait bon, comme si son occupation majeure fût de collectionner les jus, Piguet, Houbigant, Molyneux. Et d'un doigt aromatisé, il effleurait les sinuosités de son corps.

« C'est tout ce qu'il réussissait, ce minus, ajouta Sylvie en racontant l'épisode à Mathilde. Je l'ai pêché à Saint-Moritz, au Corviglia. Une vraie savonnette humaine, baigné, brossé, manucuré, massé, la coiffure rapetassée du matin, argenté, perlé. Sans danger, je me suis dit. Des comme ça, ça n'a ni relief ni passion, le genre à dormir la nuque contre les appuie-tête incrustés d'ivoire, comme les vieilles courtisanes chinoises. Nourri au grain d'esturgeon, pas le moindre cerne, à croire qu'il se passait le visage au fer à repasser. Plaisant, avec ce calme des lacs suisses. Bernois, d'ailleurs, enfoui depuis toujours sous les capitons d'un établissement bancaire, service étranger, avec ouverte la table où coulait le fendant, plus frais que les propos. Doué pour entretenir son monde de ce qu'il chérissait plus que tout au monde : son bien. Aux pieds des patins, à la bouche le potin, l'âme héritière, il avait déjà capté deux fortunes. Né pauvre, pour échapper à l'angoisse de retourner à la matrice, il rêvait d'un troisième établissement. Toc, me voilà ! Tu imagines l'excitation qui a dû s'emparer de lui quand il en a su un peu plus sur ma personne. Une comme moi, il n'en avait jamais rencontré. Je ne me souviens pas comment ça s'est passé, toujours est-il qu'un prêtre orthodoxe nous a bénis dans la chapelle du Palace. Pourquoi orthodoxe, pas la moindre idée. En tous les cas, le pope barbu, je l'ai rhabillé de pied en cape, lavé. Au saint homme j'ai offert une croix couverte de gemmes. Tu aurais vu comme il nous l'a promenée sous le nez, avec l'ostensoir et toutes les bénédictions slaves. Ensuite, le temps a passé si vite, le ski en janvier, avril à Rhodes Island, août à Capri, septembre à Venise, tu sais ce que c'est. Mais, je me suis mise à éternuer pour un rien. Ivan, qui a dû craindre que le destin ne mette un terme à sa charmante vie, m'a forcée à consulter. Asthme : après ça, trois semaines à Luchon. Les Pyrénées, Ivan n'en avait jamais entendu parler. Une horreur. Le jour tombait à quatre heures. Nous avions lu tous les illustrés, le restaurant de l'hôtel était fermé. Je ne pensais plus qu'à filer. "Mais vos bronches ? me dit Ivan. — À quoi serviront-elles, si nous continuons de la sorte ?" »

Sur le lit double, les yeux au plafond, Sylvie toqua sur le torse d'Ivan, d'un index amorti par la flanelle du pyjama. Il sursauta : « Que se passe-t-il ?

140

— Vous ronflez.» Un long moment, elle était demeurée songeuse. «Je vous le dis, je m'embête. Alors, baisez-moi.»

Un peu faiblard de l'oreille gauche, Ivan lui fit répéter : «Vous avez dit, ma bonne amie?

— Vous m'avez bien entendue. Il est encore un peu tôt pour prendre un somnifère; de ce fait, baisez-moi! Vous connaissez une autre façon de passer le temps? Allons, retirez votre pyjama!» Elle entreprit de déboutonner son pantalon.

«Vous baiser, répétait-il, ce n'est pas si simple!

— Ce que vous offrez au regard n'est guère encourageant, il est vrai. Dites-moi, depuis que le pope nous a unis, à combien de reprises, si l'on peut dire, avez-vous sacrifié au devoir conjugal?»

Ivan hocha la tête : qu'y faire? Il se sentait un peu fautif, mais n'avait rien promis.

«Vous préférez le ski?

— Mais non, mais non.

— Alors, vous ne voulez pas?»

Haussant les épaules, il sembla reconnaître que glousser sur les matelas n'avait jamais été son fort. Sylvie, encore une fois, regarda la petite chose, la secoua entre deux doigts. Alors, empoignant le téléphone, elle demanda une chambre libre, et un chasseur pour les bagages. Des placards, elle sortit deux valises Vuitton estampillées au chiffre d'Ivan, et des tiroirs, son linge, ses vêtements. Il avait même emporté des cintres. Enfin, elle plia soigneusement le tout : «Navrée, on a jeté les papiers de soie.» Elle rappela la réception : «Prenez ces bagages. Demain matin, je quitte l'hôtel.»

Au moment de monter en voiture, Sylvie se pencha, planta un baiser sur la joue si bien rasée d'Ivan : « Soignez-vous bien, l'hiver sera rude. Au plaisir de vous revoir. »

Elle venait de rentrer de Luchon lorsqu'elle narra l'épisode à Mathilde.

« Et Ivan ?

— La banque va se charger des formalités. Il n'y aura même pas d'ultime confrontation. Le divorce sera prononcé dans quelque Andorre, à mes torts, bien sûr. Il ne va pas tarder à se remarier, je lui fais confiance. Peut-être un jour le croiserai-je, portant beau, l'excellent homme qui s'est toujours ménagé. »

Après Douseix il y eut le docteur Huet, un externe qui à Courcelles assurait le quotidien. À l'occasion d'une grippe, de sa chaude oreille il caressa le thorax de Mathilde, la promena non loin des omoplates, vérifia les ganglions. Quelques réflexions de Mademoiselle attirèrent son attention. Ce n'était pas d'un pneumologue qu'avait besoin la petite, mais plutôt d'un psychologue ou d'un psychanalyste, tant elle était avancée, bien trop pour son âge. À Courcelles, se succédaient déjà trois « mademoiselles », une pour le français, l'autre pour l'anglais et l'allemand, la dernière pour les sciences. Pourquoi ne pas y ajouter un psychanalyste, l'un de ces médecins de l'âme qui commençaient alors à remplacer les confesseurs dans les meilleures maisons ?

« Il était de Saint-Malo, le docteur Olivari. Bien balancé, très gentil, sinon qu'il voulait que je lui raconte tout ce qui me passait par la tête, et que je me la creusais pour trouver quoi dire. Comme il n'ouvrait pas la bouche pendant l'heure de la consultation, j'avais fini par croire qu'il ne comprenait rien à ce que je lui racontais. Les rendez-vous suivaient mes cours d'anglais et d'histoire naturelle. Je me suis dit que cela l'intéresserait peut-être plus, et c'est comme ça que j'ai pris l'habitude de lui répéter ce qu'on venait de m'enseigner. Pour moi, un genre de révisions, sinon que j'en ajoutais un peu de mon cru : Jeanne d'Arc interrogée toute nue devant l'évêque Cauchon, Cléopâtre enlacée par son aspic. Il riait, il en redemandait. Je passais ensuite entre les mains de Ludmila Batchef, ma maîtresse de ballet. Des écarts de langage aux écarts de cuisses, en somme. C'est Thérèse, la femme de chambre de maman, qui je crois attira son attention sur la jolie nature de mon docteur. Elle soupesait les hommes comme les légumes au marché. Je faisais l'intéressante, étendue sur une méridienne, le Malouin dans le dos, quand Sylvie surgit sans frapper, habitude qu'elle avait prise de mon père, la seule. "Ne bougez pas, vous deux, je me fais toute petite."

« Mondaine, en pantalon léger, assise à califourchon sur la petite chaise qui me servait de jette-habits, la tête posée sur les avant-bras, elle n'avait pas son pareil pour prendre une mine innocente. Olivari avait entrepris de marcher de long en large, pendant qu'elle feignait de se passionner pour je ne sais quel magazine. Lorsqu'il fut sur le point de partir, elle le retint, pour lui parler de moi. Du moins je le suppose, car dès lors, elle confiait à ses amis que sa fille était "immature", avec la fierté d'une mère dont l'aînée vient d'être admise à Normale supérieure. Le brave docteur Olivari avait son train à prendre et regardait sa montre.

Se rendre chez le patient, c'était pour lui l'exception, mais comment oublier que la fondation pour l'avancement des études analytiques était entièrement financée par la famille Declercq... "Dites-moi si je dérange, docteur, mais, à propos de ma fille, j'aimerais tant en savoir plus sur les rapports entre le patient et l'analyste ! Que diriez-vous de partager mon lunch après-demain ? Le chauffeur passera vous chercher." »

Le docteur avait des principes, une règle, une éthique, mais n'était-il pas logique d'être agréable à une maman dont le comptable rédigeait les chèques sans sourciller ? C'est ainsi que, nourri au filet de sole, à l'émincé de truffes, au foie gras en chausson, abreuvé de lafite et de margaux d'avant le début du siècle, le freudien allait se laisser capturer par Sylvie. Timide, peu accoutumé aux breuvages qui tournent la tête, Olivari serait mangé à l'heure de la sieste. Lassée d'entendre encore parler de moi, Sylvie se resservit du soufflé au chocolat, arrosa l'assiette de son invité d'un Grand Marnier fatal, et lui tendit la main en se levant, comme si elle cherchait appui. Le docteur eut la présence d'esprit d'envelopper de ses bras la taille si mince de la belle Mme Declercq. « Comme vous êtes fort », dit-elle.

Si le psychanalyste, qui n'avait d'autre expérience que celle de l'hôpital, se sentait mal à l'aise entre mère et fille, Sylvie se chargea de le débarrasser de sa mauvaise conscience, elle qui ignorait le sens du mot conscience. Coucher avec le confesseur de la petite ne lui causait aucun trouble, et tout remords écarté, elle s'empara du docteur. Sortant d'un séminaire, il arrivait à onze heures pour écouter Mathilde, feignait de ressortir, et revenait sur ses pas, jusqu'à la porte de service. La petite n'aurait rien dû soupçonner, sa chambre donnant sur l'arrière, vers le jardin. L'agrégé habitué des cantines de l'hôpital prit vite de l'assurance à jouer à la dînette avec sa maîtresse. L'âme, l'inconscient, les questions métaphysiques s'évaporaient dans les plaisirs concrets dont Sylvie usait librement.

« Je m'en souviens, c'était un mardi, plutôt que de parafer moi-même le bulletin de notes réclamé par Mlle Zimmerman, je décidai de le faire signer par maman. J'ai fait comme tout le monde dans cette maison, j'ai poussé quelques portes sans prévenir, sans prêter attention aux fraises noyées dans deux coupes de sorbet tiède, aux deux assiettes abandonnées sur la table roulante. Dans la pénombre de la grande alcôve, dans le grand lit, à cette heure indue, il y avait bel et bien deux personnes, deux corps qui donnaient à un fouillis de drap le roulis de l'Atlantique un jour de tempête à la pointe du Raz. D'entre les vagues, je vis surgir un mollet blanc, poilu. "Qui est là ?" "Mon Dieu, c'est la petite !" Malgré sa contrariété, j'avais reconnu la voix du docteur. En tirant la couverture à lui, très professoral, il ajouta : "Est-ce la place d'une jeune fille ? Que faites-vous ici ?" Pour un disciple de Freud, il y avait là de quoi gloser sur la scène primitive, cette fameuse découverte qui chamboule les existences et trouble des vies entières. Il m'est arrivé d'y repenser, à cette image : la couverture gris perle au liséré bleu nuit agitée de soubresauts, le mollet blanc, celui de ma mère émergeant tel un cachalot surpris par la marée basse. J'ai même lu des ouvrages à propos de ce genre de situations. Rien à rapporter à mon cas, finalement, quoi, une enfant témoin des ébats de sa maman avec l'analyste de passage. En dépit de sa surprise, ma mère a fait bonne figure. "Alors, Mathilde, que fais-tu là ? — Il faut signer mon bulletin, c'est pressé, allez, signe." Je lui ai donné un petit coup de carnet sur le mollet et j'ai ajouté : "Maman, tu devrais te faire épiler."

« Cela m'amusait de rendre la monnaie de sa pièce à ce docteur qui m'avait si souvent embêtée en grommelant ses monosyllabes. Et cela ne me déplaisait pas de voir le trouble de ma mère, elle qui se gênait si peu pour me narrer ses aventures. De plus, je n'en ai retiré que des avantages : maman, comme si elle jugeait qu'il faudrait désormais consacrer plus de temps à son rejeton, se mit à surveiller mes devoirs. Il avait au moins servi à cela, le psychanalyste. Je ne l'ai plus revu, celui-là, et nous n'en avons plus parlé, sauf une fois. "Et le docteur, on ne le voit plus ? ai-je demandé à ma mère. — Il est en instance de départ. Il va enseigner aux États-Unis."

« Deux mois plus tard, était-ce pour se racheter du mauvais tour que nous lui avions joué, ma mère, de bonne humeur, décida d'accompagner le docteur Olivari jusqu'à l'aérodrome. On ignore généralement comment se déroulent les accidents. Bêtement, forcément. Maman conduisait elle-même, pour une fois. La voiture sortit de la route pour se jeter sur la ridelle d'un camion de livraison laissé ouvert. Nul n'a réclamé les restes du pauvre docteur. On inhuma la veuve de Patrick Declercq, morte moins de deux ans après son mari, dans le monument familial, au Père-Lachaise, en courtes pompes. C'est ce jour-là, je crois, que j'ai réellement commencé à profiter de ses leçons. Au défilé des condoléances, à Saint-Philippe-du-Roule, j'étais seule en tête, orpheline élancée et mince. J'avais passé une bonne heure, le matin même, à pâlir mon teint à la poudre, à creuser mes joues au fard. J'ai toujours eu le visage un peu charnu. Il me semblait entendre les murmures de l'assistance : "Comme elle lui ressemble, c'est tout le portrait de sa mère ! Pauvre enfant, qui donc va gérer sa fortune ?" C'est là que je suis véritablement devenue une dame Declercq. Pas difficile ! j'étais la seule, la dernière. À quelques pas de moi, en retrait, se tenait mon grand-père Nicolas, avec l'oncle Émile. À la fin de la cérémonie, Émile, pas dupe, m'a félicitée sur le spectacle plein de dignité que j'avais offert à la foule. À son clin d'œil, j'ai compris que nous allions bien nous entendre. Lui non plus n'était pas du genre à laisser les larmes couler. »

L'oncle Émile et l'orpheline

Discret, timide, peu préoccupé de son apparence, Jean-Robert n'était pas le type d'homme qui habituellement occupait l'esprit de Mathilde. Lorsqu'il s'était brièvement laissé faire, elle avait toutefois subodoré de plus vastes promesses. À courir à droite et à gauche, il avait dû s'instruire, en savoir long, plus que ceux avec lesquels elle avait couchaillé. Lui observait cette fille, treize ans de plus que lui, cette dame qu'il connaissait si peu. Il devinait un corps très fait, sans doute longuement malaxé comme ces fruits exotiques à maturation.

À la suite d'un accident survenu au Père-Lachaise sur le site familial, Jean-Robert devait en apprendre plus long sur feu le bon oncle Émile. Ils allaient le long de l'interminable dix-septième division, le quartier du cimetière où reposaient des riches d'hier, traces de fortunes séculaires, aux inscriptions à demi effacées, rien là de spectaculaire. C'était un souci majeur chez les Declercq : demeurer dans une sorte d'anonymat. Généralement peu portés sur la foi ou les rituels, ils observaient tous le même culte : la préservation du grand destin des Declercq.

« Aucun n'a cédé à la tentation des Pereire, des Wendel, de quêter quelque titre nobiliaire, sinon que comme dans chaque famille, nous avons nos héros. Pour vous, si je vous ai bien compris, ce fut votre oncle le chanoine. Pour moi, c'est l'oncle Émile. Ah, si je vous disais tout sur lui ! »

Il faisait doux. En ces derniers jours d'octobre la nécropole était quasi déserte, hormis les chats qui se prélassaient, faisant avant les frimas ultime provision de soleil. Jean-Robert, de son mouchoir, épousseta la marche qui permettait d'accéder au monument.

À la suite d'un glissement de terrain, certaines sépultures, dont celles de la famille Declercq, avaient souffert. Avant d'entreprendre les soutènements nécessaires, les cercueils devaient être ouverts. Mathilde avait perdu Émile de vue depuis son inhumation. De temps à autre, elle s'inquiétait : lui si fragile des bronches et qui, de plus, supportait si mal la solitude, le savoir là ! Il n'y avait guère de chance de se revoir avant le Jugement dernier lorsque, un beau jour, l'administration se manifesta. « Allons voir », dit Mathilde. Jean-Robert le lui déconseilla. La saison ne s'y prêtait guère, et puis l'émotion... Elle insista : « Si Émile, environné de visages étrangers, se retrouve seul, il supportera ça si mal ! »

Il y avait là Antoinette, son ancienne femme de chambre, un fondé de pouvoir de la société en retraite, le commissaire de police en imperméable et épaulettes, l'air guilleret. Le couvercle glissa. Jean-Robert saisit Mathilde par le bras. « Ne regardez pas. » Sous des linges quelque peu verdis, le visage apparut, aussi intact que lorsque l'oncle s'était éteint, amaigri, un peu grisâtre. « Un miracle ! dit le prêtre. L'absence de toute corruption apporte la preuve qu'il y a là de saints mystères. La fermeté des traits souligne l'ascèse, le sacrifice de soi-même. De son vivant, ce monsieur dut demeurer en odeur de sainteté. Je vous envie, vous sa nièce. Un don céleste de l'avoir connu. Parfait, qu'aux royaumes des morts, anges et bienheureux, séduits par ses charmes jusqu'au Jugement dernier, s'efforceront de distraire. » C'est ce que semblait confirmer le léger sourire qui gonflait les lèvres en dépit du fait que de rouges, elles s'étaient grisées et qu'une des pointes de la moustache vagabonde était retombée.

« Ça ne s'est pas passé trop mal, dit Jean-Robert. Les morts, à les voir, j'éprouve toujours de l'appréhension. De ma prime enfance, ma mémoire me délivre des images fortes, des mêmes gens que je n'avais jamais rencontrés, comme ce cantonnier de Figeac qui avait été happé par une voiture alors qu'il terrassait au bord de la route. "On descend !" me commanda l'oncle. Je devais avoir huit ou neuf ans. Un instant, il se pencha sur l'agonisant, donna l'extrême-onction. "Il était temps !" dit-il. J'ai toujours ignoré ce qu'il voulait signifier par là. Parmi mes disparus, le plus étonnant demeure ma grand-mère. Je n'en sais guère, ni sur elle ni sur sa fin, sinon que j'ai dû la visiter sur son dernier lit. Ça se faisait à cette époque. Une mentonnière avait été fixée, une bande de tissu. Il paraît qu'à l'instant d'expirer, à trop chercher l'air, on bâille si fort que la force manquera pour refermer la bouche. Ma défunte, on l'avait attifée d'une chemise blanche, brodée au col. Sur la tête, une espèce de truc que je ne lui avais jamais connu, un bonnet posé de travers d'où sortaient quelques boucles hirsutes. Les morts, ça doit leur faire plaisir une visite par-ci, par-là. De votre oncle, à le voir tel qu'il nous est apparu il y a quelques instants, j'ai pu deviner des soucis d'élégance.

— Surtout, une étonnante gentillesse et un penchant pour le plaisir. Tout à l'heure, le prêtre a parlé de sainteté. Ça a dû le faire rigoler, le bonhomme. Au mot "saint", c'est à d'autres qu'il a pu penser, que tout au long de sa vie il a caressés et suçotés. Saint Émile ! Je t'en ficherais du saint Émile ! Dans les escaliers de Courcelles, il ne cessait de débouler, montant, descendant. Il m'arrivait de le bousculer. Il était toujours rieur, serein. Je devais avoir dans les six ou sept ans ; l'oncle une bonne cinquantaine. À Courcelles, c'étaient les bonnes femmes qui régnaient : ma grand-mère, ma mère. Plutôt que des courants d'air c'étaient des coups de tabac dans des grands états d'énervement. C'est que les unes et les autres n'avaient pas un instant à elles. Lui, mon père, ces femmes, je les vois dans mes souvenirs tels que les enfants s'imaginent des héros de Jules Verne, courant les océans, les continents, dans les vieux Hetzel tendus de toile et recouverts de dorures. »

Cela prit un certain temps à Jean-Robert pour que de la bouche de Mathilde, il en apprenne un peu plus sur Émile, qui, après la mort de son frère et de sa belle-sœur, allait à plein temps veiller sur le sort de Mathilde.

Émile avait soixante ans lorsque Mathilde, à treize ans, se retrouva orpheline. « Ça te fait rire de me voir nippé de la sorte ? Ton oncle est un personnage démodé. » Aux pieds, il portait des richelieus en daim gris à boutons de nacre qu'à la partie supérieure, l'hiver venu, on doublait de martre. Il avait toujours eu froid aux pieds. En réalité, fins comme ils étaient, il entendait préserver ce que les bottiers et les pédicures tenaient pour les plus belles bases humaines : des pieds effilés, longs, minces, "indiens", forme rarissime au dire des artisans. Il pouvait quasiment en user comme d'une main. Si d'aventure, à la table, il lui était arrivé quelque accident, il lui eût suffi de se déchausser et, du pied, de se saisir de son jeu pour distribuer les cartes. Ce n'est pas donné à tous.

La petite histoire qui souvent s'est penchée sur l'oncle, lui consacrant d'aimables chroniques, conte qu'à l'issue d'une rencontre au tir au pigeon, par une matinée ensoleillée de janvier, Émile, pour mieux frapper ses cibles, adhérer parfaitement à la glaise glacée, s'était purement et simplement déchaussé. Il y a de ça trois quarts de siècle. Il n'empêche qu'entre initiés, on continue à s'entretenir de ce haut fait, similaire à l'exploit des anciens grenadiers de la Garde qui, en 1813, mollets dans la Berezina, ses glaces et ses congères, avaient tiré d'affaire le grand Empereur.

Émile, de plein droit propriétaire de la moitié des parts de « Forêts et Coupes », avait encaissé les dividendes sans jamais chercher à se mêler de la gestion de biens quasiment incommensurables, des avoirs constitués de centaines de milliers d'hectares, relayés par des industries touchant au bois et à ses dérivés, des comptes épars à travers l'univers, masse financière à l'abri de toute inquisition étatique ou fiscale, grâce à mille écrans derrière lesquels se trouvait hors de vue le porteur de parts.

Seuls quelques initiés connaissaient le nom d'Émile Declercq. Ceux-là savaient qu'il n'était pas un personnage mythique, mais plutôt une entité humaine insaisissable, comme en 1950 on avait tenu Mme Deutsch de La Meurthe, alors propriétaire de la quasi-majorité de la Royal Dutch. Émile Declercq, accompagné d'un mince état civil, trouvait sa place sous des numéros extraits de registres déclarés confidentiels, de minutes notariales luxembourgeoises ou helvétiques, ou alors figurait sur des relevés de comptes domiciliés les pieds dans l'eau, insulairement pas très catholiques ; identités dont, bien plus tard, des généalogistes obstinés pourraient trouver des traces gravées sur des dalles mortuaires taillées dans des minéraux fissiles.

À plusieurs reprises, Émile s'était efforcé d'en dire plus à Mathilde. « J'aurais bien pu avoir l'esprit de sacrifice, mais je déteste souffrir, au moindre bobo j'appelle la Faculté. En toutes circonstances, j'ai tendance à me coller la tête dans le sable. Ma vie durant j'ai dû passer pour un aimable crétin, mais heureux de l'être, n'attendant rien de plus de l'existence que ce que quotidiennement elle m'offre, réussissant à traverser cette vallée de larmes sans avoir jamais eu besoin de sortir de ma poche un voile de gaze pour sécher un pleur.

— Mais sur les photos que j'ai découvertes, vous apparaissez en casque, couvert de boue. La guerre, vous l'avez pourtant bien faite ?

— J'avais alors trente-huit ans. Je m'embêtais à Courcelles, les belles femmes étaient devenues des bonnes femmes. Je me suis engagé. Sur ces documents jaunis, tu retrouveras les noms de lieux que, deux ou

154

trois ans plus tôt, nul ne connaissait, devenus depuis lors tragiquement célèbres : Vauquois, Douaumont, Ypres, peuplés de gens venus d'un peu partout, de Prusse, de Vladivostok, d'Avignon, de Sidi Bel Abbes, pour la plupart sans âge, fièrement barbus. Tels se présentent dans ces albums les sapeurs de mon unité. La plupart avaient à peine vingt ans ; déjà anxieux, à mort c'est le cas de le dire, ils accusaient le double. Sur ces documents qui, sous peu, seront pâlis au point qu'on ne pourra plus rien distinguer des visages, apparaît là l'adjudant-chef Bouchon, ici le sapeur Balazard. Décembre 1918, à quarante-deux ans, je déroulais mes bandes molletières. Des majors me palpaient, ne me trouvant rien d'anormal. Sans demander mon reste, je filai. À Courcelles, je m'endormis dans le bain. À peine éveillé, une heure plus tard, je filais au Travellers, retrouver la partie telle que je l'avais laissée quatre ans plus tôt. Pour moi, la guerre était finie. Bien plus tard allait commencer la campagne de Mathilde. »

Chaque matin à sept heures quarante-cinq, le chauffeur déposait Mlle Mathilde à l'entrée de Sainte-Marie pour la reprendre avant les études du soir. Mlle Rose prenait alors ses fonctions : faire travailler la gamine, corriger les devoirs, lui faire répéter ses cours. Mathilde vivait ainsi, surveillée du bout des doigts, contente de son état, laissant au destin le soin de gérer « Forêts et Coupes » qui, pendant qu'elle rêvassait, aux yeux des puissants du monde demeurait immuable et toujours plus puissante.

Nommés du vivant du président Nicolas et choisis par lui, des gens du groupe ne cessaient de veiller sur les faits et gestes de celle qui serait la première sur la liste de primogéniture, après que se seraient éteints Émile, sa mère et son père. Elle serait alors l'héritière et, sous peu, en condition d'assumer les responsabilités qui l'attendaient. À Courcelles, on la couvait des yeux. « Mademoiselle grandit bien, dit le chauffeur. Si ça continue comme ça... »

Que voulait-il dire ? Du regard, il encadrait sa jeune patronne. Cinquante ans plus tard, de cette scène, de celle qui suivra, Mathilde s'en souvient précisément. Henriette s'apprêtait à poser une serviette bien chaude sur le dos de la baigneuse, lorsqu'elle poussa un cri. « Qu'est-il arrivé à mademoiselle ? Qu'elle ne regarde surtout pas. Qu'elle n'entre pas dans son bain dans la situation où la voici parvenue. Ça peut faire du mal. »

Mathilde rigola. « Il ne faut pas vous en faire, Henriette. À vous aussi, ça a dû arriver. » Ainsi, peu à peu, au fil des confidences, Mathilde contera de quelle façon elle passa de gamine à jeune fille, comment elle devint femme ; des épisodes qui se déroulèrent simplement, sans heurt. Petit à petit, il était admis que, ultime rejeton des Declercq, elle demeurerait la fille aimée de la Providence.

À cinq heures, de retour de Sainte-Marie, Mathilde glissait dans le bain. De l'extrémité de sa pince à ongles, elle faisait éclater les bulles de savon puis, à petits coups de polissoir, faisait des ongles de ses mains autant de miroirs où se reflétait un peu de jour. On entrebâillait la porte, sans frapper ; c'était le privilège de l'oncle Émile. « Pour ce soir, aurais-tu des projets ? Le chef a trouvé des morilles, ce matin même ramassées dans les Vosges. Il les prépare à merveille.

— Ça tombe bien : j'ai une de ces faims ! J'enfile un pyjama et je descends. Le cuisinier, je l'adore. Il m'apprend à faire le soufflé au chocolat noir sur la croûte duquel, mince comme du papier de soie, il laisse tomber des cerises. » Mathilde allait, venait, veillant à ne pas éclabousser la gabardine claire de l'oncle. Entre le chocolat noir et celui du Sénégal, lequel avait sa préférence ? Une jambe posée sur le rebord de la baignoire, l'autre à terre, elle prenait son temps. pouvait-il lui passer la serviette-éponge ? L'oncle, égaré dans ses réflexions, se défendait de porter son regard sur la toison fauve encore légère de sa nièce. Il éprouvait des scrupules, détestant qu'elle pensât de lui qu'il était un vieux cochon. Mais, indubitablement, la petite avait un si joli derrière !

« Tu le trouves si beau que cela ? »

Il s'inquiéta. Parlerait-il tout haut ? Mathilde, ça l'aurait bien distraite de voir l'oncle dévêtu, tels ces guerriers massaïs qui, aux actualités Pathé, exhibaient des choses colorées longues comme la moitié de la cuisse.

« Ça m'amuserait pourtant bien de vous peindre en rouge, en vert, en jaune. Ça doit être d'un gai de se promener de la sorte, sinon que ça ne doit pas toujours être très pratique ! Avec ça, dangereux. Qu'un crocodile passe par là et hop ! »

Émile ne se lassait pas d'écouter la voix, souvent haut perchée, quelquefois agaçante, qu'à certains instants il sentait soucieuse. Elle allait peut-être là-dessus en dire un peu plus lorsque, d'un coup d'épaule, elle laissa tomber le peignoir, huma ses dessous de bras. Devait-elle se raser ? Il hasarda un œil, avança qu'il n'y avait pas d'urgence, en profita pour en glisser un peu plus sur les coutumes et les mœurs. Ainsi les Napolitaines laissaient pousser leurs poils, y compris sur les jambes, aussi bien celles du noble monde que celles du petit peuple. Pour sa part, il n'aimait pas ça.

« Remarque que ta tante disparue, bien avant l'autre guerre, se promenait touffe dehors. De nos jours, on n'en fait plus des comme ça, d'un distingué ! » Il murmurait plutôt qu'il ne parlait, indistinctement, de ces sortes de sons qui, au cinéma, accompagnent les films d'art et d'essai. « Par le passé, on n'évoquait guère de ces choses, particulièrement dans nos familles, plutôt larges d'esprit, où l'on faisait des mariages pas comme tout le monde, de mauvais, de bons également. L'important était qu'on demeure entre soi.

— Alors, qui nous empêcherait de nous marier ? Vous êtes veuf, moi orpheline. » Il éclata de rire. « C'eût été avec le plus vif plaisir, sinon que le marié court sur ses soixante-deux ans et toi, Mathilde avec tes treize ans...

— Douze ans et demi ! rectifia-t-elle. Dommage ! Qu'est-ce qu'on s'amuserait. »

Le téléphone sonna. Dans trois quarts d'heure, on pourrait passer à table. « C'est vraiment gentil à toi de partager mon repas. Ne préférerais-tu pas plutôt inviter tes petits amis ? Bien sûr, avec la permission des parents. »

Elle n'aimait rien tant que leurs tête-à-tête. Elle le lui dit. La conversation revint sur les leurs, sur la famille, particulièrement sur les forestiers, espèce à

158

part, qui ont convolé avec des Declercq, qui ont fabriqué d'autres Declercq, encore et toujours des Declercq...

Comme ce genre de propos semblait embêter Mathilde, Émile suggéra qu'une fois par semaine on « fasse » le Louvre, Versailles. Après quelques essais entrecoupés de déjeuners dans des auberges à Louveciennes, la nièce rechigna. Il n'y avait pas de quoi distraire une personne de sa taille. Petite Mathilde préférait sauter d'une marche à l'autre sur les escaliers de chêne trapu comme les cuisses de ces dieux qui régnaient sur les entresols ; traverser à cloche-pied les galeries marbrières, effleurer du bout de l'orteil tabriz et tapis polonais — précieux tissus plus vieux encore que le lafite 61 ou le lur-saluces 1902 dont raffolait l'oncle Émile. À bout de souffle, elle allait rêvasser sur l'un des canapés victoriens qui à chaque étage abondaient, et dont les bordures en tapisseries Tudor achevaient de se fondre dans les brocarts grenat.

Venant de quelque fin fond, assourdi, un téléphone grelottait. Mathilde, tirant l'élastique, hasarda un doigt, le renifla, croisant du regard la belle Lady Rutherford, épouse, assurait le cartouche, du sixième marquis de Salisbury qui détenait, certifié sur des parchemins, une fraction importante de la forêt écossaise. De là-haut, pitonnée sur une des cimaises du salon bleu, la marquise Casati, saisie par Sargent, adressait à qui l'observait un regard complice. « Caresse-toi, fillette ! Bientôt, tu n'auras même plus à le faire toi-même. » Sur d'autres toiles, des étrangers entrés dans la famille Declercq avaient dû au passage enrichir leurs bambins de milliers d'acres de chênes, de bouleaux, de conifères. « Ils ont disparu tes grands-parents, tes oncles, tes petits-cousins ; ici tatie Gabrielle, là c'est oncle Éric, un jouisseur de la belle espèce.

— Oncle Émile, c'est quoi un jouisseur ?

— C'est comme qui dirait quelqu'un de si émerveillé par le coucher de soleil qu'il ne se couche pas, attendant du lever qu'il lui donne autant d'émotions. » Émile, découvrant sur le visage de sa petite nièce l'ombre d'un sourire, jugea qu'il était inutile d'insister. Ainsi allait-il, par-ci, par-là, par bribes, éduquer Mathilde, lui en dire un peu plus sur l'histoire de la famille. « Chez nous, on n'a jamais compté de gens particulièrement élégants ni de morts au champ d'honneur. Même sous la Terreur et plus tard au temps de la Commune, aucun n'a eu l'occasion de trembler pour ses jours, non plus que d'effeuiller des tickets d'alimentation. Ça n'a jamais été le genre. De même, concernant les huguenots ou les juifs, nous n'avons rien ni pour ni contre, sinon que cela fait un peu désordre. Plus tard, quand tu auras dépassé les cent ans, si ça te chante, rien ne t'empêche d'en remettre au Louvre de ces tableaux, de ces objets. » C'était l'idée d'Émile.

Des années, des décennies plus tard, pendant que Mathilde faisait un tour peut-être ultime dans les salons de Courcelles au bras de Jean-Robert, hanches hésitantes — elle venait de se relever d'une troisième fracture —, elle lui dit : « Quand je ne serai plus là, mon bon, à moins que certaines de ces toiles ne vous plaisent, qu'on exécute donc cette volonté d'Émile.

L'oncle, vous auriez dû le connaître, vous vous seriez bien entendus tous les deux.

— Pourtant, d'après ce qu'à plusieurs reprises vous m'avez dit de lui, nous ne devions guère nous ressembler.

— On peut le dire ! » répliqua Mathilde en souriant.

Depuis son enfance, Émile vivait à Courcelles, tranquillement, avec son chef et Antoinette, sa femme de chambre. Jusqu'à ce qu'il remarque combien séjourner à un étage du logis de Mathilde, à sa guise passer de chez lui chez sa nièce, avait des effets remarquables sur son état d'esprit. Il rajeunissait d'une année par marche lorsque le matin, pas trop tôt, de son étage il rejoignait la salle à manger. À table, sirotant tasse de thé sur tasse de thé, au mélange fort et ambré, il attendait Mathilde, sans jamais marquer d'impatience, même si elle n'apparaissait qu'à dix heures passées. Il lui tendait les deux joues, rasées de près. « Vous sentez bon, mon oncle. » La moustache relevée en croc pouvait paraître ridicule mais touchante. Hugo, son maître d'hôtel, le coiffait ainsi depuis le traité de Versailles. L'Autrichien, qui devait alors approcher des quatre-vingts ans, avait seul le privilège de retirer le filet de soie qui permettait aux pointes de tenir en place. Plus étonnante encore était la coiffure : une raie que l'Austro-Hongrois traçait comme une herse dans la masse épaisse des cheveux gris légèrement argentés, de l'orée du front jusqu'au canal formé par la nuque. Il en avait été ainsi pour son père depuis le temps célèbre où, au Jockey-club, il avait accueilli la princesse Mathilde. Avec sa haute taille, souple comme le robinier, volontiers adoptant le parler du cavalier occupé à astiquer les selles, il fut sans doute le dernier de très vieilles générations à avoir encore des sentiments pour l'Empereur, au point, à la veille du Front populaire, de briguer la vice-présidence du parti bonapartiste. Émile, qui avait accepté de veiller sur Mathilde par devoir, en était finalement heureux. S'il fallait accepter d'être tuteur, autant que ce fût d'une aussi gracieuse personne. Pendant qu'elle, sagement, dans ses mille mètres carrés encombrés de bagatelles, de choses vieillottes, peut-être même de fantômes, s'était résolument décidée à prendre la vie du bon côté, sous l'égide d'Émile. Lui âgé, elle rieuse étaient plutôt contents de se connaître en dépit de la promiscuité. « Ne vous inquiétez pas ! je me ferai toute petite. Aussi petite que la plupart de mes copines qui logent dans deux ou trois pièces avec parents, frères et sœurs. Toute petite ! » Il la regardait alors comme si, à son étage, on avait fait grimper une pouliche déjà de belle taille. Il lui dit : « Ça ne m'est jamais arrivé d'héberger une jolie jeune fille. Ça va me changer.

— D'après ce que j'ai entendu, ici il y aurait eu des tas de dames et bien plus conséquentes que moi. Vous auriez pas mal cavalé.

— Possible, mais jusqu'ici, jamais de demoiselle. Je croyais pour toujours être retiré du monde et patatras ! J'ai peut-être cavalé, comme tu dis, mais, tuteur, j'entends assumer mes responsabilités. » Émile allait de long en large à travers le grand salon, foulant les savonneries, leurs couronnes, leurs feuillages. « C'est pas pour autant que j'aie en tête de t'embêter. Tuteur, dans nos forêts, c'est fait pour aider les jeunes arbustes à pousser droit. Cela dit, dans la maison, chacun m'encourage, jusqu'au petit personnel, et tout le monde me vante ta gentillesse. À propos, histoire de fêter ça, voilà ! » dit-il en lui tendant un paquet. Elle le tourna, le retourna. « Un cadeau ! Je peux ouvrir ? »

Apparut un collier de perles. « Je les ai fait renfiler. Elles viennent du grand collier de ta grand-mère. Il aurait appartenu à l'impératrice Eugénie.

— Pour moi ? Comme ça, sur mon chandail ?

— Je pense que tu peux l'arborer en toute occasion. Des perles aussi grosses, ça fait imitation. Ça se ferme comme ça. » L'oncle Émile, les deux mains de Mathilde caressant les siennes, ajusta le fermoir. « Comme c'est beau ! » dit-elle et, prenant les doigts de l'oncle, secs comme des asperges crues, un à un les baisa. « C'est vrai : ça fait si simple. Je pourrai les porter toute la journée.

— Du moins ce soir, j'ai retenu une table au Ciro's. » Ainsi, peu à peu, l'oncle, accompagnant sa nièce, l'initia à la vie parisienne. La frotta à des belles adulées qui se laissaient approcher tellement l'oncle avait bonne réputation ; sans pour autant se laisser croquer, éduquées qu'elles étaient par de bonnes éleveuses. Mathilde allait rencontrer là les plus resplendissantes, le gratin, les poules. Elles se nommaient alors Douce Martinez de Hoz, Alice de Chavagnac, Georgy Bonnet, la jeune garde des ravissantes, écloses du matin, qu'on imagine mal demain vieillardes.

À huit heures, la femme de chambre avertit que M. Émile attendait mademoiselle dans le petit salon. Elle portait un tailleur blanc — le blanc était à la mode pour les jeunes filles. « Ça ne te gêne pas de sortir en compagnie de ton oncle ? » Elle s'approcha de lui, l'embrassa. Il lui sembla qu'elle caressait sa nuque, en même temps la soutenait. Elle était longue, dégingandée, à peine hanchée, avec des gestes vifs qui ne la rendaient pas maladroite. Une ou deux fois par semaine, il l'emmenait dîner, pas souper, jugeant qu'elle était encore bien jeune pour se mêler à la vie nocturne. Au président Émile, on attribuait la meilleure banquette. L'orchestre jouait des paso doble et des valses. Et les seins de Mathilde, sous la nappe de mousseline de soie, se gonflaient d'espoir qu'un sublime s'approche, l'étreigne, l'embrasse partout. « C'est ma nièce ! » disait Émile avec fierté, soulignant à l'usage des amis le poids d'une semblable responsabilité. L'orchestre attaqua quelque chose qui évoquait la pampa. Du bout des doigts, elle battait la mesure.

« Fais-moi danser, dit-elle.

— Trop tard ! » répondit Émile. Au « danseur » qui rôdait, il fit un signe discret. En smoking, penché, une main derrière le dos, il invita Mathilde.

« Je peux ? » demanda-t-elle.

L'usage existe-t-il encore de nos jours, qui consistait, dans chaque restaurant chic, à employer à l'année de jeunes bellâtres ? Sombres, bien faits, bien mis, ils s'inclinaient, emportant dans leurs bras des personnes généralement d'assez bel âge, accompagnées de messieurs qui, sagement, plutôt que de se rompre le fémur, laissaient au préposé le soin de se démener à leur place. Mathilde était grisée. Lui, après avoir hasardé deux ou trois tours, la serrant un peu plus, avançait cuisse curieuse, elle maintenait les siennes entrouvertes. Il s'enhardit. De son pouce, de son index, de sa paume tendue, il caressait le dos de Mathilde. Elle le laissait faire. « T'es-tu bien amusée ? lui demanda Émile.

— J'adore danser. »

On y retourna le surlendemain. Le monsieur était toujours là, debout près de la table, comme s'il ne l'avait pas quittée, sollicitant la danse. À nouveau, il tenta sa chance, mais cette fois sans crainte, comme si à pénétrer plusieurs fois dans le chenal, celui-ci s'était creusé ; il lui dit qu'il s'appelait Dimitri. Elle lui proposa de venir la chercher, avant qu'elle ne s'engouffre à Sainte-Marie.

Le véhicule, métamorphosé en chambrette hôtelière, semblait encore plus petit que, à la station Courcelles, l'antre du marchand de journaux où Mathilde achetait ses illustrés. Elle lui abandonna ses lèvres, qu'il entreprit de manger. Il s'agita beaucoup, se saisit de ses doigts, les guida, mais ce qu'elle trouva là dut la décourager. « Restez ! dit-il, vous êtes trop jolie, demain ça ira mieux. »

Plus tard, comme elle contait l'affaire à Émile, il s'efforça d'expliquer à sa nièce un peu d'une morale fondée sur l'expérience.

Puis, pris par d'autres préoccupations qu'il reconnaissait lui-même futiles, il choisit son couvre-chef. Après en avoir rêveusement caressé les bords, assuré d'une météorologie convenable, il décida de s'aventurer tête nue.

Chargé de veiller sur l'âme de Mathilde, également de faire en sorte que, plus tard, à son tour séductrice, elle devienne l'orgueil des mânes des siens, Émile tenait comme un devoir de l'entraîner chez Lanvin, chez Doucet, chez Dior, dans ces maisons où il était bien connu. La première de Maggy Rouff l'appelait Émile. De temps à autre, le comptable, discrètement, survenait : il y avait là quelques factures abandonnées par Mme Popesco ou Gaby Morlay, auxquelles l'oncle avait fourni un moment ou l'autre le nécessaire afin de leur permettre de toujours mieux séduire. Mathilde eut tôt fait d'étonner, tant son physique et ses manières étaient plaisants. Dans les cabines d'essayage, on vérifiait que les élastiques n'entravent en rien la circulation, que sous les doigts s'efface le moindre soupçon d'éminence. L'essayeuse agenouillée, épingles en bouche, serrait la toile, enlevant du volume à la chemisette et, sur les chevilles de Mathilde, le lin et la batiste glissaient. Prétendait-on ici donner plus de vague, l'oncle disait : « N'est-il pas malheureux de dissimuler d'aussi plaisantes formes. »

Des années et des années plus tard, Jean-Robert ne se lassait toujours pas d'écouter Mathilde. Elle lui disait : « Je vous embête avec mes souvenirs. » Lui, attendri, écoutait cette vieille personne évoquer encore un peu de son adolescence. « En ai-je essayé des dessous, des tailleurs ! En ai-je usé de ces accessoires ! À Courcelles demeurent quatre pièces, toutes tapissées de placards, de tiroirs où, sur mille et mille cintres, est suspendu ce que j'ai arboré, endossé. Quelques semaines avant de s'éteindre, l'oncle m'avait priée de tout laisser en l'état et assuré que, tant que je vivrais, son ombre volontiers inquiète mais heureuse retrouverait un peu de mes troubles adolescents. À humer les odeurs, on pouvait deviner les parfums dont Émile s'était servi pour enchanter ses dames. Ma tante Lucie, son épouse, est morte lorsque j'avais huit ans. J'ai conservé d'elle, fugaces, de courtes images diaphanes, bleu pastel, grand genre. Toute gamine, le couple m'apparaissait joliment usé par ce qu'ils appelaient "la vie". De la futilité à l'état pur, des gestes, des mots, des réactions qui répondaient à leur souci de laisser non pas de l'argent, chose qui ne leur importait guère, non plus que de beaux objets, mais simplement des propos tenus par les seuls gens dont ils appréciaient la considération. Un monde si léger, dont il ne demeure rien, sinon peut-être un peu de raucité dans la voix en toussant ou en croquant le toast beurré. Aujourd'hui, quand leurs ombres surgissent, je peux les imaginer tels qu'ils étaient : une paire de papillons aux mouvements retenus, aux sentiments décolorés, usés par trente ans de rapports. "Smart", comme on disait alors. »

Sans forcer, Émile initiait Mathilde à la connaissance, à sa culture. Il n'usait pas volontiers du mot, mais chaque soir, il la retrouvait cloîtrée dans sa Sorbonne, pas celle bordée par les rues Saint-Jacques ou Saint-Michel, mais dans certaine université telle que la petite les concevait, où l'on pouvait feuilleter des documents hautement précieux avant qu'à l'office on s'en empare : *Éternellement belle*, *Regard ardent*, *Bouche suave*, *Jardin des modes*, *Vogue*. À tout ins-

tant, les facteurs délivraient à la loge de nouveaux textes consacrés au choc des couturiers, à la mode à
Longchamp, aux crèmes hydratantes, aux ci, aux ça.
« Cultivé, disait Émile, sans nul doute, j'eusse aimé
l'être. La culture, une question de chance. Malheureusement, j'avais peu de loisirs. Du temps de mon père,
nul n'aurait songé à manquer le jeudi chez la princesse
Mathilde dont tu portes le beau nom, ou le thé chez la
princesse Brancovan. La culture, nous l'avions à portée de main, au rythme des déjeuners à Saint-Moritz
au Corviglia, à Venise au bal du Chilien, aux répéti-
tions sur les planches de sapin du grand théâtre de
Salzbourg, à Bonn aux vernissages de peintres aux toiles vouées à la violence. C'était ça la culture. La poli-
tesse consistait à être courtois avec la vie, à ne pas
trop lui demander. » Ainsi, chaque matin, Émile
remerciait le Seigneur de l'avoir fait le meilleur à la
battue ; à dix-sept ans de l'avoir doté d'une mémoire
implacable qui lui permettait, au cercle, ostensiblement se défaussant de l'as, d'égarer l'adversaire, et
pour le niais de sonner la déroute.

Émile n'avait jamais cessé d'apprécier toutes les
formes de la beauté, quel que fût l'endroit où elle s'offrait : des abords de la rue de Tournon au quai Vol-
taire, à Rome via Condotti ; de ces lieux dont, à
l'occasion, il parlait joliment. Conscient de ses limites,
sage à sa manière, il avait compris qu'une certaine
curiosité latente et rieuse pouvait à l'occasion suppléer
à une réelle connaissance. La cinquantaine venue, il
se prit à acquérir de beaux livres, trouvant du charme
au papier vélin, au saumon, à l'alpha, au japon, au
chine, au maroquin doublé, aux reliures jansénistes. Il

y avait là pour le curieux des places à enlever. Il s'adressa aux meilleurs, aux Galanti, aux Giraud-Badin, aux Berès, aux Clavreuil, tous gens qui savaient le latin, le grec, déchiffraient l'araméen et l'hébreu. Pourquoi Émile n'était-il pas né sur le boulevard Saint-Michel, là où fleurit la science des agrégés ? Quand il n'y eut plus guère de chance pour que les Bernard Malle lui dénichent quelque pièce surprenante, appréhendant de se lasser de la bibliophilie, il invita à déjeuner le patron de la Nationale : « Venez, j'ai quelques petites choses pour vous. » Pendant qu'il sauçait les abords de la côte de bœuf, il releva quelque chose qui ressemblait à de la hargne dans les propos du fonctionnaire qui lui disait : « Ainsi, c'est à vous qu'étaient destinées les acquisitions de tant de nos libraires ?

— Il est vrai, dit Émile, tout cela m'a plutôt amusé. Il y a là quelque trois cents ouvrages dont fort peu sont déplaisants. Ça vous agace que je possède ces choses. Privilège de riche. S'il en est ainsi, prenez donc la peine de tout enlever. »

Du *Figaro* au *Monde,* l'unanimité se fit. Émile Declercq était un grand mécène. Lui disparu, on ne serait pas près d'en retrouver le jumeau.

Mathilde ne pouvait rien connaître de plus excellent que l'oncle Émile, lui-même nourri de la conviction que rien au monde ne pouvait égaler les Declercq, tout comme jadis, pour la princesse Palatine, nul nom ne valait la peine d'être évoqué, sinon celui de Bourbon.

Parmi les générations précédentes, chez les Declercq, il y eut des présidents de grand caractère, en même temps si différents de nature, des Prosper, des Benoît, des Nicolas, qui, généralement, tranchaient par leur singularité. Le plus cocasse fut sans doute Émile. Il laissait aux autres le travail accompli, et le reconnaissait volontiers, d'autant que, dès son plus jeune âge, on l'avait dressé à user de l'inutile, à le perfectionner, entre autres, l'index soutenu par le majeur, à exécuter les gestes fondamentaux, tels que parafer des pouvoirs, des reçus, signer des chèques. Conscient que la chose mentale, la rapidité de l'esprit, la mémoire sont autant d'éléments précieux qui s'entretiennent, Émile, depuis l'âge de dix ans, n'eut de cesse de couper les jeux de cartes, à volonté d'en extraire figures et numéros, n'usant que de jeux neufs. « C'est mon luxe ! » disait-il, exécutant des tours à rendre pâles d'envie et d'émotion Majax et les autres. Il jouait à tout, assurant, comme Georges Dumézil, le mythologue, le disait des langages, qu'une fois maîtrisés deux ou trois tours, deux ou trois jeux, on les connaît tous. Il pratiquait le bridge, le poker, l'écarté, au baccara il troublait le banquier. À quatre heures, on le trouvait au Jockey. À six, il abattait la chouette à l'Auto. À sept, au Travellers, il décourageait jusqu'au baron de Zuylen.

« Amusant, disait Mathilde, mais la fortune dans tout ça ?

— Nous sommes le dessus comme l'est Dieu le Père, à propos de l'univers. Puisque, à la suite de mystères insondables, nous en possédons une importante fraction, il faut apprendre à la dominer, à planer au-dessus, à ne jamais toucher l'or — ça tache —, laisser ça à ceux dont c'est le métier de s'y frotter ; pour cela, employer des gens dont la profession est de compter, recompter, vérifier. C'est à eux d'entretenir avec l'argent des rapports physiques, tel le garde-chiourme qui jamais ne perd de vue son troupeau, conscient qu'aucune de ces têtes n'est innocente, que la fortune est vicieuse, volage et surtout paresseuse, rechignant à l'idée que c'est à lui de travailler. » Mathilde, fascinée, écoute l'oncle qui parle or et gros sous comme le conteur oriental le faisait avec le vizir. « Et à combien se montent nos biens ?

— Incalculables ! À moins de mettre en branle les tiroirs-caisses du monde entier, savoir ce que nous détenons est impossible. J'ajoute : à quoi bon ? Lorsque le chalutier d'un coup remonte une tonne de sardines, bien sûr, par les mailles, beaucoup s'en échappent, mais si peu par rapport à ce qui grouille sur le pont du navire, et moins encore par rapport à l'univers sardinier. Nous sommes riches, immensément, mais aux yeux de tous il faut paraître, comme jadis le peintre de cour savait mettre en valeur son grand client, usant de tout son génie pour en magnifier l'image. »

On en était arrivé à la partie la plus ardue de son magistère. Procédant par allusions à l'occasion d'un nom jeté, d'un fait divers, Émile précisait sa pensée. Si être né Declercq offrait des avantages, pour les préserver il fallait les mériter. En premier lieu, être aimé. À ce propos, plus importantes que Marignan et 1515, les dates des anniversaires méritent qu'on y consacre un peu de cette mémoire qui permet de se rappeler le jour où Pierre, Julie, Marguerite apparurent dans notre vallée de larmes.

Lorsque Émile décida, afin de veiller sur sa nièce, de quitter son étage situé sous les combles de Courcelles — le « petit appartement » comme on l'appelait alors —, leurs rapports prirent un tour intime, particulièrement lorsque fut jeté un petit escalier qui permettait, quand l'un ou l'autre avaient envie de s'entretenir de leurs problèmes, sans avoir l'impression de changer de logis, de se rencontrer. Lui, soucieux de remplir ses obligations, s'efforçait de discipliner ses emplois du temps. Elle, franchissant les étages, allait prendre des cafés avec le chef, discuter des menus. Distrait, il arrivait à Émile de surgir à l'improviste, quand la petite sortait du bain. Un matin, étendue sur le dos, les cheveux serrés dans des torsades-éponges, elle sursauta.

« Je suis navré. Je te croyais déjà à l'école. »

C'était mercredi.

Il répéta : « Je suis navré. » Elle se releva, baissant la tête, l'air affligé : « Il n'y a vraiment pas de quoi. Oncle Émile, vous qui avez vu tant de dames avec de beaux seins, en aurai-je un jour de comparables ? », dit-elle, montrant *L'Excelsior* ou *La Vie parisienne,* déployant des dépliants où le lecteur découvrait, grandeur nature, des personnes croquées sur les plateaux licencieux, des « demoiselles » qui, à voir leur mine, semblaient enchantées de ne plus l'être. « Modeste ! » reprit-elle, de ses doigts soulevant sa poitrine qui ne faisait guère d'ombre à l'abdomen qu'elle avait creusé, profondément, à donner le vertige à qui se serait risqué au sommet du thorax. Plus bas, le pubis, dont il était à prévoir qu'à la blondeur adolescente se substituerait bientôt l'auburn, ce qui pour demain annonçait des éphélides sur le front, plus trois ou cinq sur le nez. Qu'à dix-huit ans, le roux persiste comme sa belle nature le laissait prévoir, et l'on découvrirait une Mathilde au teint qu'affectionnait Henner lorsque, vers 1900, ses modèles posaient, cuisses légèrement entrouvertes, au point que l'homme avisé pouvait découvrir le fruit, se jeter dessus et le croquer.

L'oncle, nourri de bons sentiments, pourvu d'une belle conscience aussi chantournée que ces cadres en matière précieuse faits pour insérer les personnes opulentes peintes par Boucher ou par Fragonard, ne pouvait qu'être ému devant ces frondaisons qui sortaient d'un terreau fraîchement retourné. Émile croisait le regard de la jeune enfant. Il souriait, ses traits respiraient la bonté, avec ce rien d'indulgence des personnes d'âge, gracieuses et informées de la vie.

Il disait à Mathilde : « Courcelles est l'un des derniers grands capharnaüms de Paris qui évoquent les plus précieux du passé. Ce qui entre n'en sort jamais plus. Que l'or cesse d'exercer ses charmes, tout filera à la réserve où, de mémoire de ces messieurs et dames, nul depuis des lustres ne s'est aventuré. » « Maison close », aurait dit un jour Patrick de l'hôtel de Courcelles.

Entre les deux dernières guerres, hormis la famille et le personnel, rares sont ceux qui y sont admis, plus encore après la visite mémorable que fit en 1923 le souverain d'Angleterre, lors d'un périple tenu confidentiel et qui avait failli écorner l'image prestigieuse du roi. Enfermé dans les lavabos, il lui avait été impossible d'en ressortir, le loquet étant coincé de telle façon qu'il avait fallu fracturer le panneau à la hache, d'où, pour Sa Majesté, l'obligation de sortir à demi penché et de dos. On avait dû reculer d'une demi-heure le déjeuner offert par le Quai d'Orsay. Finalement, on avait beaucoup ri.

Entre 1940 et 1944, nul occupant ne s'avisa de pousser la porte. Goering lui-même ne se manifesta pas. Il ne s'agissait pas d'entamer de quelque manière que ce soit les excellentes et fructueuses relations entretenues depuis 1735 par Anthelme, l'ancêtre, et Choiseul, le « ministre du bois » comme l'avaient surnommé les armateurs du Havre, de Saint-Malo, de Nantes qui jamais ne manquèrent de la précieuse matière première.

Émile et Mathilde devaient, par la suite, évoquer avec grand plaisir de si heureux temps, sinon qu'aucun ne sut très bien de quelle manière se modifièrent leurs rapports ou, s'ils le perçurent, sans doute préféraient-ils en taire les circonstances. Était-ce qu'en si peu de temps Mathilde donnait l'impression d'avoir grandi ? « Tu es devenue une vraie jeune fille, bientôt une femme. » Devant les glaces, les différences s'estompaient. Il lui saisissait le coude, lui caressait la taille, s'étonnant qu'elle ne se dérobe pas. Il lui disait : « Tes doigts semblent avoir poussé le matin même dans les serres des primeuristes. Je les aime tes doigts.

— À vous entendre, je ne sais pas très bien de moi ce que vous n'appréciez pas. » Il reculait. Elle ne devait pas se méprendre. Il était son oncle. Il aimait sa nièce. Son âme, il l'avait en charge, un point c'est tout. Bien sûr, il éprouvait de petites houles de tendresse. Mais n'est-ce pas normal dans une heureuse famille ?

Mathilde se disait : « Qu'il me saute dessus, ça pourrait être drôle », mais il n'entrait pas non plus dans son esprit une once d'ambiguïté, comme si, parvenue à son âge, elle se sentait infiniment plus réfléchie qu'aux temps lointains — il y avait bien un an et demi de cela — où elle fréquentait Sainte-Marie.

Chacun prenait plaisir à ces échanges, elle s'efforçant d'en savoir plus sur cet homme, lui négligeant jusqu'à ses jeux, ratant une partie au Travellers, oubliant la monte au polo. Comme s'il n'attendait plus autre chose de sa vie que de la partager avec Mathilde. Elle, plutôt que de l'écarter, écourtait les séjours sous les séchoirs, rêvassait au lieu d'aller piquer une tête à la piscine du Racing. Émile était assez lucide pour admettre que ceci n'était que le signal de la fin de partie d'un esprit volontiers coquin, même si, lorsque la petite avait le dos tourné, son derrière s'arrondissant, il lui arrivait de bander. À lui seul, il adressait ses plus sincères félicitations. Et elle de bouger, l'air de dire : si je t'y reprends, bonhomme !

Sur l'immense guéridon où reposaient cent et une photos de famille, il choisit l'une d'elles : « Ta grand-mère, du moins je suppose — avec ces coiffures qui modifient les visages.

— Celle-là, c'est ma mère, Sylvie. Maintenant qu'elle n'est plus de ce monde, avoue-le, elle et toi...

— Douée comme tu es pour le langage et ses subtilités, plutôt que d'avouer qu'elle fut ma maîtresse, je préférerais dire que je fus son amant. Elle m'a choisi, comme elle l'avait toujours fait avec ses hommes. Nuance. Tout est dans la nuance. Si les hommes Declercq sont pour la plupart des originaux, celles qui ont mis la main sur eux furent à leur manière de satanées créatures. »

Ni Mathilde ni le reste de la maison ne discernèrent sur le visage d'Émile à quel moment son élégante nature vacilla. On diagnostiqua des grippes. Elles persistèrent. L'humeur s'assombrissait. Lui qui depuis son adolescence se désaltérait au margaux, ordonna qu'à l'avenir on dispose à portée de sa main une carafe de cliquot rosé. Le chef se désolait car ce breuvage ne remplace pas la nourriture. Aux moindres mouvements, ses traits se contractaient ; promenant ses mains sur son front, il geignait.

La femme de chambre et le valet de pied rêvassaient. La radio émettait en sourdine, lorsque les téléphones retentirent pour annoncer que monsieur souffrait à nouveau. Mathilde descendit. À cet homme d'ordinaire réservé, le mal arrachait des larmes. Les névralgies venaient par vagues qui allaient diminuant avant de reprendre avec plus de violence. Rien n'y faisait. Hier précieux, toujours sur son trente et un, Émile évoquait en cette fin de matinée ces poupées de chiffon qu'on trouve abandonnées par les enfants capricieux. « Il faut me pardonner, je n'ai pas l'habitude de souffrir. » Conscient que semblable étalage le privait de ses restes, la longue mèche grise ce matin traînassant jusqu'au menton, il dit : « Éloigne-toi, je dois te répugner. » Il demanda le miroir, inquiet parce qu'il discernait, cernant ses yeux bleus, des ridules qui s'arrondissaient, tels les caractères d'un Coran. Soudain, lui qu'on pouvait croire détaché de tout, toutes affaires cessantes exigea son magazine du matin,

Sport complet. Plongé dans l'étude des tiercés, les mâchoires serrées, les besicles à demi affaissées, il se montra chagriné par la nouvelle : demain à Enghien, le terrain serait lourd. Il laissa retomber la feuille : à Chantilly la monte s'annonçait médiocre. La nuit était tombée. Émile et son mal s'étaient assoupis. Lorsqu'il s'éveilla, Mathilde, inquiète, était debout. Il dit : « Je me sens infiniment mieux.

— Si je vous quitte, vous risquez à nouveau de souffrir. Je préfère demeurer là, même si je tombe de sommeil. » D'un geste naturel, elle défit la boucle qui retenait le peignoir, puis, comme si elle s'en remettait au destin, ouvrant grand le vêtement, d'un mouvement d'épaule le laissa choir à terre. À peine Émile eut-il le temps de fixer le corps de Mathilde que, repoussant le drap, son revers en lin blanc brodé de fleurettes, elle se glissa là comme une lettre dans la boîte. Doucement, il ne s'agissait pas de raviver la douleur émilienne. Elle lui dit : « Serrez-vous contre moi, mon oncle, ça va passer. » Alors, rassurée sur l'état du monde, elle s'endormit.

Lorsqu'elle entrouvrit les yeux, autant qu'elle pouvait le vérifier par l'interstice de lumière qui filtrait à travers les rideaux, le soleil devait être déjà assez haut. Elle consulta sa montre : sept heures. L'oncle semblait profondément assoupi. Lorsque à son tour il s'éveilla, Mathilde avait disparu. Il enfila son pyjama. Des souvenirs de la nuit lui revinrent. Il sonna pour qu'on lui porte une tasse de café. « Avez-vous vu mademoiselle ce matin ? » Elle avait dû partir tôt à ses cours. Il reprit des cachets. À dix-sept heures, il descendit. Mathilde était attelée à un devoir de français. Avait-elle conservé des souvenirs un peu précis de ce qui s'était passé la nuit dernière ? Elle lui rappela qu'en le voyant souffrant, elle était demeurée un long moment avec lui, jusqu'à ce qu'au petit matin il s'assoupisse. Il s'enquit : « Aurais-je dormi jusque-là ?

— Comme un ange, mon oncle, et à deux dans votre lit.

— Ainsi, dit-il, je ne l'ai pas rêvé : nous avons sommeillé ensemble. T'ai-je gênée ?

— En rien, mon oncle. Souffrez-vous encore ? » Il fit quelque pas. Miracle ! tout s'était effacé. « Si j'ai bien compris, dit Mathilde, à en juger par ce qui vous est arrivé la nuit passée, c'est d'un manque de calmants que vous souffrez. Je dois donc tout faire pour vous détendre. Laissez, dit-elle, comme c'est amusant ! Nous sommes quelques-unes infiniment préoccupées des choses des messieurs, un instant regrettant d'être filles pour, un peu plus tard, nous complaire dans notre état. Que je sache, nulle n'a eu la chance de considérer ce que je vois. »

Mathilde, comme, à Drouot à onze heures du matin, les joailliers qui, loupe à l'œil, jugent des pièces qui, dans quelques heures, seront offertes à l'encan, auriculaire dressé, examinait la parcelle de l'oncle, orchidée précieuse que, pour mieux l'observer, l'horticultrice aurait détachée de sa racine. « Mathilde, il faut arrêter. »

Tel le savant qui, plutôt que de pousser plus avant l'expérience, mesurant les risques, soudain s'interroge, elle hésita : devait-elle remettre à plus tard la suite des travaux pratiques ? « C'est si vivant, ça bouge ! Et si vous me la prêtiez pour mon anniversaire.

— Mathilde, tu es vierge !

— Justement, il serait temps que ça cesse. J'ai lu que l'affaire peut se révéler déplaisante, douloureuse. J'ai réfléchi. Comment imaginer que mon oncle, homme sensible, se transforme en tortionnaire ? »

Émile allait-il contre son gré transgresser la morale. Il s'y résolut ce matin-là, lui avec une infinie patience, elle, obstinée, faisant en sorte que l'ardeur sexagénaire ne s'éteigne pas.

Le surgissement hors de son réduit de la proéminence d'Émile dut provoquer un réel étonnement chez une écolière. L'apparition n'était pas sans rapport avec ce qui avait toujours constitué chez les Declercq l'essentiel des préoccupations familiales, comme une résurgence des mythes anciens, où la divinité se trouve incarnée dans le marbre, dans le bois, pourvue d'attributs que les curieuses, troublées, observent dans les lieux publics, l'imagination stimulée par les feuilles de vigne qui les dissimulent.

Pour Mathilde, la révélation était d'autant plus surprenante que le minéral froid des statues n'avait guère de lien avec ce qui apparaissait sous la caresse — irrigué par le sang, taillé dans la chair, rappelant par sa douceur et ses rugosités le bouleau, l'aubier et les nœuds du bambou. La tête lui tournait de même lorsque, écolière, les copines l'entraînaient dans les fêtes foraines, avec leurs trains fantômes et leurs animaux extraordinaires. Pour l'adolescente débutait une vie que, dorénavant, elle consacrerait à observer l'insolite, pareille à une lointaine cousine qui, sa vie durant, s'intéressa à la copulation des mouches. Pour cette personne savante, ce dut être moins divertissant, moins pittoresque que pour Mathilde ce genre d'apparitions.

Généralement émus à l'idée de la tâche à accomplir, reconnaissants envers qui avait su leur parler — voix haute, murmures, qu'importe ! — ils se dressaient pour, à l'issue de la confrontation, hoquetants, retomber tel le guerrier frappé au cœur. Mathilde, sans que les messieurs s'en doutent, sa vie entière, passera là de bons moments. Sylvicultrice à sa façon, pour se faire une idée de la croissance d'un sarment, elle en goûtait la sève ou de l'œil étudiait les cheminements empruntés par la nature. Alors, Mathilde découvrait bien des analogies entre la flore et l'engin. Ce matin, elle n'eut de cesse de faire corps avec la branche avunculaire, pièce majeure d'une rôtisserie diabolique, pivot autour duquel tournait le cercle de famille.

Devait alors se poser le problème de la jouissance, d'autant que si, chez les messieurs, l'effet se révèle évident, visible, pour les dames c'est autre chose. Pour accéder au plateau du grand théâtre, sur la scène de son propre Odéon, Mathilde devra dorénavant répéter ses piécettes ; avant tout, s'attacher à connaître les grands classiques, à observer les techniques des maîtres tels que Mei Lan Fan, le sublime acteur de l'Opéra de Pékin — avec lui, le désir et l'ardeur se miment. Plutôt que de prendre la parole, mieux vaut jouer de soupirs sachant graduer les intonations et les souffles.

Sage à sa manière, Mathilde devina que les seuls moments importants devaient être ceux qu'elle consacrerait aux hommes ; c'est bien dans un lit qu'enfin elle ressentirait ce que tant d'autres, à les entendre, obtenaient. Présents célestes. Dès lors, elle s'efforça de bouger au rythme qui devait procurer à l'autre son plaisir, s'attendant à les voir tous perdre la tête, qu'elle soit enfin menée à sortir d'elle-même. Voilà qui ne cessera jamais d'occuper l'esprit de Mathilde, de follement la distraire. À l'inverse de tant de gens dont la fortune obnubile l'esprit, les poussant à la morosité, à aucun moment Mathilde ne ressentirait semblable tourment, jamais elle ne serait torturée par des pensées métaphysiques. Ainsi, pour elle, l'amour se résumerait à la jouissance, état mystérieux dont l'histoire humaine se préoccupait plus que de Dieu, ou de la vie même, quelque chose dont on prononçait le nom, dont on parlait dans tous les ouvrages, y compris les plus saints, qu'on montrait sur la plupart des écrans.

Bien des années plus tard, au cours d'une errance dans les sous-bois corses, comme elle allait se promenant une pomme de pin dans une main, l'autre battant le briquet, allumant cigarette sur cigarette, les jetant, les écrasant, le forestier s'efforça de la mettre en garde contre les dangers du feu : « Madame Mathilde, il en va de ma responsabilité de milliers et de milliers d'hectares, de masses de gibier, peut-être même de vies. De tout cela, ce matin, vous semblez ne rien entendre. » À maintes reprises elle repensera à la scène. Drôle, ce type, avec un nez tordu comme une gargouille usée, qui, tout en parlant, tendait la cuisse dans un pantalon large en épais velours marron. Elle était sûre que si cet homme, en cette fin de matinée, l'avait jetée sur le lit d'aiguilles de pin, elle aurait su ce qu'était la jouissance. Elle comprit que, si elle était Mathilde, en ce domaine elle n'était pas pour autant la « patronne ». Elle n'oublierait jamais l'incident, il s'en était fallu de peu pour être alors submergée par la volupté. Plus tard, lorsqu'elle dira tant de choses à Jean-Robert, elle contera l'aventure avortée sous les sous-bois corses ; après que le garde l'eut avertie du danger qu'il y avait à jeter n'importe où des mégots. À l'instant de franchir un gué, il lui tendit la main. Elle la garda et, attrapant un doigt, entreprit de le tordre. Lui, sans marquer l'effort, sans mal, avec douceur, lui fit lâcher prise. Sur son visage, Mathilde crut discerner l'ombre d'un ricanement.

Émile, lui, n'en était pas revenu de sa chance. Vieil homme, vieux corps, c'était donc encore possible. L'excellent généraliste lui dit : « Si vous bandez comme vous me le dites, n'est-ce pas la preuve que pour vous tout est encore possible ? » Il soupira : « À votre âge, une jeune fille, c'est bien de la chance. » Mathilde s'amusait à la folie et, sur le lit d'acier sur lequel, en germinal 1797, Bonaparte avait signé le traité de Campoformio, elle affirma à Émile qu'il s'y prenait comme le jeune chef. Émile, conscient de l'état, haïssait l'idée d'expirer sur le champ de bataille, l'enfant entre ses bras.

« Ne vous inquiétez pas, disait-elle, votre pouls bat à quarante-cinq. J'ai compté. » Ça, c'est ce qu'elle disait, mais, inquiète, elle se demandait de quelle façon la mort s'y prendrait pour se défaire de cette vieille nature.

Sans avoir jamais lu de ces choses dans les grands livres, à des petits détails elle devinait les soucis, les chaussettes bleu nuit grimpant jusqu'à la naissance du genou qu'il avait de plus en plus de mal à enfiler, des vertèbres qui se sclérosaient.

Elle s'agenouilla. Sainte femme de l'Écriture, qui d'ailleurs n'en avait jamais lu une ligne, elle eût voulu à ces instants être pareille à la fille de Loth qui, pour nourrir son vieux père, lui avait tendu ses seins. « Mon oncle, vous avez de si belles jambes adolescentes. Si délicates. Un jeune homme ! » Le soir, à l'instant où, de sa fourchette, elle s'apprêtait à crever la pomme soufflée, il s'enquit : « À quoi penses-tu ? » Elle sourit. « Je suis plutôt honteuse, gauche. Au lit, je n'ai guère d'usage. J'aimerais tant devenir une amante passionnée.

— Et, d'après toi, à quoi ressemblerait cette personne ? »

Mathilde ne sut que répondre, pressentant déjà que sa vie entière, elle allait la passer à poursuivre le grand secret. Sa main était posée sur celle de l'oncle, parsemée d'éphélides, traversée par de grosses veines. « Des mains de vieux ! » dit-il.

Six mois plus tard, alors que le maître d'hôtel lui servait le thé, oncle Émile demeura sans bouger, yeux grands ouverts et teint bleu pastel qui, ce matin-là, s'accordait joliment avec les grands nymphéas que Monet avait esquissés pour la pièce. Le beau monsieur était parti.

III

« FORÊTS ET COUPES »

À Courcelles où vit l'héritière

Sylvie, Patrick, Émile, Nicolas s'étaient tous esbignés. Mathilde, sans hâte, avait pris possession de Courcelles, choisissant de vivre au deuxième étage, plutôt que dans la partie qu'on appelait l'étage noble, avec ses accumulations de haute brocante.

Après la disparition de ses parents les plus proches, elle n'allait plus cesser d'être félicitée par des notaires, des exécuteurs testamentaires. Au début, elle s'étonnait : encore donner des signatures, voir enfler ses comptes, remplir ses garde-meubles, jusqu'à ce qu'un tabellion lui confie l'un de ses secrets : l'argent va irrésistiblement à l'argent. Les gens fortunés, à l'idée que leurs biens glissent en des mains ordinaires, vers des personnes qui n'auraient pas l'habitude de l'argent, préféraient, puisqu'il fallait s'en dessaisir, les léguer à ceux qui en avaient déjà beaucoup. L'attitude évoquait irrésistiblement le snobisme du collectionneur qui a passé sa vie à rechercher passionnément des trésors et qui, plutôt que de les voir échouer chez un quidam avec qui jadis il a pu se trouver en compétition, préfère tout léguer aux musées ; sûr que là, au

187

moins, si personne hormis quelques initiés ne les appréciera, nul regard n'en arrachera quelques fragments.

Qui est cette heureuse orpheline ? On tente d'en savoir plus. En mettant la main sur elle, pourrait-on espérer une part de « Forêts et Coupes » ? Le rideau tombe, ne laissant rien filtrer de la vie à Courcelles. Entre les deux guerres, même si l'on avance que le temps est venu d'améliorer la condition féminine, imaginer une dame à la tête d'une semblable entreprise paraît inconcevable. Encore Mathilde aurait-elle possédé la carrure de ces quelques personnes de son sexe qui occupaient alors des postes de direction, des questions se seraient posées. Ce n'était pas le cas. Pour elle, tout cela semblait cocasse, diaphane, léger. Mathilde vivait à des années-lumière des pulsions souvent violentes qui animent ceux qui ont décidé de se tailler une grande place. Plus tard, Jean-Robert lui dira qu'en fait elle détenait une vraie sagesse, paysanne à Paris qui se laissait vivre au rythme de ses propres saisons, avec une passivité à travers laquelle il devinait un « à quoi bon ». Des valeurs matérielles, elle en avait plus que son content. Sa nature et les circonstances l'avaient dotée ainsi, sans lui opposer d'obstacle majeur. Elle, sans jamais forcer, laissait venir à elle une bonne vie, le sommeil, les hommes. Il ne lui déplaisait pas d'être désirée, embrassée, caressée. Tant pis, tant mieux !

Lui parlait-on de « Forêts et Coupes », elle écoutait. Si l'on insistait, elle répondait, l'air de dire : je ne suis pas très intelligente, pourquoi donc solliciter mon avis ? Elle développa pourtant deux qualités : bien écouter et tout retenir. Deux fois par semaine, un ingénieur des Eaux et Forêts venait lui parler de la sylviculture, de l'entretien des massifs, de leur croissance, de leur diversité, d'un pays à l'autre. Issue de ces gens nés pour l'arbre, initiés de naissance, qui avaient la sève dans le sang, elle allait, à sa manière, devenir une forestière. Très vite, à Vendôme, elle entreprit de créer des unités capables de venir en aide à tant de formes de misère. Ces fondations qui fonctionnaient chez Ford aux États-Unis, chez Simons en Allemagne, au Portugal chez Gulbenkian, en Espagne avec Juan March étaient à l'époque une idée neuve à laquelle, à « Forêts et Coupes », on ne croyait guère : n'étaient-ce pas des façons d'amuser la petite, l'héritière, tout en épongeant une partie des bénéfices, écrémant la surface de jarres débordant d'or, faisant le bien à condition que les choix répondent aux idéaux.

En ces temps où se précisait la menace du marxisme, du fascisme, les « sages » groupes inquiets entendaient se mobiliser. Une fois par semaine, entourée de financiers, Mathilde écoutait les rapports des analystes. Elle revenait de Boston, New York, Philadelphie flanquée de juristes avec qui elle avait constaté comment, depuis près d'un siècle, certains avaient réussi à associer le bien des affaires au bien général. Histoire d'occuper son argent, Mathilde mêlait volontiers sa propre fortune aux capitaux de « Forêts et Coupes », unique situation en Europe dont le groupe disposait alors. Ainsi allait-elle être la première à contribuer à améliorer le sort des chercheurs, des laboratoires, des organismes scientifiques.

189

À force d'écouter tant des siens ratiociner à propos de la fortune, à force de croiser elle-même au large de toutes les côtes d'or, elle ne trouva jamais rien de surprenant à observer à Courcelles l'argent couler, comme jadis en Sicile les eaux frémissantes de la fontaine d'Aréthuse.

Jean-Robert, en prenant la direction de « Forêts et Coupes », eut du même coup la haute main sur la fortune de Mathilde. Durant les trente années qu'allait durer leur relation, les rapports financiers qu'ils pouvaient entretenir se trouveraient étroitement liés à ce qu'on pourrait appeler leur amitié amoureuse, sans que jamais le moindre incident ne ternisse l'absolue confiance qu'elle mettait en lui. Confiance, ou plutôt indifférence de l'ultime fille de la dynastie.

« Vendôme est la maison mère, le siège historique, disait Jean-Robert à Mathilde. Mais on la retrouve partout à travers le monde, aussi puissante à manille, Hong Kong, Calcutta, Berlin, aux Caraïbes, derrière des portes débouchant sur d'immenses espaces, identité relevée sur un panneau de menuiserie simplement initialisé, ou sur une boîte postale. On ne trouvera rien de plus. Des nuées d'inspecteurs des finances ne parviendraient pas à pénétrer les systèmes. Fais tout ton possible pour comprendre. T'expliquer par le détail ? C'est comme si tu espérais, en tirant les fils de ton cachemire, rouler une grosse pelote ronde comme la sphère terrestre. Ne parlons pas des canevas : à force de tisser dessus, usés, ils ont disparu !

— Tant pis, je ne comprendrai jamais rien, disait Mathilde, ni à "Forêts et Coupes", ni de quelle façon on fait les nuages, comment les vents les utilisent, comment ils disparaissent. »

De temps à autre, lasse de passer encore une matinée à Vendôme à signer des procurations, des pouvoirs, des contrats, Mathilde s'en allait faire un tour à l'école buissonnière. À Courcelles, Jean-Robert la rejoignait. Bon endroit pour rêvasser. Là, il prêtait l'oreille aux bruits de la maison, du doigt caressait les jetés de rideaux, du bout de la semelle effleurait moquettes et tapis dispersés comme dans une mosquée ; avec l'impression que Courcelles était comme un panonceau, celui des Declercq, qu'un ciment invisible à l'œil reliait choses et gens que la vie avait placés là. Au cours des siècles passés, il avait dû en être ainsi dans les demeures bourgeoises des Flandres. Aux aristocraties de convention, les Declercq avaient substitué leurs visages. Pour les hommes, les mâchoires étaient serrées, bleutées par le feu du rasoir ; pour les femmes, le rouge trop vif ne cédait pas sous la poudre. Quand il regardait les portraits, Jean-Robert trouvait infiniment d'analogie avec certains traits de Mathilde, comme si chacun d'eux avait réussi à n'être qu'une table des matières de la famille. Femmes, hommes, enfants, peints à l'huile, au pastel, traités au fusain ou à la sanguine, remontaient aux trois derniers siècles depuis que les Declercq, jugeant qu'être Declercq, sur toute autre chose, l'emportait, avaient confié aux Drouais, aux Tocqué, aux Boilly, aux Prudhon, plus tard aux salonniers en vogue, le soin de perpétuer leurs traits, de les magnifier, de les embarquer sur ces montgolfières qu'étaient les volumes fessiers de ces dames. Sur le palier du premier étage, le magistrat assis, perruqué, robe sombre, peint au temps de la minorité de Louis XV, à en croire le long texte peint en noir sur fond d'or, révèle qu'il avait été fier de cousiner avec Duhamel du Monceau. Des femmes avaient ici le don de surprendre, telle l'arrière-grand-mère Sophie-Adélaïde que le peintre, fier de l'image, avait signée, datée grassement. L'aïeule apparaissait ardente, vorace, elle qui, au dire de ses contemporains, se fit sauter à tous vents. Fribourgeoise qui, dans tout le canton catholique, jusqu'à la fin de sa vie ne cessa de dénicher mille moyens de sortir de la morosité citadine. À l'artiste, elle avait fait savoir qu'elle se moquait qu'il la fasse grosse. Du superflu ? Et alors ! N'était-ce pas aimable contrepoids pour entraîner, les balançant au rythme de ses ardeurs, ceux qui s'employaient à la trousser, à la pitonner. « Ma grand-mère ! » disait Mathilde, comme si elle était vraiment satisfaite de descendre de cette dame qui n'avait jamais laissé passer l'occasion de manifester ses appétits. « Tu vois, Jean-Robert, à regarder tout ce monde, inutile de t'éloigner de Courcelles. Pour ce qui est de leur caractère, écarquille tes yeux sombres comme l'âtre en décembre, lorsque le diable y cuit ses marrons. Alors, tu sauras tout de nous. »

Comment faire pour jouir ?

Tout savoir de ces gens, tout connaître de Mathilde : Jean-Robert, dès leur première rencontre, avait pressenti qu'il n'y parviendrait jamais.

À plusieurs reprises, lorsqu'ils se retrouvaient ensemble à Vendôme, ou à Courcelles, il s'était surpris à penser à Mathilde comme à l'une de ces filles de compagnie, se demandant ce qui se produirait s'il oubliait pour un instant qu'elle était l'héritière et lui le dirigeant, celui qui s'était laissé acheter. Comment réagirait cette femme de dix ans plus âgée que lui, si un petit jeune homme, modeste avocat de Cahors, s'avisait de la traiter d'une façon désinvolte comme il le faisait avec Raymonde, Odette, Martine ?

Lorsqu'il arriva à Courcelles, à l'issue d'une pluvieuse journée d'octobre, Mathilde lui dit : « Montez prendre un peu de champagne, vous devez être mort de fatigue. Pourquoi pas un brin de sieste ?

— Dormir, je ne sais pas si je pourrais.

— Allons, jeune homme, je connais ça. Étendez-vous. Fermez les yeux. Ne vous préoccupez pas de vos chaussures. Quelle importance... On se calme, on

193

ferme les yeux, je connais l'élixir. » Main mouvante, les yeux fermés comme l'accordeur aveugle à son clavier, elle le cajolait. « Vous allez me prendre pour une toquée, mais depuis qu'à Genève pour la première fois vous vous êtes dénudé, je l'avoue, je n'ai cessé de faire d'une parcelle de votre corps une idole. Je le confesse, la déesse, je ne m'en lasse pas. Je pourrais enseigner à son sujet. Le bout charnu évoque les cerises qu'on ne trouve qu'à Venise, au Rialto sur le marché : des Durone de Vignole. Elles poussent sur quelques arbres. Mûres, on peut encore les grignoter un mois après le mûrissement. Il faut des petites choses comme ça : une poignée de cerises, pour que la vie demeure si gracieuse. Pour moi, toujours aussi folle de ce fruit que je l'étais enfant, lorsque d'aventure je défaisais les boutons de culotte de mes petits amis — à ce propos, en ces temps-là, la vie était tout de même moins clémente qu'elle ne l'est de nos jours, défaire les boutons, ça donnait plus de mal que semblable glissière. »

Mathilde était sauvage. Telle qu'il y a des millénaires devaient être les femmes lorsqu'elles luttaient pour leur survie. Sauvage ou plutôt cruelle, elle dissimulait ce trait. Cela prit du temps avant qu'elle ne le dévoile à Jean-Robert, comme si elle entendait lui démontrer qu'avec son genre de personne, on devait être sur le qui-vive. Elle saisit la main qu'innocemment il lui tendait, simple geste de tendresse, pensa-t-il. En même temps, il sentait confusément en elle quelque chose de pressant, d'affamé. Soudain, il poussa un cri, leva le bras... elle venait de le mordre.

194

C'est alors qu'il aperçut sur le visage de Mathilde un regard à la fois attendrissant et goguenard.

« Mathilde, vous n'imaginez pas la douleur ! Mais qu'est-ce qui vous a pris ? »

Elle sourit, prit le doigt. Allait-elle recommencer ? Cette fois, ce fut pour l'enfourner dans sa bouche, et de ses lèvres panser le souffrant.

« On va mieux ? » s'enquit-elle. C'est plus fort que moi, j'adore mordre. Au chat, il est nécessaire de griffer le velours, moi je préfère faire mes dents qu'en vain me faire pénétrer par un homme. Alors, je me dis dans ma tête pas bien grosse : si c'est ça faire l'amour, je préfère la salade de lentilles. De mes foucades, de mes sautes d'humeur, ne cherchant ni à blesser ni à me justifier, je ne me sens pas responsable. Pas méchante ! Ce n'est pas ma faute ! Comme si tout le poids numéraire de la planète pesait sur mes épaules ; ainsi chargée, impossible de dételer. L'argent, je n'ai jamais cessé d'y être en butte. Une machinerie si tordue, un truc génial, si pervers qu'on a du mal à imaginer qu'un homme ait pu concocter ça tout seul. En même temps si bonhomme : bonjour, madame Dupont, votre botte de radis, combien la vendez-vous ? Monsieur Charles, votre immeuble 130, Champs-Élysées, je l'achète. Je vends. Tu paies. Je compte la somme, tu empoches. Qui peut mesurer ces choses et les effets ? Il y a là plus d'exemples qu'on ne peut en relever dans le grand lexique de l'univers, où chaque transaction appartient au système du troc, du truc, du traquenard, du trucage, des truqueurs.

« Sans nul doute, c'est mon obsession : jouir ! Ce n'est pas faute d'avoir essayé, traîné dans les rues, dans les bars, d'avoir joué les belles de nuit, cédé à la moindre sollicitation pour, tel le pêcheur qui lance sa ligne, espérer une bonne prise. À vous voir, j'avais pensé que vous, peut-être... mais il faut se rendre à l'évidence, mon petit Jean-Robert, ce n'est pas avec vous que j'aurai la révélation. Vos putes, est-ce que vous en avez fait jouir ? »

Au psychanalyste, elle avait lâché le terme d'infirmité. À quel moment l'idée lui en était-elle venue ? Pouvait-elle user du terme de souffrance ? Ne rien ressentir, n'est-ce pas infiniment douloureux ? Ce n'était toutefois pas tout à fait exact. À avoir été pénétrée, si elle n'avait ressenti ni plaisir ni douleur, du moins reconnaissait-elle tout de même une impression de suavité, de douceur même, d'autant que l'organisme pouvait sécréter ce qu'il fallait pour que tout se déroule le mieux possible. Agréablement ! Voilà le mot, disait Mathilde, sans qu'on puisse parler de délice, encore moins de lascivité, plutôt alors de divertissement, de passe-temps. Devait-elle patienter, persévérer, se donner encore et toujours du mal ? Faire preuve d'invention, de hardiesse ?

La nature, particulièrement prudente, s'est jusqu'à présent refusée à nous livrer des appareils de mesure qui nous permettraient de jauger précisément l'extase. Mathilde a fait tout ce qui lui était possible, elle a appris les gestuelles de l'érotisme, jusqu'à se faire projeter des films reproduisant les voix, les intonations des meilleures actrices. « Mais comment savez-vous que vous êtes frigide ? » Mathilde regarda Jean-Robert. « Parce que, littéralement, je ne ressens rien.

— Alors, pourquoi persévérer ? » Elle réfléchit. « J'espère toujours qu'à me faire prendre, à caresser l'un, à baisoter l'autre, à force, "ça" pourrait bien finir par arriver.

— Cela vous est-il arrivé de regarder des couples se prendre ?

— Jamais ! À des projections de films, j'écoute le langage de la jouissance, ses soupirs, ses inflexions... Ainsi, j'ai le sentiment d'en posséder les règles, sans toutefois rien y comprendre. Cela aurait tout changé si vous aviez pu m'enseigner l'amour, comme vous le faites des affaires. Cela aurait tout simplifié.

« Quoi qu'il en soit, poursuivit-elle, vous faites partie de ma vie. Je le sais depuis que j'ai pris conscience que mon sort, du moins le matériel, allait dépendre de vos décisions. En fait, nous sommes comme deux personnes ayant hérité l'une et l'autre du magot, contraints par la sagesse de demeurer unis. Pour ainsi dire ficelés l'un à l'autre, pour la vie.

— Mais vous pouvez vous remarier !

— Avec qui, grands dieux ? Vous imaginez les tracas ! Non. En un sens, vous me tenez, en ayant accepté le pouvoir des miens, de la famille. Si vous me quittiez, je ne serais qu'une reine déchue, cernée par l'ennui.

— Si on se quittait, comme vous dites, je redeviendrais un petit robin sans intérêt. Vous l'ignorez peut-être, mais il existe une disposition qui vous donne un droit de regard sur les décisions que je pourrais prendre au sujet du trésor Declercq. Si l'entente n'était pas complète entre vous et moi, vous n'auriez qu'à nommer un administrateur.

— Drôle d'attelage, vous le vieux jeune homme, et moi, à l'approche de la cinquantaine. Avec de la passion, semblable différence n'aurait pas pesé lourd, mais quoi, vous allez me baiser, par courtoisie, je resterai froide, et vous n'aurez plus envie. »

Qu'en savait-elle ? Il préféra ne pas répondre. Se doutait-elle qu'envolées les jeunes années, elle pouvait encore troubler ses sens ? Bien plus tard, Jean-Robert lui avouera que pour lui l'âge n'avait jamais rien empêché, depuis ces temps adolescents où, à Cahors au Zan ou au Délice, il étreignait ce que l'aventure lui offrait, n'ayant d'autre mentor que ses émois. C'est toujours ce qu'il éprouvera à la vue de Mathilde, comme à l'âge enfantin, chaque fois qu'arrivait une nouvelle « bonne », polonaise généralement, râblée, raie des fesses serrée et derrière d'enfer ! Mathilde était une « belle femme », généreuse. Son corps donnait l'impression d'une totale liberté, d'une vie de bonne « chair », menée à grandes guides, campée sur des jambes harmonieuses. À la vue de son torse, de ses bras, de ses épaules, elle lui semblait aussi désirable, appétissante que l'étal d'un bon négociant en fruits et primeurs exotiques.

Pourtant, Jean-Robert s'inquiétait. Que la vie avec Mathilde perdure, et se profilerait ce qu'il redoutait le plus au monde : une liaison. Il se méfiait ; un homme dans son état, célibataire, redoutait un jour ou l'autre de rouler dans ces eaux mortelles. Aimer et être aimé : lui savait qu'il risquait d'y perdre le principal ; la volupté, jouir de toutes les femmes, les tenir dans ses bras était pour lui la seule façon de célébrer son Créateur.

À Vendôme, une équipe de forestiers avait débarqué d'Amazonie, de grands sinistres venaient de ravager les zones côtières. On en était aux bilans financiers. Mathilde depuis quelques instants dodelinait.

« Ça n'a pas l'air de beaucoup vous exciter, l'Amazonie. »

Elle sourit, l'air de s'excuser. Ce n'était vraiment pas sa faute : l'accent brésilien lui rappelait sa vie d'antan quand, jeune fille, à l'Éléphant Blanc, elle s'enroulait dans les bras du beau Rubirosa. C'était si vieux tout ça.

Penché sur Mathilde
tel l'horticulteur sur le cyclamen

Ce Debief sorti de l'ombre, longtemps on s'était efforcé de le présenter à Mathilde comme un ambitieux, un intrigant, un petit fâcheux de province.

Au sein du groupe, on ne se privait pas de lui attribuer ce qui de temps à autre grippait la machine. Ainsi de l'échec concernant une fraction notable d'essences en provenance des régions situées entre Tiflis et Erevan. Jean-Robert s'était servi d'un intermédiaire, un Stambouliote proche du docteur Kutchak, pour aplanir le différend entre Ankara et Rome. Mais il y eut des fuites. On accusa un proche de la présidence d'avoir littéralement vendu l'affaire à un groupe américain, qui se substitua aux dirigeants de « Forêts et Coupes ». Le bruit courut que Jean-Robert avait effectivement « passé » en secret le montage juridique outre-Atlantique. Mathilde laissait dire.

« Pourquoi ne pas vous être opposée à ce genre de ragots ? demanda Jean-Robert à Mathilde.

— Pour vous accoutumer à la férocité des nôtres. Moi-même, faible femme, je suis une proie de premier choix. Pour survivre, j'ai besoin de la meilleure des gardes rapprochées.

201

— Vous pensez donc que je suis venu au monde dans ce but : vous sauvegarder ?

— Oui. »

Depuis que l'aïeul lui avait confié Mathilde, il n'avait plus cessé de veiller sur elle. Insensiblement, elle devenait sa propre raison d'être. Jean-Robert trouvait d'autant plus de plaisir à partager sa vie qu'il semblait convenu que les pratiques amoureuses n'étaient pour elle qu'exercices sans grande originalité. Elle avait deviné qu'habitué à changer de corps à tout moment, il ne trouverait plus avec elle l'indispensable excitation du renouveau. Parvenus à ce stade, ils n'avaient guère de chance de voir surgir de leurs aimables étreintes une trouvaille fondamentale. Ensemble, ils s'amusaient sans se soucier de l'intimité qui les attachait chaque jour un peu plus.

De temps à autre, Jean-Robert jugeait qu'il était bon d'initier la patronne, sinon à la marche des affaires — il ne fallait pas rêver —, du moins aux mécanismes qui faisaient fonctionner ces sociétés aux imbrications si nombreuses. Là-dessus il s'efforçait de s'exprimer le plus simplement possible. « Vous devez accorder à tout ceci un peu plus d'attention. Et si je disparaissais ? »

Mathilde opinait. Elle levait les épaules, l'air de dire : je comprends. « Je suis certaine que tout ceci est bien compliqué. Je compte sur vous pour tout démêler. »

Au conseil du lundi matin, il fut longuement question de papier journal, de la lenteur du cheminement d'espèces en provenance du Canada. Jean-Robert fut formel : « Si on ne réinjecte pas au minimum cinquante millions de dollars, Montréal sera en cessation de paiement.

— Est-ce la mer à boire ? demanda Mathilde.

— Tiens, vous écoutez donc ! En vous observant ce matin, je vous croyais gagnée par le sommeil.

— Dormir ! À l'heure du travail, jamais ! dit-elle. Pourtant, à vous entendre, les uns et les autres, ça inclinerait plutôt à la rêverie. Faut pas que ça vous attriste, jeune homme. Vous êtes mignon. Un peu partout on s'extasie à votre propos. Faudrait à l'occasion qu'on remette ça. »

Mathilde s'amusait du caractère viril de Jean-Robert, qu'elle eût trouvé flatteur si elle n'avait pas été habitée par une jolie connaissance de la nature humaine. « Tu me baises parce que me prendre, c'est un peu posséder "Forêts et Coupes", comme le guerrier vainqueur pique sa hampe dans les troncs de hêtre, de mélèze, de sapin noir du Caucase, mêlant la semence à la sève de l'arbre. » Il le reconnaissait : depuis qu'il l'avait rencontrée, elle n'avait jamais été autre chose qu'une prodigieuse entité financière, en même temps qu'un plaisant objet sexuel. Le psychanalyste aurait peut-être dû fourrer là son nez, mais Jean-Robert, au fait des dangers, des perversités de cette discipline, avait toujours refusé de s'y frotter, et Mathilde, plutôt que de pousser plus loin des enquêtes qui auraient pu se révéler fâcheuses, préférait l'idée que l'un et l'autre demeuraient attachés par des liens rustiques, sans complication, aussi aisés à nouer qu'à défaire : bienheureux passe-temps, comme pour l'angora d'être caressé et pour sa maîtresse de lui lisser le

203

poil. L'un et l'autre trouvaient grande satisfaction à s'en tenir à d'aussi simples rapports. Jean-Robert, instruit par la pratique de tant de corps croisés, de tant de soupirs entendus, aurait pu confirmer à Mathilde que, sur ces choses, il fallait se garder de conclure, que les cas de figure étaient nombreux, autant que les promeneurs à Venise un dimanche de mai sur le pont des Soupirs. Mieux valait en prendre son parti, reconnaître que, si le Créateur avait fait la femme à l'image de Mathilde, après tant de millénaires passés dans ses laboratoires, lui-même devait admettre qu'il était dans l'impossibilité de faire mieux. La sagesse commandait d'en rester à la joliesse des traits, à l'harmonie des silhouettes.

Mathilde et Jean-Robert, dans les bras l'un de l'autre, après avoir longtemps rêvassé, parlaient. Leur cas était pendable, ils le savaient. Demeurait le bois. Ce que Jean-Robert savait de la forêt, jamais il ne l'aurait compris sans Mathilde. Alors, elle lui délivrait un peu de ce qu'elle connaissait, un savoir naturel en même temps qu'encyclopédique. Elle parlait des couverts et des espèces comme un forestier de ses entours. Son discours était si simple : un hymne à la forêt. Des propos du vieil Émile, Mathilde avait retenu les plus importants. Ainsi, sortant de Vendôme, des palabres, des rapports financiers, des suggestions des juristes, Mathilde, en tête à tête, contait à Jean-Robert ses Mille et Une Nuits : que chaque arbre pouvait servir de refuge à toutes les fourmis, qu'elles se connaissaient de vue, qu'il leur arriverait même de se fréquenter, qu'arbre ou bestiole, chacun avait son dieu et ses structures propres dictées par son propre architecte qui avait comme règle de ne rien laisser au hasard ; que le cours de leur vie et celle des forestiers étaient régis par un destin commun.

« Avez-vous jamais à la fois joui et aimé ? » Mathilde insistait.

« Aimer ? À dire vrai, j'ai lu beaucoup de choses là-dessus. Jadis, je fus un grand lecteur de romans. Aimer ? Ai-je aimé mes parents ? J'ai conservé d'eux de bons souvenirs, particulièrement de mes rencontres avec mon père. Ma mère, je l'ai peu connue.

— Et moi ? demanda Mathilde.

— Je crois que je vous aime infiniment. Il m'arrive de rêver de vous : des séquences à peine esquissées. Je cherche...

— Et quand je mourrai ?

— Sans doute, j'ai du chagrin à l'idée de vous perdre ; de ne plus faire ce bout de promenade qui m'enchante, qui me conduit de chez moi jusqu'à chez vous, à Courcelles, ce bout de chemin que j'aime à parcourir, qui prélude au moment de vous revoir. Ne sursautez pas.

— Est-ce ça l'amour ?

— Je ne sais pas bien, dit Jean-Robert. Ce que j'aime, ce sont les petites dames que je débusque. Ce n'est pas du grand gibier. Un bon chasseur aime à abattre le gibier lui-même. Moi, je hais la chasse. Un vrai bonheur sans mélange c'est d'étreindre une femme, la caresser, de partout la baiser. Vous allez me rétorquer que je paie pour cela, mais les collectionneurs de médailles, les amateurs de voitures de course ou d'incunables, eux aussi ont dû payer pour s'offrir ce qu'ils ne se lassent pas de désirer. Il en est de même pour moi. Cette passion que nous avons l'un et l'autre pour le bois n'est-elle pas de la même essence que celle que j'éprouve pour mes compagnes de quelques instants ? Des espèces sylvestres qui poussent dans les contrées les plus reculées aux simples pins ou aux pruniers de Perse, des chênes du Levant aux noyers du Caucase, les femmes, les arbres, leur vie, leur mort, la phalène qui ravage, le grand charançon du pin, le tigre du peuplier, le lophyre roux, les profonds mousseux aux parois médulaires, lisses, onctueuses, humectées par les sèves, les résines, la bouche, les salives, tout se meut telles les spires des pieuvres, du tout pareil. »

Les semaines devenaient des mois. Du lit de Mathilde aux réunions de Vendôme, de Courcelles au bistrot de Saint-Louis-en-l'Ile, Jean-Robert, peu à peu, souvent à son insu, apprenait à faire corps avec l'esprit de famille Declercq, avec les mœurs étranges d'une tribu dont il s'efforçait de pénétrer les mystères. En même temps qu'il rôdait dans les arcanes de « Forêts et Coupes », à l'inverse de la chanson, lui irait toujours au bois.

Écouter Mathilde, la voir vivre, observer ses travers, ses défauts « maison » amusait Jean-Robert. Particulièrement lorsqu'elle évoquait l'oncle Émile, insistant sur le fait qu'il l'avait dépucelée, comme si elle en tirait gloire, en revanche évoquant avec réticence ses deux mariages. Le premier remontait à 1939. Veuve fin 1944. De l'union on évitait de parler. Denis R., semble-t-il liquidé à la Libération par des résistants, fut-il, comme on l'a dit, chef d'une unité dont la tâche consistait à abattre des gens du maquis ? Seul point positif, « Forêts et Coupes » finalement hérita de ses biens, entre autres du château de Pictet, dans le Dauphiné, et de neuf mille hectares de chênes. Sur l'Occupation, ni Mathilde ni Jean-Robert ne s'étendaient. Lui détestait la violence, le bruit des détonations, le choc mat d'un lourd perdreau s'écrasant contre la glèbe. Lors de la déclaration de guerre, on le jugea trop jeune pour être appelé au combat. L'idée même de revêtir l'uniforme l'embêtait, non qu'il manquât de courage, mais parce qu'il jugeait superflu d'y participer aussi peu que ce fût. Il traversa l'Occupation en spectateur. Passionné par la lecture des communiqués, il dut croiser des convois de réfugiés, de prisonniers. Plus tard, il apercevra des hommes, des femmes porteurs d'une étoile jaune — des regards en détresse qu'il évitait. On disait des choses sur certains convois ferroviaires, on parlait d'entassements dans des wagons à bestiaux.

Pour Mathilde et les siens, l'unique réflexe fut de préserver la forêt. S'ils avaient servi des régimes détestables, c'était sans doute que la fonction qu'ils assumaient les y avait contraints. À Vendôme, en 1941, Nicolas s'était enquis des répercussions possibles des nouvelles lois raciales sur les employés de la firme. Aucun ne semblait visé. En avril 1943, Mathilde et Nicolas, assis dans la jolie Rolls, furent arrêtés par un barrage rue de Castiglione. Au responsable casqué, on exhiba un document. Il se pencha, sourit, fit signe de passer. Le chauffeur se retourna : « C'était pas pour nous, ils raflent les juifs. »

« Mathilde, vous ne me ferez pas croire que vous n'employiez pas de juifs ? demanda Jean-Robert.

— Qu'est-ce que j'en sais ! Des Lévy, des Bloch, des Alsaciens, je crois qu'il devait y en avoir dans nos sociétés sœurs, aux États-Unis, en Argentine, sans parler de l'URSS. Pourquoi ne s'étaient-ils donc pas tous convertis ?

— C'est ce que vous auriez fait en pareil cas ?

— Que voulez-vous dire, je ne comprends pas très bien.

— Mathilde, imaginez-vous chrétienne exilée en terre musulmane : auriez-vous consenti, pour assurer votre survie, à abandonner la religion de vos ancêtres ?

— Moi, la religion, vous savez ! De toute façon, cette affaire de juifs est sans doute douloureuse, mais elle ne nous concerne pas. Il y avait des juifs parmi mes amis, je dirais plutôt des relations de bridge ou de golf. Le temps a passé, ils ont disparu. Je ne veux pas affirmer qu'ils sont morts, mais on ne les a plus revus. C'est la vie. Oncle Émile avait parrainé un juif lorsqu'il s'était présenté à l'Automobile-Club. Certains sont vraiment sympathiques.

— Est-ce que vous épouseriez un juif, Mathilde ?

— Épouser, quelle drôle d'idée ! Vous savez bien que le mariage n'est pas mon affaire. Sinon (elle lui prit la main) avec vous. Mais pourquoi me parlez-vous des juifs, de mariage ? C'est la première fois que je vous entends évoquer ces choses. Vous êtes d'un sérieux, ce soir !

— Comme ça, aujourd'hui, ce soir. Ce qui vous concerne m'intéresse. Vous avez eu une longue aventure avec un juif, me semble-t-il ?

— Exact. Enfin, il était anglais. C'est bizarre d'être juif, enfin, ça doit être un peu comme d'être né Declercq.

— Savez-vous que parfois vous êtes vraiment sotte ?

— Oui, bien sûr que je le sais. »

Elle se taisait, laissait passer dans son regard l'ombre de ces années déjà lointaines, silencieuse sur son second mariage, si fugace que d'aucuns mettaient en doute cette union. En revanche, elle narrait ses aventures avec une sorte de complaisance, comme dans ces conversations entre femmes. Sans doute palliait-elle ainsi l'absence des amitiés adolescentes qu'elle n'avait pas connues. Soulignant des détails, le velouté d'une peau, ses imperfections, la modification du rythme respiratoire, autant de bribes qui s'étaient imprimées dans sa mémoire, légères, souvent plus importantes que les sentiments qu'elle avait dû éprouver pour son partenaire.

Elle émaillait ses récits d'épisodes cocasses. « Accrocher un regard, allumer, observer, ça, c'est le meilleur. J'en ai oublié, mais pourquoi encombrer les tiroirs de mes souvenirs plus que nécessaire, au risque de ne plus pouvoir les refermer ? Une parole, la consistance d'un sous-vêtement, un bouton qui résiste, le timbre d'une voix, c'est souvent tout ce que j'ai retiré de mes hommes. J'adore le cinéma, je m'en suis fait. Par moments, mes gamins, je les trouvais attendrissants, si fragiles qu'il suffisait d'un rien, d'un mot, d'une haleine douteuse pour qu'ils disparaissent. »

Revenant sur ses propos, elle s'inquiétait : « Tu me trouves dure ? Du chagrin, pourtant, j'en ai éprouvé, sinon que, manquant de références, je n'ai jamais su très bien à quelle aune on les mesurait, ces fameux chagrins. Avec l'âge, je pleure de moins en moins, je

209

dois dire que je vais de moins en moins au cinéma : manque d'exercice. Tu sais ? Depuis que je te connais, je vais de mieux en mieux. Regarde mon visage : ne trouves-tu pas que j'ai rajeuni ? »

Depuis le jour de leur rencontre, Jean-Robert n'avait cessé de la regarder vivre avec l'attention de l'horticulteur penché sur une bouture de cyclamen. Non seulement il ne la voyait pas vieillir, mais mieux encore, à en juger par les photos, elle avait conservé le vif éclat de sa jeunesse, les expressions que l'objectif avait saisies trente ans auparavant. Il le lui disait. « C'est peut-être vrai, admettait-elle. Alors, pour sainte Thérèse, j'ajouterai une aile à la basilique de Lisieux. De toute façon, ça ne pourra pas être plus laid. »

Ce qui contribuait à consolider les relations entre Jean-Robert et Mathilde était l'absence de toute forme de « mondanisme ». Mathilde aurait-elle ambitionné de régner sur ce qu'on appelle le Tout-Paris, elle eût été l'égale de celles qui, depuis l'Empire, avaient brillé à Paris, à Londres, à Madrid, à Los Angeles ; de celui qui fait la loi, du moins la petite, celle des défilés de mode, avant-hier chez Balenciaga, hier chez Givenchy, ce matin chez Saint Laurent, la haute perruche comme disait l'oncle Émile. « Donne-leur ta pratique. Rien d'autre. Fais comme les dames de ta famille le firent au cours des temps passés. Commande tes robes chez Dior, tes manteaux de fourrure chez Révillon. Qu'importe la dépense ? Il est de ton devoir d'aider les vieilles premières déchues, et à la princesse Vorontzov, donne tes colliers de perles une fois l'an à renfiler.

— Si je comprends bien, je me forcerais à voir ces gens qui m'embêtent et qui m'intimident.

— C'est l'avantage de ton état, paie et te voilà dispensée de faire ce qui t'assomme. Paie, ma chère, et plus qu'il ne faut si cela peut te donner encore un peu plus de liberté. Moi-même, j'ai côtoyé tant de gens dans mille conseils, à Londres, à New York... Cependant, jamais au grand jamais ils n'ont pesé sur moi. Toi et moi, nous sommes deux timides. C'est du moins ainsi que nous devons apparaître. »

Il fallut du temps, des émois, de petits chamaillages même, pour que Mathilde et Jean-Robert concluent qu'ils s'aimaient. Un ménage à trois, où de temps à autre Émile, mort pourtant depuis des lustres, venait ajouter son grain de sel. Elle disait à Jean-Robert : « Vos réactions ont souvent été celles d'un provincial, vous n'êtes pas un homme de plaisir. »

« Un arbre,
voilà ce que j'aimerais être... »

Au fil des années ils allaient découvrir leur véritable nature, en traversant des contrées jusqu'alors mal explorées. Mathilde redevenait alors une sauvage, qui, généralement sur un coup de tête, décidait d'accompagner Jean-Robert.

« La Turquie en proie aux incendies ? Tu pourrais avoir besoin de moi. Pour ces forêts sèches, je suis imbattable. De moi, tu ne vois que l'écorce ; dessous, je suis une sorte de pin maritime. » Pour elle, la forêt méditerranéenne était d'essence divine, l'aigle de la Création. Elle lui disait : « La forêt ça se feuillette comme une Bible, comme l'ultime encyclopédie. Elle assure la vie, la prospérité de milliards d'organismes ; malgré ça, l'homme, en perpétuel état d'imbécillité, s'acharne sur ces couverts qui lui fournissent protection, chauffage et nourriture. Pour des motifs obscurs, il n'a de cesse de jeter la torche et, faute de trouver toujours des créatures de son espèce associées à son geste, il fait des vents son complice, s'efforçant de conférer à ses actions une origine divine, ou quelque motif logique.

— Mathilde, on n'a rien inventé. Les Grecs et les Romains saignaient déjà le pourtour de la Méditerranée, détruisant la verte nature. Depuis plus de deux mille ans, les États anéantissent les forêts. Bousiller pour survivre, cela ne date pas d'hier. Une forêt anéantie est pour le paysan un lopin de terre supplémentaire.

— La forêt contre les intérêts de la cité, pour laisser place nette à l'"administration", le déboisement systématique au nom de prétentions culturelles, un peu comme les juifs et les Tziganes exterminés par les nazis, ça ne date pas d'hier. Déjà les Sumériens exportaient le cèdre, pour l'immobilier et les chantiers navals. Il y a plus de trois mille ans, ils édifiaient leur fortune sylvestre. Tu devrais lire Vico pour en savoir plus. Tu pourrais me répondre, au lieu de me regarder bouche bée. »

Jean-Robert se plongea dans les traités du passé. Il en apprit long sur la dualité entre nature et humanité, sur les fondements de la morale telle qu'on la concevait à « Forêts et Coupes ». À propos du défrichement systématique, il constata que, dès le XVIᵉ siècle, les Anglais Manwood et Evelyn entendaient répondre avec ce bon sens, ce souci d'harmonie dont seront empreints les encyclopédistes. Hartig l'ancêtre n'avait fait qu'anticiper les thèses qui feront désormais loi à « Forêts et Coupes » : émonder, donner aux forêts leur aspect uniforme, quelquefois stopper les expansions naturelles. Pour permettre à la collectivité de respirer, adopter rectilignes et transversales, afin de ne plus se perdre. Jean-Robert s'interrogeait sur le hasard qui l'avait placé là, dernier héritier de ces gens, défenseurs de la tradition forestière. « Forêts et Coupes », à sa manière, en entretenant l'étendue sylvestre, avec ses silhouettes qui se profilent sur toute la terre, participe du même coup à la sauvegarde des traditions orales, bribes de souvenirs de nos origines perdues. N'était-il pas cocasse de constater que « la société » venait au secours de la mémoire du monde, en se délestant d'une fraction de son patrimoine pour le métamorphoser en livres, en publications, en journaux ?

« Mon petit Jean-Robert, tu comprends pourquoi je me fiche de l'âge qui vient, de la marche des affaires, du trouble de notre époque ? Toute entreprise humaine est encore plus fugace que le cactus. Superbe, dangereux mais si pitoyable qu'à peine sa première fleur apparue, il meurt. De même, "Forêts et Coupes" disparaîtra, mais il y aura toujours des arbres. De nos jours, quinze milliards debout, et sains de corps ! Ne t'inquiète pas : dire que la forêt est menacée, par les incendies, les exploitations sauvages, n'est qu'une idée reçue. Le globe n'est pas près d'être déplumé, comme bientôt tu le seras. L'oncle Émile m'a fait lire Humboldt. Il en savait là-dessus, l'Alexandre ! Contemporain de Louis XVI, de son temps le Laos, le Venezuela n'étaient que des steppes sèches. Allons-y voir, allons-y tous les deux, pourquoi pas ? Tu verras la savane humide, la forêt tropicale se substituer aux plaines dénudées. »

Et ils y allaient, ici ou là, prenant prétexte de quelque contrat négocié par Jean-Robert.

En Silésie, ils virent les célèbres pins, hauts de quarante-huit mètres, d'une circonférence de cinq mètres. En Australie, ils humèrent l'eucalyptus, levèrent la tête en vain pour apercevoir le faîte du pin bristolé-com, cent mètres et plus, vénérable entre tous, plus âgé que Ramsès II. Ils écoutèrent chanter plus de cent espèces d'oiseaux abritées sous ses branches, dans ses alvéoles, dans ses crevasses. Mathilde réserva le plus fascinant pour la fin : elle emmena Jean-Robert dans le Bush, sur les traces du *Xanthorake Johnson,* aussi mélancolique que les stylites sur son pic minéral. Sur son petit tronc noirâtre, coiffé comme ces vieux Andins qui sucent le tuyau de leur pipe, pousse une épaisse touffe de longues herbes fines. « Elles ne sont pas pressées : dix centimètres par siècle ! Ce Johnson, le temps qui passe, il s'en fout ! »

Mathilde l'emmena chez elle, en France, dans son massif de l'Estérel. « Le feu en 1764 a tout ravagé. Mais il n'a pas réussi à anéantir les racines. Tout reprend vie. La forêt se régénère plus vite qu'elle ne disparaît, même si cela échappe à l'entendement humain. Quand des espèces cessent d'être, c'est pour faire place à d'autres. Le hêtre, le châtaignier, l'acajou peuvent être frappés de maladies implacables : sous le masque d'écorce, la nature se plaît à concocter d'autres projets. Au sein de "Forêts et Coupes", j'ai été la première à m'intéresser aux bambous. Toi et moi on ne se connaissait pas encore. Pendant que tu arpentais les couloirs du Palais, je visitais des plantations du côté d'Anduze. Fascinant. Plus de vingt espèces qui prospéraient là. Aujourd'hui il en existe plus de trois cents. Des roseaux magnifiques, qui aussitôt surgis se meurent. Univers doté d'une mémoire vieille de cent millions d'années qui, pour retarder le cours du destin, sait s'adapter à tous les pièges que lui tend la nature.

Le plus émouvant, c'est le palmier ramier, qu'on appelle l'arbre-bouteille et qui ressemble à ces femmes peules qui se mutilent les cervicales pour mieux arborer leurs bijoux. Dans leur gibbosité, chacun d'eux peut receler jusqu'à vingt mille litres d'eau en réserve. C'est ainsi que j'aimerais être. Rentrons, maintenant. »

Pour Jean-Robert, ces escapades étaient des vacances. Il y avait toujours, à Vendôme, des dossiers en suspens, des arbres par milliers, de quoi fournir la matière première qui se transformerait en profit. Une fois, c'étaient dix mille hectares de pins enlevés de l'Algarve, une autre, des pieux par centaines de milliers dirigés sur Venise, un jour, huit cents tonnes de pâte à papier destinées à la Grande-Bretagne, autant d'arbres tombés morts sur le sol, pendant qu'Alger proposait à Vendôme du brut contre des poteaux de soutènement.

« Tu vas encore courir le monde ? Tu m'emmènes ?

— Les affaires, Mathilde, tu vas t'ennuyer. »

Il lui semblait parfois n'avoir pas son mot à dire, comme si des puissances incontrôlables le forçaient à disposer d'espaces gigantesques, à régir avec un appareil juridique des masses financières, des holdings, des trusts qui, triturés par les hommes de Vendôme, faisaient de lui le maître de l'empire, et son serviteur. C'était parfois le gouvernement qui l'envoyait en émissaire auprès d'autres chefs d'État. La Hongrie échangeait avec le Portugal des superficies forestières considérables, par l'intermédiaire de compagnies pétrolières situées au nord de la Transylvanie. Jean Prouvost, le patron de *Match,* toujours plus avide de papier, s'associait avec un prince de l'industrie sucrière. Le gouvernement soviétique se retirait d'un marché pétrolier où apparaissaient conjointement le Vatican et la Royal Dutch. À cause du blocus imposé à Cuba, Castro, contraint de se défaire de bois dur, dut en passer par Vendôme à travers l'écran de l'URSS. Bien que l'affaire ne lui rapportât rien, « Forêts et Coupes » s'arrangea pour que des sociétés brésiliennes fassent transiter les essences cubaines comme si elles venaient d'être coupées en Amazonie. Jean-Robert était là encore, sans que nul n'en sût rien, détenteur de secrets appris sur le tas, tel un de ces rares médecins qui ont acquis leur savoir en palpant, interrogeant, auscultant les souffrants.

Parfois, Jean-Robert mentait à Mathilde. Il prenait un billet pour Toulouse, pour Agen, pour Montpellier. Comme au temps passé, il usait de ses souvenirs pour chasser la mélancolie. Sur les rives dallées du Lot, il se penchait jusqu'à éprouver de la difficulté à se relever. À quoi bon semblable effort, il y avait triste lurette qu'il avait dépassé l'âge de son père et de son oncle lorsqu'ils s'étaient esbignés. L'eau du fleuve elle-même avait pris de la mauvaise graisse, jusqu'à ne plus refléter la silhouette du passant et son mal de vivre.

Il se demandait ce que pensaient le chanoine et l'ombre, s'ils étaient satisfaits de voir que le petit Cadurcien, à gravir tant de degrés, n'avait pas pour autant usé ses semelles. Aux temps anciens, plutôt démuni, il allait à pied à la gare sauter dans le prochain train ; aujourd'hui, court pèlerinage, il refaisait le trajet qui, de la rue Richepanse, le conduisait à la place Vendôme, espérant que bientôt il retournerait chez les siens finir ses jours.

« *Il y a belle lurette que tu as épousé "Forêts et Coupes" !* »

« Après tant d'années, lui dit Mathilde, je peux te l'avouer : les fois où je t'ai proposé le mariage, c'était pour plaisanter. J'adorais alors voir tes traits se crisper. La patronne qui vous demande en mariage, est-ce du lard ou du cochon ? Cela, c'est du passé, sinon que marié, tu l'es bel et bien. Accaparé, accablé d'exigences par ton épouse, "Forêts et Coupes". Est-elle toujours aussi belle, la mariée ? Et pas question de divorcer, Jean-Robert. Avec moi, tu aurais pu. Ne fais pas cette tête : tu n'es qu'un exemple, ajouté à tant d'autres, de l'immense naïveté des hommes. Les ai-je entendues, tes tirades contre le mariage, alors que dans le même temps "la société" mettait la main sur toi ! »

Jean-Robert haussait les épaules, retournait au labeur. Qu'avait-il fait d'autre, durant toutes ces années, sinon travailler, donner à son dos l'arc des comptables... Mathilde avait raison : « Forêts et Coupes » avait fait de lui un homme d'habitudes.

Lorsqu'il était à Paris, le matin, on le voyait musarder de la rue Richepanse à la cour du Louvre. Il croisait le clochard, celui qui jamais ne tendait la main, qui prenait ses repas debout, gâteau et crème pâtissière posés sur le rebord de la poubelle du coin de la rue d'Alger, proche de l'église Saint-Roch, hébergé par on ne sait qui. À l'artisan qui se tourmentait pour un impayé ou un renouvellement de bail, Jean-Robert ne manquait pas de fournir une note qui résolvait la question. En guise d'honoraires, il acceptait de partager un café fort au Blason. Souvent, il poussait jusqu'aux anciennes halles, passait chez Piétrement acheter du foie gras au torchon, un bocal de cassoulet. Lorsqu'il faisait beau, il grimpait jusqu'à la rue Notre-Dame-de-Lorette, dans le 9e arrondissement, pénétrait dans l'un de ces bars qui lui rappelaient Cahors et ses bonheurs : il se sentait chez lui. À l'inverse du malaise qu'il avait éprouvé dans la forêt amazonienne, en arrêt devant des troncs le matin rompus, le soir déjà pourris par l'humidité, où s'agitaient, ignobles, gluantes, siru-peuses, des millions de fourmis. « N'approchez pas trop, monsieur Jean-Robert, disait le forestier. On a vite fait de tomber. Vous vous casseriez un membre, je ne donne pas une heure pour ne rien retrouver de vous, au mieux un bout de tissu. Si nombreuses à vous escalader, pour vous ensevelir, se refermer sur vous, et la forêt sur elles. Dévoré, absorbé, fini, bouffé. Regardez-les grignoter cette feuille : en deux minutes, plus rien. » Le forestier riait.

Même sensation qu'à Shanghai, dans quelque artère de cette mégalopole quand, ayant lâché chauffeur et voiture pour remonter la rue, les passants par milliers le frôlaient, le bousculaient, tandis qu'il rejoignait la Banque populaire de Chine ou la Sumitomo Bank. Masses qui lui rappelaient les fourmis, immersion

dans ces purées marronnasses teintées de taches claires, cauchemar nauséeux, comme si allaient le dévorer
des millions et des millions de femmes qu'il n'aurait
pas eu le loisir de posséder. Plus il avançait en âge,
plus il se voyait comme une particule infime, une
poussière dans la lumière du jour, bientôt happée par
l'aspirateur géant de la place Vendôme. À force de
traverser et de retraverser le monde, il constatait que
son propre temps lui aussi se contractait. Ainsi se
rétrécissait aussi son périple journalier, comme si
pousser jusqu'au Théâtre-Français fût finalement
dénué de sens. Il présidait, il signait, courait la poste
de Bakou à Java, clôturait des dossiers à dix mille
pieds au-dessus de l'océan Indien, si haut qu'il était
impossible d'apercevoir les Javanaises et leurs petits
seins.

Lorsqu'il en avait le loisir, il rentrait en milieu
d'après-midi. Catherine fermait les doubles fenêtres,
les volets, tirait les rideaux. « Bonne sieste, maître
Debief. » À Dix-sept heures pile, il s'éveillait. Quelques minutes plus tard, adossé contre les panneaux de
laque de son paravent, en chaussettes, il consultait les
écrans où clignotaient les points chauds, Bâle, Zurich,
Toronto. Depuis que « Forêts et Coupes » avait avan-
tageusement fourni mille et mille poteaux, le ministre
des Postes et Télécommunications avait personnellement assuré Jean-Robert que la ligne de Richepanse ne
ferait jamais l'objet d'une écoute des pouvoirs publics.
L'eussent-ils voulu, qu'auraient-ils appris de ce qui
se tramait ici ? Comment s'y retrouver entre tous ces
bureaux disséminés sur la planète, aux identités des
plus improbables ? Et d'ailleurs, qui aurait trouvé à

redire aux activités de « Forêts et Coupes », si lisses en apparence ?

En fin d'après-midi, avant de s'en aller rejoindre Mathilde à Courcelles, il se glissait dans un bain chaud, laissait couler un filet d'eau brûlante jusqu'à ce qu'elle atteigne les lèvres, la racine des narines. Une seconde de fatigue, un assoupissement, encore un doigt d'eau, et l'on retrouverait Jean-Robert noyé dans sa baignoire. Il imaginait l'effervescence : un suicide ! Comme le regretté Tristan ? Il se rasait soigneusement, tâtant du pouce le tranchant de la lame avant d'y glisser la neuve : il était resté économe, comme dans son enfance il avait appris à l'être. Il s'habillait : cheviotte couleur muraille, ou flanelle grise, chemise bleue et cravate noire l'attendaient sur le serviteur muet.

À Courcelles, tous deux dîneraient en tête à tête, c'est du moins ce qu'on avait décidé. À six heures, on appela du Bangladesh : vingt-deux mille pins prêts à être débités, à ne pas manquer. Le Bengale était depuis longtemps une chasse gardée Declercq. En 1730, avec quelques hommes armés, lourds de billets à ordre émis par le ministre de Louis XV, l'aïeul Ange-Marie avait débarqué sur le cours inférieur du Gange, en rapportant un superbe mémoire : *Des espèces de bois recensées au royaume du Bengale,* conservé depuis lors dans les archives de Vendôme. Ce territoire humide, riche des produits les plus recherchés par l'Europe, café, coton, céréales, arbres fruitiers, avait de quoi faire tourner les têtes. Cet univers hindoustani, Jean-Robert le parcourait deux fois l'an, non plus à cheval comme autrefois, mais, à peine descendu de l'avion, en jeep et hélicoptère, sillonnant des terres immenses en des temps si réduits qu'il lui fallait huit jours pour reprendre son souffle.

Le Bourget-Sahar, c'est-à-dire Bombay. À peine le temps de régler le sort d'une immense coupe qu'il fallait déjà repartir pour Hong Kong, où l'attendait le patron de l'agence qui régnait sur Kai Tak. Et pendant qu'on y était, pourquoi ne pas se poser à Calcutta Doumdoum Airport ? Un nom qui aurait enchanté Joseph Conrad. S'échapper, passer du jet à la jeep équipée d'une mitrailleuse et de son tireur d'élite — la semaine passée, la région avait été le théâtre de plusieurs massacres. Avec l'interprète dans le véhicule, il restait peu de place pour étendre les jambes. Six heures plus tard à Larnaka, dîner avec le chef du gouvernement, le temps d'avaler de l'agneau grillé et un bol de riz. Le soir Jean-Robert présidait le conseil de Vendôme. Quel jour ? Sous quel fuseau horaire ? Il ne savait plus. C'était cela être fidèle à la mémoire de ses prédécesseurs.

S'accumulaient projets et contrats à parafer, ordres et contrordres que sur les cinq bureaux du Falcon 900 quatre secrétaires auraient dépouillés avant l'atterrissage au Bourget. Rien là de bien nouveau, sinon qu'au cours de la dernière décennie, les moyens de communication, la rapidité des échanges s'étaient considérablement développés.

« Tout est en ordre, monsieur le Président. »

Qui, hormis les bénéficiaires, devinait que « Forêts et Coupes » venait d'engranger deux millions de fûts, dont le gouvernement allemand n'avait qu'à prendre livraison — il était temps : une quinzaine de jours seulement avant, il y avait eu des ruptures de stock sur les places de Brême ou de Hambourg. Ces luttes intercontinentales, chaque fois Jean-Robert éprouvait de la fierté à les gagner.

« À quoi pensez-vous ? » Il souriait : n'était-il pas pareil à ces enseignes de respectables bottiers, épiciers, chemisiers, « fournisseurs de Sa Majesté » ? Derrière l'enseigne de « Forêts et Coupes » se dissimulait l'intermédiaire obligé de la quasi-totalité de la presse de par le monde.

Au lendemain de la dernière guerre, à Londres, le général de Gaulle avait successivement confié le dossier de « Forêts et Coupes » au capitaine Guy, son aide de camp, puis à Ghislain de Bénouville. Une fois que le Général eut quitté les affaires, c'était Olivier Guichard qui allait à Colombey lui rendre compte de l'activité du groupe, aux yeux du Général une sorte de confrérie comme il en avait existé aux siècles passés. Il y avait là bien de quoi intriguer celui dont Staline avait dit peu après Yalta, alors qu'on lui demandait son opinion sur le Général : « Il est comme moi, fait en bois, le meilleur, le bouleau de l'Arménie ; suivant l'angle sous lequel on le contemple, il apparaît blanc, bleu, gris ou rouge, camarade... »

Depuis 1980, à toute heure du jour ou de la nuit, Rolande se tenait aux ordres de Jean-Robert, un bloc de papier à la main, coiffée comme si elle sortait à l'instant de chez le coiffeur. L'un et l'autre pouvaient rester six heures en tête à tête, dictant, relisant, corrigeant des rapports jusqu'à ce qu'elle s'interrompe : « Monsieur, pour vous c'en est assez. Allez vous promener, faire le garçon. À propos, une certaine Florence a laissé son numéro de téléphone, elle a besoin d'un conseil : la peinture de son studio s'écaille. J'ai tenté de mettre mon grain de sel, mais pour le choix des couleurs, elle ne se fiera qu'à votre goût. Elle souhaite que vous passiez chez elle : villa de Guelma, au numéro 3.

— Je connais, dit Jean-Robert en souriant, excellente soupe à l'oignon, soufflé aux épinards, je ne vous dis que ça. »

Jean-Robert ne tenta jamais rien pour, quelque peu que ce soit, modifier l'ordre ancien. Sa propre correspondance mise à jour à neuf heures trente à Vendôme, il lui restait encore à s'occuper de l'importante masse de courrier parvenue dès le début de la journée à l'agence centrale, et de là transmise aux dix-neuf postes répartis tout au long des quatre cent cinquante mètres de couloir, siège parisien de dix-neuf agences mondiales.

De temps à autre, un nouveau venu s'étonnait encore du peu d'enthousiasme mis par le président Debief à passer de son cabinet rue Richepanse jusqu'au siège social. Vivre ainsi devait entraîner, pensait-on, un surcroît de fatigue. À tout cela, il faisait la sourde oreille, entendant là, comme en d'autres circonstances, vivre sa vie dans la plus totale indépendance. En 1970, pour satisfaire Mathilde, on fit appel au décorateur. L'appartement fut repeint, la salle de bains carrelée en dalles de brique qu'on avait fait venir du Quercy. Il fallut également céder sur le vieux chauffage. Jean-Robert longtemps le regretta, car, lorsque l'allumette s'approchait du gaz, l'appareil éclatait comme avaient dû le faire à Crécy les bombardes du roi Philippe.

Depuis cette époque, Richepanse n'avait pas changé. Les couleurs avaient pâli, les murs s'étaient voilés d'une couche de grisaille, sans qu'un tableau ne vînt troubler l'ordonnance provinciale du lieu ; son antre, ce qui demeurait de son passé, qu'il retrouvait après avoir consacré sa journée à des rendez-vous à Vendôme, sacrifié au rituel immuable des forestiers, des ingénieurs, des employés, que seul troublait parfois quelque rencontre imprévue avec ceux des Finances, du Trésor, de Bercy, de Saint-Sulpice.

De retour chez lui, il ouvrait l'armoire arrivée de Cahors il y avait près de quarante ans. Il caressait les ouvrages accumulés, tous traitant de la forêt. Entre autres il y avait là le Vico, son manuscrit du *Principe d'une science nouvelle relative à la nature, comme des nations.* Parmi d'autres grimoires parfois inconnus, une relation du sinistre aussi funeste que les grandes pestes de jadis qui avait anéanti des millions d'hectares dans le Nouveau-Brunswick ; sans oublier le grand incendie qui avait dévasté les Landes en 1949 : autant de preuves du cynisme et de l'imbécillité humaine.

Émouvante entre toutes était la lettre que Patrick, le père de Mathilde, avait laissée à Vendôme, peu avant de s'évaporer dans la forêt de Sibérie : « De génération en génération, les nôtres ont eu la sagesse de ne jamais sacrifier aux modes, seulement attachés à régler les affaires de simple façon. De même que l'arbre dirige toujours sa cime vers la lumière, qu'à ses pieds l'humidité est constante, de même l'homme qui veille sur lui le soignera comme le bon cavalier sa monture. N'oublions jamais que nous sommes semblables à ces essences fruitières qui, vieillies, mal tenues, chargées à l'excès de pommes, poires, oranges, s'abandonnent au premier coup de vent. Les branches mutilées, les racines épuisées, le tronc agonise. Il en va de même des familles, et des compagnies les plus anciennes. Puissent ceux qui me succéderont veiller à retarder cette fin. »

Pour éprouver la justesse du propos volontiers fataliste de Patrick, Jean-Robert n'avait qu'à se plonger dans les masses de documents photographiques dont certains remontaient à Nadar. Depuis cette époque, la famille Declercq se livrait aux photographes, accumulant les clichés par milliers, classés jour après jour, année après année. On y voyait les présidents lors de leurs périples, au Grand Nord, au Polo de Bagatelle, à la chasse au renard, en Bohême, en Norvège avec des forestiers, dînant avec Marcel Proust, courant les bals. Une clause précisait que rien de ces archives ne devait être fourni à la presse ou publié, précisant qu'au lendemain du décès du dernier Declercq, après l'extinction de « Forêts et Coupes », l'ensemble serait remis à la Bibliothèque nationale, après qu'un tirage aurait été déposé à la bibliothèque du Congrès à Washington.

Par goût et par fidélité, Jean-Robert n'avait jamais dérogé à la règle. Si, d'aventure, un journal publiait un cliché fâcheux contraire aux intérêts de « Forêts et Coupes », il se voyait privé des quelques tonnes de papier nécessaires à toute parution. Seule Mathilde échappait au diktat, plutôt amusée de se voir ainsi livrée à la curiosité générale dans des magazines légers, à côté d'une vedette du spectacle surprise par un paparazzi.

À Vendôme, une équipe d'analystes traquait dans la presse du monde entier les frémissements de l'activité économique, les cotations boursières, tout événement susceptible d'enfiévrer une région, de modifier la pagination des journaux, de bouleverser les tarifs publicitaires et, par là, de provoquer hausse ou affaiblissement des cours du papier.

Pour la première fois dans son histoire, le Brésil, où s'arrache la presse écrite, manqua de matière première au point de réduire la pagination de ses quotidiens. Finale d'une Coupe de football, victoire à un Grand Prix automobile, résultats d'une élection, et c'était l'ébullition, d'abord à São Paulo, puis dans tout le pays, au risque de mettre en péril l'économie nationale. L'antenne de Rio de Janeiro, qui fournissait la *Folha* de São Paulo et le *Globo,* alerta la maison mère : il fallait séance tenante fournir deux cent mille tonnes de papier. Depuis 1974, les informateurs se tenaient prêts, en Amérique, en Finlande, au Canada, décodant, analysant les signes les plus infimes, soutenant les tarifs publicitaires déprimés en achetant ici ou là des dizaines de pages. En créant ce département de la communication, Jean-Robert n'avait pas le sentiment d'innover : simplement d'améliorer l'œuvre de ceux qui l'avaient précédé. Généralissime de « Forêts et Coupes », dominant l'ensemble de ses bataillons, de son armée, solitaire malgré sa cohorte de collaborateurs, il faisait front. Lui dont on se plaisait à souligner le sens aigu de l'événement, son implacable sang-froid, se sentait parfois dépassé. De son bureau, il s'en allait jusqu'à son logis, s'y reposait une heure ou deux avant de redonner un coup de pouce au balancier pour qu'à nouveau, sur les cadrans, se mettent à virer les aiguilles des secondes, des minutes, des heures.

L'affaire du maïs remontait à 1975 quand, à propos de la cession d'une forêt colombienne, le vendeur avait assorti le traité d'une participation dans une exploitation de maïs qui périclitait. Jean-Robert avait refusé jusqu'à ce qu'il retrouve dans ses livres le *Traité du maïs considéré comme la nourriture des sauvages,* un volume relié en vélin, rédigé par un certain Abraham Declercq, imprimé en 1572 aux frais d'un libraire de Douai, cité qui fut le berceau des Declercq. Il vit là comme un signe. D'après l'ancêtre, le maïs, cultivé par les Indiens d'Amérique, avait essaimé sur la planète sans pour autant livrer tous ses secrets, plante énigmatique même sous les plaques du microscope. Grâce à l'intuition de Jean-Robert, grâce au financement de Vendôme, des chercheurs de haut niveau étaient parvenus à obtenir pour la première fois la fécondation d'ovules de maïs dans des conditions proches des conditions naturelles. Du labeur d'une équipe franco-allemande allaient naître des gestations végétales qualifiées de « violentes », à partir de chocs électriques visant des substances enrichies de calcium. Des dollars par millions furent investis, ouvrant des perspectives prodigieuses. Des plants issus de croisements inédits, la création d'espèces inconnues aux qualités nutritives remarquables, associées à d'étonnantes avancées techniques furent alors proposés à Bayer, Ciba, Rhône-Poulenc.

Il se demandait parfois ce qu'auraient dit de tout cela les anciens dirigeants de « Forêts et Coupes », hommes en frac et huit-reflets, dont le savoir se bornait à entretenir leur lopin de forêt, permettant de progresser artisanalement à l'abri dans leur tour d'ivoire, comme la tordeuse du sapin survit au cœur du cèdre de l'Atlas. Qu'y avait-il de commun entre lui, ordonnant des virements égaux à des budgets nationaux, acquérant sur un coup de téléphone des centaines de milliers d'hectares épars à travers le monde, traitant avec les gouvernants angolais contre des aides de milliards de dollars, et Mathilde, pour qui les affaires de « Forêts et Coupes » s'étaient toujours résumées à courir le monde pour aller voir les spécimens du *Quercus* nain au Japon, ou à escalader en riant les arbres d'Australie pour essayer d'en atteindre la cime dans les brumes ? Elle lui avait raconté comment, en 1952, alors qu'elle approchait de la trentaine, elle avait grimpé sans peur, poussée par les mains de forestiers babenzélés, à croupetons dans des paniers que l'on hissait par des poulies, jusqu'à une dizaine de mètres de l'inaccessible faîte forestier. De temps à autre, un singe curieux, un volatile jetaient des yeux effarés sur l'intruse qui troublait le cours de leur vie pourtant aventureuse. « Je suis de la même espèce », dit Jean-Robert, qui à force de jongler avec les appareils financiers de la planète, risquait d'y perdre la tête, pis encore, de se lasser, jugeant alors que tout était trop facile. Gentilhomme de fortune, de Bakou à Sydney, de Djakarta à la Terre de Feu, il suffisait de l'estampille de « Forêts et Coupes », de sa signature pour que s'ouvrent en grand les chambres fortes des établissements bancaires ; puissance qui reposait sur la multiplicité des espèces sylvicoles, force aussi mystérieuse que jadis celle des Jésuites, pouvoir quasi divin fait de ses bouleaux, de ses hêtres, de ses épicéas, de ses robiniers, de ses tilleuls, de ses platanes : une emprise mondiale que l'on qualifiait parfois de drastique sur le monde, tout en reconnaissant que jamais la société n'avait pesé sur les cours, entravé une hausse, favorisé quelque spéculation ou cautionné quelque dictateur. Jamais un Declercq n'avait usé de rétorsion ou imposé un blocus, payant rubis sur l'ongle et au prix du marché, comme si l'ordre naturel de la forêt, l'harmonie qu'elle faisait régner sur les hommes et les forestiers l'emportait sur toute autre chose. Aussi, Jean-Robert n'avait pas le sentiment de s'être ici enrichi, ni de faire partie de ceux qui sont nantis par la naissance. Il n'était qu'un « employé » et ne voulait pas sortir de cet état. Servir les Declercq, vivre d'eux, tout en écartant toute velléité de pénétrer à l'intérieur de l'essaim, de froisser le rideau de soie qui l'en séparait, lui convenait. Lorsque, à la fin du jour, revenu de Vendôme ou du Bourget, il entrait dans son trois-pièces, il se jetait sur son lit sans avoir pris la peine de défaire sa ceinture, laissait son esprit vagabonder, sombrait dans le sommeil pour oublier les trois mille employés, les millions d'hectares, les milliards de francs, de yens, de roubles. Sans même être certain qu'il n'en était pas, à sa manière, propriétaire. Il se persuadait de n'être pas riche, de ne pas faire partie de ce monde, à l'instar de ces grands malades qui veulent croire qu'ils ne sont pas souffrants, que leurs symptômes résultent de mauvais renseignements glanés mal à propos dans des magazines. « Je suis l'humble Jean-Robert Debief, qui, si le soleil persiste, s'en ira rendre visite à ses douze hectares de noyers, à ses châtaigniers, caresser son bien légué par l'oncle. »

Perpétuels, comme les concessions

Les années avaient passé, dix ans, puis vingt. Chaque soir, avant que Mathilde ne s'endorme, Jean-Robert s'asseyait un moment au bord de son lit, prenant tout son temps pour l'informer des événements en cours. Du regard, il l'interrogeait, et elle répondait par un mot, un clin d'œil, un sourire — sa façon de dire que ce qu'il avait décidé était parfait. Depuis longtemps elle lui avait délégué les pouvoirs d'administration et de gestion. Comme s'il avait hérité de Patrick ces impérieuses pulsions qui le projetaient à tout moment au bout du monde, il lui arrivait d'abandonner Courcelles pour une ou deux courtes semaines. Il ne se passait alors guère de jour, voire d'heure, où un message n'aboutissait à Courcelles, doublé de quelques fleurs. Elles arrivaient couvertes de rosée, comme s'il les avait cueillies quelques instants plus tôt.

L'âge n'avait guère entamé le charme de Mathilde, fait d'une sensualité latente émanant de son regard plus que de son corps, et de sa voix, qu'elle avait douce, profonde et rauque. À plus de soixante ans, elle se tenait toujours aussi droite que lorsque Jean-Robert et elle, nus dos à dos, s'étaient mesurés au cours d'un voyage au Kenya, il y avait de cela quinze ans. Les revues consacrées à la beauté continuaient à vanter ses traits. Surprise par les objectifs dans les recoins ombreux de quelque Ritz, elle semblait immuablement gracieuse. Les soucis de l'âge, qui jadis l'avaient occupée, lui étaient dorénavant indifférents. Du temps, elle observait les avancées patientes, inéluctables sur la chair de la belle ancienne, marquant son territoire. Ici à l'avant-bras une flétrissure, là un fléchissement du fessier. Qu'importe, d'autant que Jean-Robert n'y paraissait pas sensible. Ils avaient fêté ses soixante et quelques ans chez Prunier, l'un et l'autre éclatant de rire lorsqu'elle avait dit : « Toi, le petit Cadurcien, tu as trop investi pour me laisser tomber. Voilà vingt ans que tu me traînes dans tous les bistrots du monde. Si tu calcules, ça t'a coûté gros. »

Ce soir-là, avant qu'ils ne se séparent, elle évoqua sa mort, comme une affaire qu'elle entendait régler. « Tu es mignon de n'avoir jamais cessé de veiller sur moi. Il va falloir qu'une bonne fois tu deviennes adulte ! Je suis bien la seule au monde à dire cela au président Debief, au patron de "Forêts et Coupes", hein, mon petit garçon ! Ce qui m'embête, c'est de t'abandonner avec sur le dos Vendôme et tout le saint-frusquin ; le soir, plus de patronne à consulter : seul ! Avec ta fortune. Lourd de ta solitude, il te faudra t'efforcer d'atteindre l'état d'apesanteur que seuls connaissent les crétins complets, ou les béats. Mais tu ne seras jamais seul : tu as tes demoiselles.

— Exact. Elles atténuent les chocs de ma solitude : autant de cloisons capitonnées où se dilue mon spleen. Déjà, à Cahors, elles me rassuraient. Me rouler sur elles, ce sont là instants délicieux, alchimiques, où tout se trouve confondu et anéanti, mes angoisses, mes soucis. Je n'en cherche pas les raisons, je fuis. Je m'en tiens à l'animalité, qui me satisfait infiniment, qui pousse à changer de compagne. Je me demande si ce genre de confession convient à ton anniversaire, mais il n'y a guère de soir où je n'aie sacrifié à ma nature, où que je sois. Rôder ! À Paris, quelquefois même en sortant de chez toi, le chauffeur me dépose à Barbès. Il m'attend. Je musarde durant trois quarts d'heure, une heure, rarement plus. Puis je m'en vais sagement retrouver Rolande et son courrier. Ensuite, dodo. La planète peut exploser, je m'en fiche : toutes les communications sont transférées à Vendôme. »

Lorsque Jean-Robert avait rencontré Mathilde pour la première fois, le million de dollars servait d'aune aux discussions. En ce temps-là, *Fortune* ou le *Wall Street Journal,* souffle coupé, évoquait Getty. Depuis belle lurette, le nom de Rothschild rappelait des années très anciennes, teintées d'un joli passé d'élégance, désuet. Bientôt, à la lecture des bilans de la General Motors ou de « Forêts et Coupes » on voyait poindre Hong Kong, la Corée, Singapour, de nouveaux chefs-lieux du gigantisme financier. En 1975, les dollars valsaient par milliards. Jean-Robert, auquel son père avait légué pour tout potage deux ou trois cent mille francs, dorénavant avait de quoi acquérir l'Empire State Building pour le plaisir de prendre un thé sur son toit au grand air.

C'était le jour anniversaire de Jean-Robert, mais on avait oublié de le fêter. À la fin du jour, Mathilde soudain y pensa. À Richepanse, enveloppée dans une feuille du *Monde de la finance,* on déposa une vue de la montagne Sainte-Victoire peinte par Cézanne, accompagnée d'un mot : « Je n'ai pas eu le temps de la faire encadrer, choisis quelque chose de simple. »

Jean-Robert ne dut guère l'apprécier, le chef-d'œuvre, il en trouvait les tonalités tristes. À Mathilde, il dit : « C'est beaucoup trop, un Cézanne. » Elle lui expliqua que cette toile, le grand-père l'avait acquise il y a bien longtemps. L'emballage, on le garda pour protéger le paysage ; la toile reficelée, il la déposa contre le mur, toute proche de la tête du lit.

Elle lui dit : « Finalement, tu t'en fiches de la peinture et de cette toile en particulier. Je n'ai jamais réussi à te faire acheter quoi que ce soit. Tu te souviens d'Henriette Gomez, si drôle, qui t'avait proposé un Balthus ?

— À dire vrai, je suis satisfait avec mes trois meubles et la tapisserie. De temps à autre, je veux bien changer mon sommier, mon matelas. Pourquoi posséderais-je des commodes, des sièges alors que les ordinateurs de Vendôme font venir à moi des milliards d'arbres, nombreux au point que le menuisier, l'ébéniste ne pourront jamais les tailler en mobilier.

— Tu es un sauvage, tu as fini par devenir comme nous. Quand je ne serai plus là, quand c'en sera fini des Declercq, tu pourras témoigner de ce que nous étions, perpétuels, comme les concessions. Tu nous entretiendras, je veux dire le mausolée ? Cet après-midi, le temps d'un rayon de soleil, j'ai demandé qu'on me dépose au Flore. Ils sont très aimables en terrasse. Un jeune homme s'est levé pour me céder sa place, le temps de vider sa bière. Il avait dû en écoper plus d'une, à en juger par l'addition, car il m'a laissé le soin de la régler. C'était très gai, plein de jeunes Américains, sans doute les petits-fils de ceux avec qui j'ai dansé en 45. Il y avait là des tas de gamines drôlement chapeautées, tout à fait les bibis de l'aïeule. Un homme à peu près de ton âge, journal ouvert, revenait du kiosque à journaux. Nos yeux se sont croisés. Ça me fait toujours quelque chose. Le diable me rend mes vingt ans pour quelques secondes. J'ai pensé à toi. Qu'est-ce que j'aimerais savoir tout ce qui s'est passé dans ta tête au cours de ta vie ! J'imagine une projection de film, où toutes tes maîtresses, toutes les femmes qui l'ont traversée viendraient dire ce qu'elles ont ressenti avec toi. Un excellent monteur nous donnerait, résumée en une heure et demie, la vraie vie de Jean-Robert Debief.

— Quel intérêt, s'il ne retient de moi que le souvenir de quelque petit arriviste arrivé, pis encore d'un obsédé par mon sexe ?

— Je me trompe, ou ne serais-tu pas quelque peu déprimé ? On dirait que ton existence ne t'amuse plus, que Vendôme, ses forêts, ses taillis te pèsent. Qui t'empêche de passer la main ?

— Pour quoi faire ? Prendre ma retraite, comme mon père, jouer au bridge, à la canasta ? Ou bien apprendre que les Japonais viennent d'inventer un système pour transformer l'écume de l'eau en aigues-

marines ? Mathilde, ma sève se tarit, mes feuilles jau-
nissent, je n'aurai bientôt plus que l'ombre de mon
tronc sur le sol pour te faire un peu d'ombre.

— Ça, c'est une phrase à la Declercq. Tu es comme
les nôtres, accroché à la colonne Vendôme comme
saint Sébastien attendant les flèches. Moi-même j'ai
maintes fois songé à déménager, à quitter Courcelles.
À quoi bon ? Je resterais une Declercq. »

Elle rejetait la masse de ses cheveux blanchis. Tout
en faisant son œuvre, le temps pour elle suspendait ses
malveillances, et Mathilde semblait aussi jeune à Jean-
Robert qu'elle lui était apparue quelques années plus
tôt, lors de l'inauguration d'une plaque apposée à la
mémoire de six agents de la compagnie emportés par
les peaux d'un barrage au Nicaragua. Mathilde avait
pris la parole. Elle n'aimait pas ça, mais l'avait fait
crânement. « Je ne connais pas cette dame, avait chu-
choté un ambassadeur. Dommage. » Ce jour-là, ému
par la noblesse du ton, il lui avait glissé : « Tu me
plais tant.

— Toi aussi », avait-elle répondu.

Lui, son identité tenait dans sa carte à deux volets,
à la charnière trois fois pliée, cassée, recollée. Loin,
très loin en arrière, il y avait sa ville natale, ses anciens
amis. Il s'était éloigné d'eux. Encore vivant, aurait-il
pu les reconnaître ? D'eux, il ne possédait même pas
leurs effigies, alors que les disparus de Mathilde
encombraient, dans leurs cadres, les guéridons de
Courcelles, des générations glissées dans les tiroirs
« en ceinture », à la gouache, à l'aquarelle, quelques-
uns enclos dans une reliure en velours à plaquette
d'argent parsemée d'agate, de lapis-lazuli.

« C'est ton livre de messe ?

— Pas le genre, ouvre-le. » Il eut du mal — il y avait des lustres qu'on n'avait pas touché à la ferrure. Joliment disposés, insérés dans d'épais cartonnages, défilaient des daguerréotypes soulignés de noms, de titres, barons, Earls, colonels, Honorables.

« Il y a quand même quelques titres chez les Declercq ?

— Pièces rapportées, avec des têtes à avoir coulé en valsant : engloutis avec le *Titanic*. Morts, perdus de vue. Même les concessions à perpétuité prennent fin au bout de quelques années...

— Et si on baisait ce soir, Mathilde ?

— Exquise idée ! Et le dessert ? Il y a un clafoutis aux cerises. Patience ! Dans une autre vie, pourquoi pas ! »

Le banquier et la lingère

En vue de New York, la radio de bord enregistra un message : à peine débarqué, maître Debief devait se mettre en rapport avec M. André Meyer. Il suggérait un déjeuner à treize heures. À midi, Rolande l'attendait au Pierre avec le dernier courrier et les documents concernant l'acquisition de la parcelle gabonaise, précisant qu'il n'était pas certain que la banque Lazard accepterait la cession. Un quart d'heure plus tard, Louis Plantey, le correspondant du groupe à New York, faisait savoir que si, en général, Meyer n'appréciait pas particulièrement les affaires africaines, en revanche il semblait avoir focalisé son attention sur cette affaire. « Histoire d'embêter le monde. Vous le connaissez, Meyer, ce n'est pas un simple, depuis le temps que je le pratique... » Il répéta : « Pas un simple... »

À douze heures cinquante-cinq, Miss Dreier invitait Jean-Robert à la suivre. « Je suis la secrétaire particulière de M. André Meyer. Je vous précède. » Elle était jolie, Miss Dreier. Il en fit sa chimère, le temps qu'il se rende de la Cadillac à la batterie d'ascenseur du

Carlyle. Platinée, grande, pas trop, du train de bonne mesure. Le patron de Lazard avait la réputation d'aimer ce genre de fille. Pas la même espèce que celle qu'appréciait Jean-Robert. C'était bien connu : Meyer faisait dans la haute, de celles avec lesquelles il est bon d'être vu quand on fricote avec la grande société.

Meyer en personne tint lui-même à débarrasser l'hôte de son manteau avant de le tendre au maître d'hôtel. « Laissez-moi vous regarder, cher Jean-Robert. Vous avez une mine radieuse. Nous déjeunerons ici en tête à tête. Inutile de nous exposer aux regards des curieux ! J'ai longuement parlé de vous avec le président Pinay. Quel homme étonnant ! Il vous fait ses amitiés. » Jean-Robert prenait plaisir à découvrir un personnage d'une taille qu'on disait planétaire, comme devait être celle d'un patron de Lazard. « Habiter l'hôtel, ça peut vous choquer, vous autres Français. Mais c'est si pratique. La table est convenable, et la cave aussi si l'on sait choisir... »

Meyer parlait du monde, de l'hôtel comme s'il s'agissait de son propre royaume. Pourtant, tout ici paraissait impersonnel, morne comme si Meyer, finalement indifférent à l'ordinaire, marquait par là son appartenance à la race errante. Les meubles étaient superbes, les tableaux de grande importance — nul n'ignorait son goût pour l'impressionnisme ; tout ce qui, dans un appartement, dans une petite maison, aurait peut-être eu du charme, ici semblait glacé comme autant d'illustrations de magazines. Régulièrement, depuis une vingtaine d'années, Jean-Robert rencontrait Meyer. Il le trouvait volontiers disert, amusé un peu de tout, léger, mais toujours préoccupé par une idée fixe. Car irrésistiblement, après les clichés d'usage, après avoir devisé sur l'état du monde, sur la finance, sur l'un de ses réduits, sur le climat boursier, la conversation revenait sur le mot « fortune ». Que pouvait bien « peser » un Jimmy Goldschmidt ou un Gianni Agnelli ? On servit du lafite — « un des derniers flacons, un cadeau de mon ami Bill Paley », souligna l'hôte. Il en était ainsi de tout : pour qu'un Picasso soit aimable, il devait avoir été peint en 1906 ; pour qu'un vin mérite la meilleure qualification, il devait provenir de la cave de Lucas Carton. Autre sujet fondamental et source d'inquiétude : qui était le plus fortuné, de Mellon ou d'André Meyer, à titre personnel ? « Noble question ! dit Meyer en souriant. Je m'agace lorsque j'en viens à m'interroger sur mes propres mobiles, sur ma vie, sur le pourquoi de ceci ou de cela ; je suis saisi de vertige comme un vieil homme qui, soucieux de sa dernière demeure, s'égare au cimetière, se penche sur une fosse. Est-ce bien la sienne ? Vous-même, vous devez vous poser ce genre de questions. Patron de "Forêts et Coupes", on parle de vous. Plus particulièrement au cours de ces derniers mois, à l'annonce que, successivement, M. Jean-Robert Debief a mis la main sur des territoires forestiers considérables et en des lieux du monde si différents, certains jugés souvent trop chauds : Albanie, Liban, Patagonie.

— Je vous arrête. Pas Jean-Robert Debief : "Forêts et Coupes".

— Mais c'est vous, "Forêts et Coupes" !

— Je ne suis que le salarié de ce que vous nommeriez une holding. »

Le couvert était disposé sur une table de bridge. Le linge était de lin fin, brodé aux chiffres du maître de maison. Les couverts paraissaient superbes. « François Thomas Germain », précisa Meyer en agitant la cuillère à sauce. Comme il se doit, le sèvres était vert ; mieux encore, de 1781. Sous la serviette chaude roulaient les truffes coupées minces, aux tranches de la taille d'un dollar en or : « Sorties de terre il y a à peine dix heures, issues de la châtaigneraie de mon amie Montpezat. Ils sont gentils ces Montpezat, pas trop mal débrouillés.

— Lorsque j'étais enfant, reprit Jean-Robert, mon oncle, une fois l'an, profitait toujours d'une occasion pour m'emmener déjeuner chez le père Montpezat. C'est du monde de chez nous, le Lot, la Dordogne, si différents de ceux du Berry ou de l'Angoumois.

— À ce qu'on m'en a rapporté, la famille Declercq serait sur le point de s'éteindre. On se trouverait alors dans une situation semblable à celle qui suivit le décès de Démosthène Sirtakis, avec la Sirtakis Petroleum.

— Qui peut savoir... ? » dit Jean-Robert.

Amusé, ne baissant pas la garde, Jean-Robert ne perdait rien des propos d'André Meyer, de ses mimiques expressives, malicieuses. Le temps d'un cillement d'œil et l'expression se durcit, laissant percer une once de cruauté. La voix était d'ordinaire plutôt monocorde, sinon c'est qu'il avait décidé de plaire. C'était pour lui une absolue nécessité. L'homme avait vocation d'être un grand séducteur. Jean-Robert se disait qu'il fallait avoir de sacrées qualités pour être le patron de « Lazard frères », pour à chaque génération mériter de le demeurer. Ça n'avait pas dû être simple pour ce cinquième enfant d'une de ces familles alsaciennes qui, il y a encore un siècle, parce que tout autre métier était interdit aux juifs, exerçaient le colportage, marchandaient les chevaux, prêtaient sur gages. Jean-Robert se demandait où Meyer allait en venir : à la cession de territoires africains, ou tout bonnement à la mainmise sur « Forêts et Coupes » ? C'était tout à fait dans la lignée du plus grand établissement financier du monde. On repassa les truffes. De part et d'autre, on ne se resservit pas. « Ça va être coton », pensa Jean-Robert. Et comme le boxeur dont l'allonge est un peu courte et qui cherche à éviter un méchant coup à l'abdomen, il restait pelotonné dans sa garde.

« J'aime la France », dit Meyer.

À ce propos, Jean-Robert s'était souvent demandé s'il avait abandonné la nationalité française pour définitivement adopter l'américaine. Meyer sautillait autour de l'adversaire. Pour marquer sa dévotion à l'égard de la France, Meyer revint sur le pays d'origine de l'hôte, dit tout le bien du monde des gens du Gers, du Lot. « J'aimerais m'y retirer. Vous-même, Jean-Robert, vous êtes de là-bas ?

— De Cahors. Je suis né là, pas loin. »

On apporta des petits homards du Maine, pêchés le matin même.

« Vous m'êtes infiniment sympathique, dit Meyer à Jean-Robert, qui le fixait des yeux. N'est-ce pas un peu dommage d'avoir attendu les deux derniers tournants de notre vie pour mieux nous connaître ? Nous sommes l'un et l'autre des hommes de course, à notre manière, les corsaires de notre temps. Associés, nous aurions pu écumer les mers jusqu'à rendre les eaux claires. Nous partis, je ne donne cher ni de Lazard ni de "Forêts et Coupes"... » Le vin était bien chambré. Son verre vidé, Meyer le reposa. « C'est du bon, comme on disait de mon temps dans les cantines régimentaires. Ça vous fait rire ?

— C'est de nous voir tous deux, vieux gamins, nous affronter. "Attrape ma main, sinon je te pince le fourbi." On jouait à ça dans la classe de sixième chez les bons pères. Depuis lors, on n'a pas dû souvent réussir à vous le saisir.

— C'est vrai. Avec l'âge, on a quelque peu abandonné ce genre de compétition. Dommage ! dit Meyer en éclatant de rire. Donc, vous êtes arrivé de Paris en vue d'acquérir cinq cents hectares que nous détenons au Gabon, c'est bien ça ? » Alors débutèrent de ces échanges chers à ces gens. Jean-Robert, à s'écouter discuter, à tenir tête à Meyer, pouvait se dire que rien n'avait évolué depuis le rendez-vous fondamental — cela remontait à trente ans en arrière — où, jeune avocat, il avait arraché au vieux Nicolas, alors bien vivant, un bout de terrain du côté de Roissy.

— Cette affaire, la vôtre, "Forêts et Coupes" — on n'est guère bavard dans votre entour —, au dire de nos analystes, on la tient volontiers pour la meilleure, d'autant que vous entretenez le mystère, le monde financier est si peu informé sur vos avoirs, sur votre fortune. »

Ça le reprend, se dit Jean-Robert.

« Depuis près de deux siècles, vous détiendriez les plus grands espaces forestiers au Brésil, au Canada.

Votre bilan vraiment m'intéresse. Comment vous y prenez-vous ?

— Bilan ! Mon cher André, je n'en parlerai pas, d'autant que vous ne publiez guère sur vous-même. Bilan : chez Lazard, ce mot existe-t-il ? Précisément, il en est de même de l'ensemble des biens de "Forêts et Coupes", et pour cause. "Forêts et Coupes" est d'une certaine manière une fiction. Nous ne sommes ni le Crédit lyonnais ni Marks & Spencer. Pour plus amples détails, chaque soir, l'ordinateur central de la place Vendôme fournit un état de chacune de nos sociétés. Chacune vit sous des pavillons différents, sous une diversité de régimes politiques, souvent antagonistes, qui n'ont en commun que de détenir des biens forestiers.

— Je ne comprends pas très bien.

— Incompréhensible. Plutôt imprévisible, comme l'éclosion de révoltes, le surgissement d'une tornade en saison sèche. Comment voulez-vous mettre en abscisse ou en ordonnée le bois, c'est-à-dire l'ancestral, le séculaire, et les caprices de la nature ? Le même jour, à la même heure, une forêt s'enflamme, une autre est grignotée par les termites. Là on meurt de soif. Ici l'humidité est meurtrière. J'ai vu ruinés en moins d'une heure la Bretagne et le Calvados, désertifiées des régions entières, comme ces dauphins qui volontairement s'échouent sur des plages, comme cela, quasi inexplicablement. C'est parce que nous prévoyons tout, sans date, sans délai, que la moitié du temps, si nous échouons, nous tenons tout de même le coup, prospérant sans faire appel à des gouvernements ou à des banques.

— Vous avez des comptes chez Lazard ! » De sa poche il sortit une fiche.

« Exactement trente-quatre, et votre gestion nous convient.

— Nous avons dans tant d'opérations des privilèges d'ancienneté. J'ai fait rechercher dans nos archives des traces d'opérations effectuées par "Forêts et Coupes", exécutées en accord avec notre grand ancien, Simon Lazard. Cela se situe vers 1890. À l'époque, ça devait être Anthelme qui présidait aux destinées de "Forêts et Coupes", le grand-père du président Patrick. À ce propos, on a dit beaucoup de choses concernant sa fin. C'était un homme de la forêt.

— Il en avait le charme, la rusticité, l'originalité.

— Un homme bien différent de moi, c'est ce que vous voulez dire ?

— D'après ce que rapportent les gens informés vous êtes un financier à l'état pur. Dans le monde entier, on le reconnaît.

— On parle trop de moi. On ne m'aime guère.

— Vous êtes un gagneur. On n'apprécie pas toujours l'espèce.

— On brocarde mes travers, je le sais. Entre autres, on m'accuse d'être snob. »

Les deux hommes restèrent un moment silencieux.

« On vous attribue des aventures très flatteuses. Beautés, élégantes, haut niveau, aimé des princesses... À un aussi bel âge, c'est plutôt gai.

— Vous voulez dire quoi ? »

Le téléphone sonna. Meyer décrocha. « Les documents de cession sont sur mon bureau. On vient de les y déposer. Il ne nous reste qu'à échanger des signatures. Ainsi, sans avoir un seul instant vous et moi discuté prix de revient, exigences mutuelles, nous sommes l'un et l'autre tombés d'accord. Je vais recevoir un chèque de "Forêts et Coupes". Vous allez prendre possession de milliers d'arbres, de millions d'espèces, de terres que pour ma part je n'ai jamais vues. » Il s'arrêta devant un nu de Renoir : « Vous aimez Renoir ? »

Jean-Robert hocha la tête. « De ma vie, je n'ai jamais acquis une toile, un bibelot. Il faut pour détenir de ces choses une sensibilité qui m'est étrangère. Après la disparition de mes parents, j'ai été recueilli par un vieil oncle. Il m'initia aux humanités, à sa manière. En tête à tête, nous ne parlions que latin, une façon de dérouter les curieux. Ça a pu en épater quelques-uns et favoriser mes affaires. En URSS, c'est en latin de cuisine qu'une matinée entière je me suis entretenu avec Andrei Seibovitch, responsable des forêts ukrainiennes. Au Kremlin, ils n'en sont toujours pas revenus.

— Je serai indiscret... "Forêts et Coupes", malgré un capital qui, paraît-il, pourrait dépasser les avoirs de quelques sultanats pétroliers, n'a jamais été introduit en Bourse.

— C'est qu'il s'agit de la propriété personnelle d'une famille. Aujourd'hui, Mme Mathilde Declercq en est, en principe, l'unique propriétaire. Ma patronne en quelque sorte.

— Elle n'est plus toute jeune. »

La curiosité de Meyer piquait Jean-Robert. Pour l'entretenir, il jetait de temps à autre une miette. « Elle approche des soixante-dix. » Tout cela, l'homme de

Lazard le savait, mais l'entendre de la bouche de Jean-Robert donnait du poids au propos.

Depuis un moment, Jean-Robert se demandait à quel moment il allait se jeter à l'eau.

« Mme Declercq, il y a deux ou trois ans, je l'ai croisée à Gstaad, belle femme. Elle m'a paru fort avisée.

— Je l'aime beaucoup », dit Jean-Robert. Avance, mon bonhomme ! Encore un mot, et je lui demande s'il est vrai, comme on l'affirme, qu'il courtise la belle veuve de John Kennedy.

Une heure plus tard, Jean-Robert s'engouffrait dans l'hélicoptère. Les deux pilotes avaient mis au point le plan de vol. « D'une traite, on ira jusqu'à Pékin. » Jean-Robert signera là un protocole concernant des bambuseraies. Mercredi à l'aube, départ pour la Sibérie. De là, grâce à Moscovitch, rendez-vous est pris avec le président de la république du Béloutchistan. Un instant, Jean-Robert s'entretint en patois avec le copilote, un type de Gramat. Là-bas, il était dix heures du matin. Le steward le prévint : le lit était prêt. Jean-Robert appela Mathilde, s'enquit de sa sciatique. « Nos affaires vont bon train, dit-il. J'ai traité avec Meyer. Vous aviez raison : ce chenapan gagne à être connu. Mais tous ces vieux mâles, il faut de la prudence pour les approcher. » Puis il lui parla de ses projets d'acquisitions. « En haute Provence, vous allez finalement pouvoir les planter, vos cultures exotiques. Avant trente ans, il y aura matière à développer une assez étonnante affaire de bambous.

— Bonne idée, dit Mathilde. J'aurai cent ans. Dites-moi plutôt comment se passe le vol.

— Nous survolons l'Ohio. La météo est bonne.

— À force de sillonner les cieux de long en large, tu ne vois pas qu'il t'arrive malheur ?

— Ma foi vrai, Mathilde. Il te resterait alors à reprendre du service.

— Merci. Un beau cadeau.

— On me fait signe, la radio va couper. Je te rappellerai.

— Dieu te garde, mon petit Jean-Robert. »

Aux bureaux un et deux, les secrétaires dépouillaient les messages. Le copilote s'était assoupi. Jean-Robert s'installa au bureau trois. « Monsieur, nous allons traverser une zone de dépression. Il y en a pour vingt ou vingt-cinq minutes à être quelque peu secoué. »

À Paris, heure universelle, il était dix-sept heures. Il avait une chance de s'endormir avant quatre heures du matin, heure locale. Il détestait ces voyages interminables, mais que faire... Lorsqu'on se posa au Bourget, il avait ébréché cinq nuits de sommeil.

Après avoir jeté un dernier regard sur les dépêches, à Vendôme, il musarda par la rue Saint-Honoré jusqu'à Richepanse. Un nouveau jour avait commencé. Le bijoutier Oxeda, descendant de Marranes survivants des bûchers portugais, levait son rideau de fer, gémissant sur les effets de la crise : « On ne vend plus que de la pacotille. »

Juste en face, sur le perron de l'église polonaise, d'autres songeaient à Varsovie réduite en cendres. Lui, en passant, laissait son esprit folâtrer, contemplant la lingerie fine, les vitrines de Beresford, qui le captivaient. Il s'arrêtait toujours devant, enchanté par l'équivoque, corsages noirs brodés ton sur ton, soieries lactiles, à la mesure des allaitements de jeunes provinciales délaissées. Buñuel aurait pu filmer là des mètres de pellicule, et lui, entrant chez Beresford, aider de ses conseils la jolie épouse du notaire à qui Jean-Robert envoyait volontiers ses relations. Ce tabellion, il venait de le recommander à Blanche, octogénaire dont les ans n'avaient pas émoussé la verve, restée à Courcelles, chez les Declercq, jusqu'à sa retraite. Mais ce qui avait compté pour elle étaient les années passées au service de Mme Sylvie, vieil autrefois, dont elle parlait avec simplicité, sans détour.

« Je n'ai jamais servi de grand maître, style Ornano ou Ribes, je ne me serais pas sentie à mon aise. Chez M. et Mme Sylvie, où pourtant on était bien plus riche que partout ailleurs, tout s'est toujours joliment déroulé : élégance, tact, et tout et tout. Je me suis pourtant contentée de gages modestes, ceux qu'on alloue aux simples femmes de chambre. Un peu ma faute, j'aurais pu demander à ce qu'on les revoie, après tant d'années. J'aurais obtenu gain de cause, nul doute, vu les compliments dont monsieur et madame m'abreuvaient. C'est que la maison demandait de l'attention, avec tous ces présidents à table. M. Giscard la jugeait excellente, à ce qu'on m'a dit. Moi, je ne sais pas, étant donné que j'ai perdu l'odorat à vingt-trois ans, après une sinusite. On m'a cautérisé les cornets. Ça ne m'a guère gênée, je dirais même que dans mon métier c'est tout avantage, je m'inventais des odeurs. Questions gages, j'y reviens, avec l'âge ça me turlupine, c'est pourquoi je viens vous voir. La secrétaire, plutôt que de me verser chaque mois une somme convenue, s'est toujours contentée de régler mes petites dépenses. Par la suite, j'en ai touché un mot à Mlle Mathilde, mais vous la connaissez, cela l'embête. Chaque fois que je remettais le sujet sur le tapis, elle prenait l'air étonné, comme si tout était bien ainsi. Ils sont souvent sans gêne les gens riches. Moi aussi, comme ces bienheureux, j'aurais aimé être privée de soucis. M. et Mme Sylvie ne se sont pas préoccupés de ma situation, sans chercher à me nuire, bien sûr, mais ça leur passait au-dessus de la tête, c'est normal, ce qu'ils me devaient — de la roupie de sansonnet ! — n'avait aucun rapport avec leurs possessions. Pourtant, je peux vous dire que question labeur, je n'en manquais pas. Je ne veux pas insinuer que Mme Sylvie était une poule de luxe, mais elle n'a jamais porté que du très beau, coton d'Égypte brodé de fleurettes, soies de Bangkok, changée trois fois dans la journée, vous voyez l'entretien. Remarquez, elle n'a jamais été regardante : deux fois l'an, elle me donnait un tailleur, une jupe, deux blouses. Le reste, elle le faisait porter à Mlle Antoinette. Vous l'avez peut-être connue, une vieille fille, cousine lointaine, qui faisait dans la brocante du vêtement de seconde main. Elle rôdait dans les étages, raflait le demi-neuf encore tiède. Normalement, ce sont là les bénéfices de nos métiers. Ce que madame offrait à l'Antoinette, c'était en moins pour moi. Avant qu'il ne s'en aille, je m'en étais ouverte à M. Émile : "Vous n'avez pas de chance, Blanche, me disait-il, ma belle-sœur est d'une rare pingrerie, ce qui n'est pas courant chez les Declercq. Ce serait trop compliqué de vous expliquer." Notez que M. Patrick lui aussi avait un petit défaut du côté de la piécette. Depuis qu'il était petit garçon, on payait pour lui, jamais un sou dans le veston. Il devait penser que depuis l'origine des temps, il avait un ange gardien préposé à la billetterie. Quand il partait chasser en Alaska, une flottille de voitures trimbalait son bazar. Je l'ai vu s'arrêter au moment de démarrer, monter quatre à quatre les escaliers pour demander à Mme Sylvie des cent sous en vue de solder les pourboires.

« Ils étaient gentils. D'après eux, je faisais partie de la famille. Le problème, monsieur Debief, c'est que j'ai des frais. Pour moi, je m'en fiche, mais j'ai un neveu gendarme. Toujours bien noté. Il a fait carrière à Limoges, et va prendre sa retraite comme adjudant-chef. Une vraie tête pensante. Avec sa femme et les deux enfants, à la fin de l'année, ils viennent me présenter leurs vœux. Je les loge à l'hôtel, près des Ternes, je règle séjour et étrennes, avec ce que je peux gratter ici ou là. Chaque semaine, ils y vont d'un petit coup de téléphone, des braves timides. Ils comptent sur moi, c'est normal, je vais sur ma fin. Ils pensent légitimement toucher ce que j'ai mis de côté. Voilà mon hic, qu'ils se retrouvent avec des nèfles ; ça m'embêterait, question de standing.

« C'est pourquoi je suis venue vous voir, en catimini. Tout cela restera entre nous, monsieur Debief ? Les choses me tarabustent. On a sa conscience. Voilà. Du temps de Mme Sylvie, il m'est tout de même venu quelques idées. Elle passait d'une chose à l'autre, d'un téléphone au suivant, toujours l'écouteur à la main, me sonnant, et en même temps me demandant sa cassette à bijoux. Il y avait un coffre dans le mur, derrière un cadre, avec des masses de bracelets, de bagues, de colliers, de rubis, de diamants, d'émeraudes. Mme Sylvie, c'était le caprice. Il me fallait sortir ceci ou cela vite, vite, au risque de me piquer les doigts. Je devais rester assise, elle sur le lit, avec l'écrin sur le ventre. Elle essayait les bagues sur mes doigts, elle les trouvait fins, des doigts de dame. À chaque fois, elle me donnait le poids des pierres — onze carats, quarante carats —, l'origine : le saphir était du Brésil, le rubis du Cachemire... Elle jouait avec moi à la marchande, comme une petite fille. Ça l'amusait. Puis, passant à autre chose, elle me chargeait de tout remettre en ordre. Mettez-vous à ma place, monsieur Debief : la combinaison du Fichet, je la connaissais par cœur. J'ai même mis madame à l'épreuve. J'ai commencé par un petit carat, taille émeraude, modeste, juste pour voir si elle allait le remarquer. J'étais dans tous mes états, la fois d'après, quand elle a mis le nez dans l'écrin, touché à tout. Mais elle n'a rien dit, ni cette fois ni les suivantes. À croire que ce qu'elle perdait de vue n'avait jamais existé.

« J'ai continué. Ça ne lui portait pas tort parce qu'elle ne s'en apercevait pas, alors qu'à moi, ça faisait du bien, vous me comprenez ? Depuis que je suis à la retraite, une ou deux fois par mois, le lundi après-midi, je prends le métro à Courcelles, changement à Villiers, direction Richelieu. J'en ai vendu quelques-uns à Drouot, ça me fait un petit magot. J'ai un coffre, moi aussi, maintenant. De temps en temps, je descends à la salle et, loin des indiscrétions, j'étale mes écrins, comme faisait madame de son vivant. Si elle me voyait, elle pourrait se fâcher, mais je pense plutôt que de là où elle est, ça doit la faire rire. Elle n'a jamais été méchante. Finalement, ça grimpe tout ça. J'ai pensé à m'acheter un cinq-pièces rue de Clichy. Je pourrais m'offrir plus petit avenue Foch, ça serait chic, Blanche Rascat, avenue Foch. Mais finalement ça me ferait du souci. Les gens que j'aimerais inviter, ceux que je vois à la télévision, je ne les connais pas, alors je demanderais à qui ? Non, je serai bien plus à mon aise rue de Clichy. Et ça conviendra mieux à mon neveu, plus tard. C'est pourquoi je suis venue vous demander conseil, pour les placements, et pour le testament. Vous devez bien connaître un bon notaire. Ça vous ennuierait de me recommander ? Peut-être vous réprouvez...

— Blanche, vous avez bien fait. À votre place, qui sait, je n'aurais sans doute pas agi autrement.

— Vous êtes un brave garçon, monsieur Debief. Je l'ai vu tout de suite, la première fois que vous êtes venu à Courcelles. Ça en fait du temps... Je me suis dit : celui-là, il est des nôtres, les riches, ça l'intimide. J'étais sûre que vous me comprendriez, même si vous êtes devenu un fortuné vous aussi. Je n'ai pas d'instruction, mais j'ai appris une chose, en servant chez les Declercq : tel qu'on est, on le reste, et ni l'argent ni le temps ne changent ça. Moi, je m'y connais en repassage. C'est pourquoi on m'a engagée. Vous, votre partie, c'est les affaires. Dans le fond, c'est du pareil au même, monsieur Debief. »

Vieille citadelle encore debout

« Si j'en crois ce qu'on dit, j'aurais atteint le bel âge. Je ne sais pas encore très bien s'il s'agit de celui du temps où l'oncle Émile était mon tuteur, ou celui que j'ai aujourd'hui. Touche, Jean-Robert, est-ce que c'est ça, le bel âge, franchement ? »

Les masses charnues se dissolvent, qui, hier encore veloutées, roulaient sous les paumes de la masseuse, comme les vagues sur une mer paisible. Pour Mathilde, dorénavant, la régularité des ondes avait tendance à se muer en masses hirsutes de moutons gris. Elle appréhendait de palper sa peau, de porter le regard sur ce que révélaient les lumières crues de la salle de bains, conçue pour lui confier, dans la solitude de la toilette, la vérité. Mais était-ce seulement une question d'éclairage, car qui aurait encore envie de caresser semblable basane grumeleuse ?

« M'imagineriez-vous pareille à ces Californiennes, à ces plantureuses Koweïtiennes, à ces Américaines octogénaires sèches et décharnées, qui se contentent d'un bol de riz, d'un laitage allégé, d'enzymes lyophilisés, décharnée, acharnée à occuper le terrain que les hommes épouvantés m'abandonneraient ? Je me contrefiche de ce que je fus dans le temps. Vous me connaissez, je n'ai pas une nature à pleurer sur moi. Ruine, je ne suis pas assez vénérable pour être sauvée par les Beaux-Arts. Je vous ai souvent surpris, ces derniers temps, à me regarder avec attendrissement. Ne prenez pas cet air hypocrite. Vous savez tout de moi. Vous eussiez fait un bon flic. Mais ce que vous ignorez, c'est que, depuis quelques mois, quelqu'un, appelons-le quidam, s'intéresse à moi. Je devine ce qui peut l'animer, mais, tel qu'il est, il est plaisant. J'ai grand souci, non pas de lui plaire, pas myope ! mais de demeurer encore un instant présentable, qu'il n'éprouve pas de gêne à me sortir. »

De ses paumes, elle remonta ses joues. Jean-Robert observait ses mains longues, ridées, tachées.

« Je trouverais, paraît-il, profit à me confier aux soins d'un certain Brésilien, grand restaurateur de chérubins en péril. À quoi bon, mon visage refait, c'est la perspective de retourner vers mon passé. Tu me connais, aspirante au plaisir, je n'ai cessé de l'être, mais la nature m'a toujours refusé cette petite chose qui embrase. Me faire remonter le faciès, avancer sous un masque ? Je crois en avoir fait le tour. Rôdant dans les carnavals, il m'est arrivé de me fondre dans ces mondes un peu glauques, vaguement partouzards. L'idée m'excitait, je croyais toucher au but. Ça a commencé à Venise. Prétextant une invitation chez une amie, à Bologne ou à Lucques, je retenais sous un nom d'emprunt une chambre au Wildner, au Paganelli — ne cherche pas, tu n'es jamais allé dans ces petits hôtels. En pleine noce, courant de l'un à l'autre, une bouche, un geste, un frôlement. Je me mêlais à ces admirables travestis : velours de Gênes, brocarts de soie lyonnaise, le tout taillé dans des chiffons à deux lires le mètre. Masqués de cartons blafards, ceints de mystère bleu nuit, Casanovas et doges cruels, ils allaient et venaient, bougeant comme des algues dans une mer chaude. Pour un soir, folle, intimidée, je me laissais entraîner par un Pantalon le jour cuisinier à l'Adriatico ou barman à l'Antica Panada, en vain. J'ai erré à Bâle, à Munich. Je me suis dit qu'à Rio, ça pourrait peut-être changer.

— Si l'idée te séduit, dit Jean-Robert, cours à Rio. Un télex, et je retiens un appartement.

— Peine perdue. J'en viens. Pitanguy, ce n'est pas le nom d'un bistrot, mais celui d'un ratisseur de bajoues qui fait florès là-bas. Ça sert, le nom de Declercq. En un tour d'horloge, j'avais le rendez-vous. Plutôt bel homme. Il a fait un tas de photos, m'a pincé le cou, m'a enfoui des doigts de feutre dans le menton. À l'entendre, six semaines plus tard, j'aurais eu l'air sinon d'une bachelière, du moins de sa mère. Pas trop d'illusions quand même : trop vite vous vous retrouvez telle que vous étiez avant son intervention. J'ai compris : Rio et ses métamorphoses, pas pour moi !

— Alors, qu'attends-tu de moi ? demande Jean-Robert.

— Rien. T'entendre me rassure. Il faut me dorloter, border mon lit de vieille, en douce me faire comprendre que je n'ai plus d'autre espoir que tailler une bavette avec toi. Je t'ennuie, comme d'ailleurs bientôt je vais lasser ce... quidam.

« — Quidam, ce n'est pas un nom !

— Plus tard ! »

Elle croisa les yeux de Jean-Robert. Elle hocha la tête. Il lui sembla qu'elle tremblait un peu.

« Je suis vieille. Je crois l'être depuis que l'oncle Émile, de bonne foi, s'était mis en tête de me "révéler", c'était son mot. Il me disait : patience, ça va s'arranger. C'est pourquoi mon petit quidam me plaît bien. Sans façon, une ou deux fois par semaine, il se glisse dans mes draps. Il bande : c'est à ne pas croire ! J'y pense : ce serait gentil de lui offrir un petit studio. Quand on le peut, il faut encourager les jeunes. »

Le téléphone sonna. Elle tendit la main.

« D'Athènes, c'est pour toi. Un certain Scounis, tu connais ?

— Un Grec, marchand de bois, à propos d'un lot enlevé en Bosnie. » Et, posant la main sur le récepteur, il se tourna vers Mathilde : « J'ai parfois le sentiment que toi et moi, nous sommes Mme et M. Faust, condamnés à s'ébattre jusqu'au Jugement dernier. Qu'y pouvons-nous, si notre liaison ne nous a pas apporté l'un à l'autre ce que nous attendions ? Les choses ont peut-être mal commencé : c'était toi la patronne, et moi qui me laissait acheter, émerveillé par toi. »

À l'approche de ses quatre-vingts ans, Mathilde n'espérait plus guère de l'existence que de vivre protégée, sinon heureuse. Pourquoi devenir la proie des chirurgiens plastiques, des diététiciens ? Dix ou quinze ans plus jeune, à quoi bon si ce n'est pas pour « jouir » ? Fidèle au coutumier des romans et des magazines, elle avait admis qu'un homme peut aimer une vieille dame, mais il lui semblait inconcevable qu'il la mette dans son lit. Il fallut que Bobran entre dans sa vie par une porte de service, « quidam » qu'elle tenait secret, pour que se passe ce qui jusqu'alors ne s'était jamais produit. À peine l'effleurait-elle qu'il s'embrasait, prenant son temps, la regardant sans la dévisager, comme si, en se balançant au-dessus d'elle, doucement, sans heurt ni violence, il attendait son acquiescement. Elle devait mimer sa meilleure scène ; comme elle l'avait toujours fait, se disant qu'à rusé, rusée et demie, elle rendrait sa monnaie à l'Ottoman. Or, ce qu'elle ressentit ne lui était jamais arrivé. Souhaiter l'étreinte, n'était-ce pas déjà marque de tendresse ? Pour la première fois de sa vie, tout fut aisé, son corps s'ouvrait ; vieille citadelle encore debout, enfin elle se rendait. Fière, elle disait : « Je suis une vieille femme, regarde mes bras, plus de muscles, toutes ces rides ! »

Il lui plaquait la main sur la bouche. « Vous et moi, ça marche, pourquoi chercher autre chose ?

— Je pourrais être ta grand-mère !

— Et alors, dans mon village, surtout quand l'hiver est rude, père, mère, fille, garçon, on ne va pas chercher plus loin. C'est un peu de bon temps qu'on prend, nous sommes des gens simples. »

Observant Mathilde, Jean-Robert se demandait si l'un de ses conseillers médicaux — il n'en manquait jamais à Courcelles — n'avait pas trouvé la panacée.

Elle remerciait Ciel et destin qui, après avoir fait d'elle la femme aux biens pléthoriques, lui avait enfin permis de réaliser son grand dessein : parvenir à l'orgasme.

Longtemps grimpée sur le podium dressé par le journal *Fortune,* caressée du regard par les envieux qui rêvaient de la toucher comme jadis les lépreux espéraient être effleurés par la main du roi de France, voilà que Mathilde aimait comme Madame Éros en personne. Elle qui avait sacrifié le plus clair de son temps à des bonshommes, toujours concentrée sur son sexe froid, jugea que le moment était venu de récompenser le Dieu de miséricorde. Ça tombait bien. Une des fondations que « Forêts et Coupes » patronnait avait un problème de trésorerie. Le professeur Lucien Caille, en liaison avec les meilleurs de ses confrères, français et étrangers, s'efforçait de cerner le grand mal. Mathilde avait un faible pour le petit Caille, comme on l'appelait dans le service, quadragénaire à l'interminable dégaine adolescente, perdu dans ses préoccupations, les yeux rivés sur ses malades. Bien fait de visage, mignon, jugeait Mathilde, qui ne lui avait guère prêté plus d'attention qu'aux autres, croisés lors des réunions qu'elle présidait. En plus d'appartenir à l'élite du savoir, Caille avait un étonnant jugement. Souvent à la limite de l'impolitesse envers tout ce qui ne concernait pas ses malades, attentif seulement à lorgner une tache, à palper une induration sur l'aine, à toucher à tout sans un regard pour le patient, encore moins pour ce qui l'environnait, Caille poursuivait ce bonhomme de chemin de croix, n'écoutant que son intuition.

À l'issue de la réunion trimestrielle, où l'on avait déploré l'absence d'un appareil expérimenté à Boston, dont on attendait beaucoup mais qui coûtait les yeux de la tête, bien plus que les caisses vides du ministère de la Santé ne pouvaient débourser, le petit Caille retournait sans un mot à ses diagrammes et à ses patients, lorsque Mathilde le tira par la manche : « Venez donc dîner chez moi.

— Le temps manque, madame.

— Votre machine, commandez-la.

— Mais le prix ?

— Cela vaut bien un dîner, non ? »

Quand il arriva, dans sa veste usée, déformée, elle pensa que l'habiller eût également été un bon investissement. Juché sur la pointe des pieds, il regardait les tableaux. De ses doigts longs, fins, plus mobiles que les antennes de plantes marines, il frôlait les tables chargées de vermeil, de cristal de roche. Il touchait à tout. « Avant de venir jusqu'ici, je n'aurais jamais imaginé que, derrière les murs de ces maisons, se dissimulaient tant de choses.

— Vous aimez les objets, les tableaux ?

— J'aurais pu, mais depuis que je suis sorti des écoles, des lycées, du service militaire, de l'université, je n'ai jamais eu d'autre loisir que de contempler des corps, des radiographies. De même, j'ai abandonné l'espoir de fonder un foyer. On n'épouse pas des curés, c'est un peu ce que je suis. Je me perdrais, si j'habitais ici.

— Je voulais vous expédier je ne sais quoi, du vin, pour je ne sais quel Noël. Votre secrétaire m'a appris que vous viviez à l'hôpital.

— Exact ! L'administration, bon enfant, ferme les yeux. Je me suis aménagé un coin, un bureau, de la place pour feuilleter des revues, des dossiers, ainsi je prends le pouls de mon service. À ce propos on vous doit beaucoup ; hier, à peine ai-je eu le temps d'exprimer un souhait, que ce matin il est comblé.

— J'espère que votre machine vous donnera satisfaction. On m'a communiqué les photos : pas plus grande qu'une machine à expresso. Si elle ne vous sert pas, nous pourrons toujours en user à l'office, le café n'est pas très bon. Encore une tasse ?

— Non merci, je file à l'hôpital.

— Si pressé ? Vous êtes de garde ?

— Ce n'est plus de mon âge, mais c'est tout comme. La nuit qui vient, je vais la passer là.

— À pareille heure, qu'y a-t-il de si passionnant à voir ?

— Eh bien venez, je vous emmène. »

Elle eut du mal à le suivre, tant il marchait vite dans les couloirs de l'hôpital.

« Prêtez une blouse à Mme Declercq.

— Violette dort. La nuit a plutôt été paisible, mais elle souffre à nouveau. Il y a une demi-heure on en était à 5-8, la température a encore baissé : 36,2°.

— Qu'on lui donne encore un peu de plasma. Une tension trop basse risque d'endommager son rein. »

Le corps était menu à l'extrême, on avait dû le glisser sans avoir même besoin de défaire le drap. La tête semblait posée sur l'oreiller, si légère que le pli était à peine marqué.

Violette dormait, geignant de temps à autre. Au pied du lit, Caille souleva la plaque où était appliquée la feuille de température. À la recherche du pouls comme s'il s'agissait de saisir l'aile d'un papillon rare, évitant de soulever l'avant-bras, il hasarda un doigt.

On se retrouva dans le bureau vitré réservé aux internes. « Dans une demi-heure, donnez un peu de sang. Elle va probablement mal le supporter. Quand elle se réveillera, j'irai lui faire un brin de conversation. »

Il invita Mathilde à prendre place. À l'infirmière, il demanda un peu de café. Sans mot dire, ils restèrent assis devant leurs tasses vides. En dépit d'une lumière grisâtre, le petit jour perçait. Violette, du bout des lèvres, tentait de boire une gorgée de jus d'orange. Elle ne se plaignait pas. Simplement, tournant la tête, elle dit : « Je souffre. »

— Un peu d'oxygène, chuchota Caille à l'oreille de l'infirmière.

— Alors, Violette, on me dit que vous avez passé une meilleure nuit. »

Elle demeura silencieuse pendant qu'il posait le stéthoscope sur son thorax plat, le promenant doucement. « Ça va aller mieux, ça va marcher cette nouvelle thérapie. Je suis drôlement content. Elle fait des miracles, en augmentant légèrement la dose, vous allez vous sentir mieux. »

De l'index il tapota le goutte-à-goutte.

« J'ai tellement envie de dormir.

— Bon signe, mon chéri, laissez-vous aller. »

Son assistant venait d'entrer, plus blême que sa blouse. Sans cesser de tenir le poignet de la dormeuse, Caille lui présenta Mathilde. L'infirmière, l'œil sur le tensiomètre, fit un signe de tête. Caille lui souleva les paupières : le moment était venu. Il se pencha sur la malade qui reposait paisiblement. Les lèvres remuaient sans qu'un son n'en sorte. Il lui caressa la joue. « Alors Violette, comment ça va ? » Malgré ses traits trahissant une immense fatigue, il adoptait le ton jovial de l'amateur de beaujolais nouveau. Violette hocha la tête. Sans ouvrir les yeux, Mathilde murmura : « Est-ce qu'elle entend ? »

Il agita la main pour dire comme ci, comme ça... Du bout du doigt, il effleura le tuyau transparent, comme s'il avait décidé que tout devait s'activer. « Vingt-sept pulsations. » Un moment s'écoula. « Dix-huit », reprit l'infirmière. La respiration se faisait plus rauque ; l'assistant, à l'écoute du stéthoscope, murmura : « Ça passe mal. »

Le jour envahissait la pièce, Caille se pencha encore. « Il va faire beau aujourd'hui. » « Trois », dit l'infirmière. Il ferma les yeux, écouta le stéthoscope, attendit un long moment puis se releva, passant une main légère sur le visage de Violette.

« Cinq heures quarante-deux. Fini. Je signerai le rapport avant la consultation.

— Des parents à prévenir, monsieur ?

— Je la suis depuis trois ans, personne ne s'est jamais manifesté. Pas de famille, la petite Violette. À ce qu'elle m'a dit un jour, même pas un homme. »

Il caressa son front, saisit la main qui déjà se grisait. Puis, se levant : « Je vous raccompagne, madame ?

— Je n'ai jamais eu aussi peu envie de dormir. Que diriez-vous d'un peu de champagne. Vous devez mourir de soif.

— De soif, de faim, et de fatigue. Je reste ici, c'est chez moi. La consultation commence dans trois heures.

Je vous raccompagne jusqu'au portail, vous trouverez des taxis.

— Je n'ai jamais vu quelqu'un mourir. Ça a l'air si simple.

— Apparemment plus que de naître, ajouta Caille, et en général cela fait moins de bruit. Toutefois, il faut être prudent : qui se souvient de ses premiers moments, qui peut témoigner de l'heure ultime ? Depuis l'origine, c'est la vraie question, on aimerait savoir, mais personne n'est venu relater l'événement. Il appartient aux archives secrètes, pas encore ouvertes au public.

— Elle n'a pas l'air d'avoir souffert.

— Qui sait ? Sinon qu'endormir la douleur, c'est ce que nous savons assez bien gérer.

— Vous êtes toujours présent, comme ce matin ?

— J'essaie. Le bourreau est fantasque, il n'a pas d'horaires. La petite Violette est entrée ici, je ne sais même plus la date, expédiée par un autre service. Ceux qui aboutissent ici sont le plus souvent perdus. J'appartiens à une famille de pasteurs cévenols. Tout enfant, j'entendais dire que nous devons nous tenir prêts à tout moment. La mort n'est ni une condamnation ni une damnation.

— Pourquoi m'avoir emmenée, cette nuit ?

— Peut-être ma seule façon de vous manifester notre gratitude, peut-être aussi pour vous montrer qu'à l'instant dernier, il n'y a plus de riches ou de pauvres, de jeunes ou de vieux. Allez dormir, madame. »

En retournant vers Courcelles, traversant les rues encore vides, Mathilde eut le temps de comprendre qu'en croyant avoir tout connu de la vie, elle n'en avait vu jusqu'alors qu'une aimable façade, quelquefois cocasse et souvent futile. Malgré tous les hommes qu'elle avait croisés, qui l'avaient tenue dans leurs bras, sous le corps desquels elle avait, avec tant d'acharnement, tenté de percer un des secrets de l'existence, il avait fallu attendre le petit Caille, et Bobran, pour, au soir de sa vie, trouver enfin des éléments de réponse aux questions qui n'avaient cessé de la préoccuper.

Dans cet étage de Courcelles que jamais elle n'abandonna, elle ne se lassait pas d'ouvrir les albums de photographies si bien tenus à jour.

Un jour, au dernier étage, dans une armoire, elle retrouva une houppelande doublée de zibeline, un vêtement qui évoquait les voyageurs contemporains de Jules Verne, en drap gris foncé uniforme. C'était celle que son père s'était fait tailler, qu'il avait oubliée — il oubliait tout — et qu'il lui avait offerte en la voyant s'émerveiller du fourrage. Elle l'avait emportée à Saint-Moritz, au vestiaire de l'un de ces lieux élégants où les skieurs se reposaient. Il faisait chaud, ce jour-là, le soleil était ardent. Ce n'est que rentrée à Paris qu'elle s'aperçut de la disparition.

Son passé, les souvenirs d'antan, les visages qui en émergeaient, les voix lui apparaissaient comme autant de figurants rieurs dansant sur les tréteaux de son théâtre. Lorsqu'il lui arrivait de revoir, par l'un de ces télescopages du temps, un ami perdu de vue depuis longtemps, elle s'étonnait d'avoir conservé la mémoire de son timbre de voix. C'était à peu près tout ce qu'il restait aux gens de son âge : une voix intacte. À les entendre, sa coquetterie ressuscitait. Elle riait :

« Ne t'inquiète pas ! Tu vas retrouver ta Mathilde telle que tu l'as connue il y a bientôt un demi-siècle, telle qu'elle s'abandonnait dans tes bras, lorsque apprêtée par quelques artifices, elle faisait encore illusion. Tu n'as pas changé. Un de ces jours, nous retournerons boire du pétrus dans l'un de ces restaurants qui nous paraissaient si aimables. La bouteille à peine entamée, le temps sera aboli. »

Elle rêvait. Le bonhomme la prendrait à nouveau par la taille, elle se reprendrait à frémir, vieux tronc auquel il pousserait des branches. Elle souriait, le désir au bout des doigts. Pas une seconde à perdre. Les hommes ne vivent-ils pas moins longtemps que les ormes ? Jean-Robert, elle l'aiderait à enfiler son manteau. Ils se sépareraient : « À bientôt, c'était charmant. » On ne se dirait pas : « À dans vingt ans. » Elle serait alors centenaire.

IV

LE RADEAU DES CIMES

Dans le nobiliaire des Bottin

Ce matin d'octobre, le 6 précisément, les agendas en font foi, Mathilde avait réuni le directoire. Jean-Robert, ce jour-là, était à Stockholm, discutant avec des fonctionnaires suédois exigeants et tatillons d'une nouvelle réglementation douanière, afin qu'elle cesse de trop peser sur les bois en provenance des pays de l'Est.

On passa ensuite à un sujet totalement différent, concernant des « trucs » absolument nouveaux, les autoroutes de l'information, qui laissaient augurer que de tous les coins de l'univers, il serait quasiment possible de gérer arbre après arbre sa pousse, son développement. Chaque forestier disposerait alors de son terminal, en l'occurence d'un ordinateur pourvu d'un écran de haute définition. Benedetto Ottavioli, celui qui à Vendôme gérait la masse de papier nécessaire à la Péninsule, fit connaître son point de vue ; l'initiative l'inquiétait. Subtil à l'extrême, courtois mais ferme, il s'opposait à Mathilde, « madame la présidente » — il prononçait ces mots de sa façon inimitable, comme si chaque fois, avec ses dents, il écrasait une coque de noix. Mathilde était d'humeur pointue. Réveillée à trois heures, elle allait se rendormir lorsque, de Vendôme, on lui avait rappelé la tenue de cette réunion à huit heures.

Le café circulait, Ottavioli redemanda la parole, pour dire que le café français n'arriverait pas à le sortir de la torpeur dans laquelle il menaçait de sombrer en écoutant les six spécialistes qui depuis deux heures déjà s'efforçaient de disséquer les particularités de chacun des satellites, les avantages de tel ou tel commutateur. L'Italien reprit : « Madame Mathilde (là le mot coulait plus aisément, il n'y avait là rien à broyer, sinon la résolution de la patronne), autant que j'aie pu le comprendre, et j'avoue que c'est ardu avec ces autoroutes de l'information, il serait possible de repenser absolument la forêt, de la reprendre telle qu'elle pouvait se présenter il y a cent mille siècles. »

Une pause s'imposait. Mathilde s'était approchée d'Ottavioli : « Alors cher péninsulaire, vous êtes résolument hostile à ce projet ?

— Disons plutôt contre. J'ai été élevé à l'écoute de Leopardi, notre grand poète, qui a toujours eu une sainte horreur du présent. » L'huissier s'approcha. De Rome Mme Ottavioli demandait à parler à son époux. Lorsqu'il s'en revint, Mathilde lui demanda si ce matin les cieux romains étaient plaisants. Il sourit : « Radieux ! »

Elle reprit la parole, disant qu'elle-même, au début de ce siècle, contemporain du premier poste téléphonique et d'une robe de Doucet, le couturier alors à la mode, il lui semblait que la conception du téléphone, aujourd'hui une si vieille chose, n'était peut-être pas

si éloignée de ce « truc » nouveau, apparemment diabolique, l'autoroute de l'information. « À Vendôme,
reprit-elle, le téléphone fut un coup de l'arrière-grand-
père. C'est pourquoi sans que je comprenne grand-
chose à ce que je viens d'entendre à propos de cet
appel d'offres concernant des sociétés de télécommunications, je pense qu'il faut se garder de rejeter toute
forme de modernité. Toute jeune fille — je devais
avoir une quinzaine d'années —, un des responsables
des bureaux d'études m'avait confié qu'à l'issue du
siècle dernier, il avait été lui-même témoin d'une âpre
discussion à propos de l'installation du téléphone, système alors quasi révolutionnaire qui permettait de
s'entretenir à distance et hors de toute vue. En février
1897, à l'issue de la réunion hebdomadaire qui se
tenait place Vendôme chaque mercredi matin, et cela
depuis plus d'un siècle, l'aïeul avait fait savoir que le
ministre du Commerce et de l'Industrie, soucieux de
converser de temps à autre avec lui, proposait de faire
installer par les services du Génie militaire un câble
qui, jeté entre son ministère et "Forêts et Coupes",
permettrait de dialoguer. De la sorte, il serait possible,
sans avoir à se déplacer, sans même avoir pris rendez-
vous, de s'entretenir avec la Défense nationale, les services du ministère de l'Intérieur ou même nos clients.
Mais qu'arriverait-il si l'un ou l'autre n'était pas disposé à prendre le contact ? Il suffirait donc qu'un fac-
teur s'avise d'user de ce procédé pour déranger le
président, en quelque sorte pour s'immiscer au sein de
l'entreprise. En outre, pareille installation, avec des
dérivés dans plusieurs bureaux, serait onéreuse, d'autant que pour desservir l'ensemble des locaux, ce n'est

pas un poste qu'il faudrait mais une quarantaine ; et ce central, on devrait le caser à distance des bureaux, peut-être derrière les vestiaires, de façon que si d'aventure quelqu'un demandait l'un d'entre nous, la vieille Mme Marguerite qui veillait sur le vestiaire fût en mesure d'aller nous prévenir.

« Finalement le progrès l'emporta. La fierté du grand-père fut évidente lorsqu'il reçut des PTT, sous une couverture verte administrative, la liste des abonnés au réseau téléphonique de Paris en date de janvier 1890 : le premier du genre. L'idée d'y voir figurer "Forêts et Coupes" l'enchantait, telle une marque hautement distinctive ; il était fier comme si, après des siècles de roture, un Declercq avait trouvé son nom dans le nobiliaire de d'Hozier, cet ancêtre des Bottin. Il est vrai que, dans cet annuaire, il y avait moins d'inscrits qu'on n'en trouvait dans l'almanach de Gotha. Il avait tout de même été convenu avec le ministère qu'en aucune manière à titre personnel un Declercq n'entendait y figurer, qu'en cas d'urgence, on aurait toujours la possibilité de s'adresser aux "Pavés de Bois", 31, rue de Provence ; pour les constructions à "Mathieu frères", 63, rue d'Allemagne ; pour les bois exotiques, à Jules Hollande, 51, rue de Charenton ; pour les bois du Nord à Léon Rousseau, 150, boulevard Malesherbes. À travers ces filières, on pourrait peut-être parvenir jusqu'au saint des saints. Il faut ajouter que dans les notes écrites par Zola, lorsqu'il projette d'écrire *L'Argent,* le nom de Declercq apparaît avec un *c,* puis finalement avec un *q.* »

Koweït City

À la fin des années quatre-vingt, Jean-Robert fut pris dans un tourbillon. À Vendôme, on ne connaissait plus un instant de répit, tant les problèmes se révélaient complexes. Face aux réactions des pays occidentaux, en butte aux demandes pressantes du tiers monde, soucieux de recevoir, sans trop de compensations économiques ou financières, des transferts de technologies, Jean-Robert conseillait la prudence. On s'attendait à des raidissements de Washington. Or, faisant volte-face, le Département d'État laissa entendre qu'il ne verrait plus d'un mauvais œil, du moins pour un court moment, Paris céder aux exigences africaines. Jean-Robert opina, mais il n'allait pas se tromper : dans les dix ans à venir, les pays allaient être en manque d'essences rares, et particulièrement de pâte à papier.

En janvier 1988, il exposa au directoire sa politique : « Dorénavant, prenons tout ce qu'il est possible de stocker. Dès le début du nouveau siècle, l'Occident sera preneur à tout prix de toutes les productions sylvestres. » « Morgan frères » New York obtempéra,

277

laissant entendre qu'il serait désormais disposé à fournir aux Européens des garanties financières notables. Comme l'exigeait leur coutumier mutuel, Mathilde donna à Jean-Robert son sentiment ultime, à savoir que la politique générale de la maison commandait plus que jamais de mettre un frein à la fièvre destructrice des forestiers, notamment des Brésiliens. En revanche, il fallait favoriser les activités des Chinois. « Si j'avais trente ans de moins, dit-elle, plutôt qu'à Tokyo, je tiendrais volontiers mes bureaux à Nankin, et à Shanghai. »

Les propos échangés ce jour-là furent assez importants pour qu'ils décident, comme ils le faisaient dans les moments hautement sensibles, de les consigner dans des procès-verbaux que Jean-Robert gardait dans un coffre, de façon que tout cela demeure. Vers vingt-deux heures, il se retira : que nul ne se préoccupe plus de lui, il rentrerait à pied. « Incorrigible, dit Mathilde, tel que je te vois, nerveux, de ce pas tu files aux putes. » De la rue de Courcelles, il emprunta le boulevard des Batignolles, glissa jusqu'à la place Clichy, qui ce soir-là devait être moins encombrée que les eaux du Golfe.

Véronique était séduisante avec ses bas roulés au-dessus du genou, laissant entrevoir largement une fraction de ses lieux de plaisir. « J'ai une spécialité tout ce qu'il y a de plus inédite, tu m'en diras des nouvelles. » À Véronique, Jean-Robert faisait volontiers confiance, mais ce soir il n'avait pas la tête à ça.

À trois heures du matin à Vendôme, les dépêches trahissaient la nervosité ; une livraison de bois à destination de l'Irak préoccupait émirats et sultanats. Au lever du jour, au coin de la rue Duphot, la vitrine de Beresford était encore allumée. De New York et de Montréal, les informations convergeaient, éloquentes. On allait « manquer », les cours du papier journal avaient repris leur hausse, les Anglais s'impatientaient. Sur l'heure, il importait de peser sur les Finlandais qui, plutôt que de proposer des conditions satisfaisantes, faisaient les yeux doux à la Corée, le grand client de demain.

À la conférence de huit heures, Jean-Robert récapitula. Mauvais signe : partout autour de l'océan Indien on était à court de bois, de ces essences lourdes qui allaient servir, tout semblait l'indiquer, à caissonner du béton contre lequel viendraient buter la coalition occidentale et ses engins. Au secrétariat, on lui rappela qu'à dix heures, à Boulogne, dans une clinique il avait rendez-vous afin de vérifier quelques séquelles d'une ancienne histoire à l'œsophage. Cela tombait mal : Jean-Robert, las, aurait préféré remettre à plusieurs jours. On insista, il dut ingérer une pilule, un calmant, un je-ne-sais-quoi pour éviter les contractions. On lui enfourna un tube dans l'estomac. Une indifférence absolue le gagnait à l'égard de ce qui se déroulait autour de lui. Une semaine semée d'embûches. Quelle réponse devait-on donner à la demande persistante de papier ? Le Brésil, le Canada étaient en net désaccord. De Bruxelles, la commission répondait positivement. N'était-ce pas bon pour les affaires ? En même temps, à Madrid, à Berlin, en Russie, les clignotants se mettaient au rouge. Il fallait du papier, toujours plus. « Alors, payez-le », répondait le Canada, et d'heure en heure, de Montréal, de Toronto, les exigences croissaient au rythme d'un ou deux points par jour. Jamais papetiers et courtiers n'avaient enregistré de tels bénéfices.

La planète en fièvre, assoiffée, à grandes gorgées avalait la forêt. À Vendôme, où d'ordinaire la patience prévalait — on en avait vu d'autres —, on prit peur. Une fois encore les forestiers s'affrontaient aux financiers. Pour éditer un numéro du *New York Times* il fallait sacrifier huit hectares de forêts. S'ensuivraient de nouveaux holocaustes ; dans cinquante jours, pour fêter Noël, les Canadiens prévoyaient d'expédier quinze millions de sapins à destination des États-Unis. Dans le même temps, l'inquiétude gagnait les pays occidentaux, qui redoutaient le moment où les monarchies du Golfe allaient appeler à la mobilisation contre l'Irak.

Par deux fois en moins de dix semaines, Jean-Robert s'était rendu à Bagdad. Là, le bois manquait, on était disposé à le payer cher, contre du « brut ». À trois heures, une note tombait, il était urgent que le patron de « Forêts et Coupes » joigne le Quai d'Orsay. Quelques semaines après, le 1er août 1990, à vingt-trois heures GMT, les troupes irakiennes faisaient mouvement. La guerre du Golfe venait de commencer. Pour Jean-Robert, plus un instant de sommeil, pas le temps de se dévêtir, on s'attendait à compter les morts par dizaines de milliers, à dénombrer les convois torpillés. On ne vendait plus rien, ni les cerises chez Hédiard, ni les appartements, ni les commodes Louis XV, seules les petites dames continuaient à donner leurs paris au PMU, comptant sur ces conflits pour arrondir leur petit magot. La guerre, c'est bien connu, ça énerve les hommes, c'est bon pour le négoce.

Jean-Robert, depuis trois jours enfermé dans son bureau, divan replié, n'avait guère trouvé le temps de fermer l'œil. Il eût voulu entendre Mathilde, mais Rolande, la veille au soir, l'avait trouvée patraque. Jamais Jean-Robert ne s'était senti aussi seul. Pourtant, autour de lui, économistes, financiers, techniciens grouillaient, fascinés par leurs ordinateurs. La tentation était grande d'engranger des milliards de dollars, quitte à déboiser à mort. Ou bien devait-on s'en tenir au vieux principe : épargner le naturel, ne jamais oublier qu'il faut des siècles pour remplacer ce qu'on a rasé, calciné. Il se souvenait de ses errances en forêt avec Mathilde, il y avait de cela une dizaine d'années, comme ce jour où, au Danemark, ils avaient rendu visite à un chêne âgé de huit cents ans. Six mois plus tard, sur les pentes de l'Etna, le père Riquetti, forestier au Vatican, soulignait-il en souriant, les avait invités à caresser un châtaignier sous lequel, selon la légende, il y a plus de mille ans, s'était arrêté Frédéric de Hohenstaufen, enchanté de trouver là un peu d'ombre. Et souvent, en sortant du Dodin-Bouffant, ils passaient saluer, square Viviani, le plus vieil arbre de Paris, le robinier au tronc tordu planté en 1601 par un Declercq.

Cinq heures du matin, il allait s'écrouler sur son lit, lorsque le téléphone carillonna. Un jour pointait, grisâtre. Il avait donc dû s'endormir. Il reconnut la voix, celle de l'Albanais : l'heure du bourreau, c'était bien de cela qu'il s'agissait. « Pardonnez-moi, monsieur, c'est Bobran. Mme Mathilde... est morte. »

La voilà donc, la vraie nouvelle, la sinistre, celle qu'inconsciemment, depuis des mois, Jean-Robert appréhendait.

Pourquoi trop tard, Mathilde...

Avant de mettre un pied à terre, il s'employa à dominer l'émotion. Il avait sa méthode. Étreignant sa poitrine jusqu'à s'étouffer, de sa main qui n'arrêtait plus de trembler, il saisit le drap. Il lui fallait une dizaine de minutes, un détachement absolu pour se détendre, tout en vérifiant au poignet son rythme respiratoire. Lorsqu'il lui apparut qu'il était revenu à la normale, il appela Rolande.

La surprenant dans son sommeil, il lui annonça la fin de Mathilde. Il savait peu de chose ; elle, de son côté à Vendôme, devait veiller sur les standards, les bloquer. À sept heures quarante-cinq, rassemblement au salon rouge, le personnel sur pied. Consigne absolue : silence. À neuf heures, on aviserait le directoire.

La fin de Mathilde aurait de quoi occuper la presse ; les médias allaient s'employer à en savoir plus sur une personnalité mal connue, sorte de vieille reine de Saba ; pâture délicieuse, d'autant qu'on ne manquerait pas de s'interroger sur les circonstances de sa disparition, et particulièrement sur la présence d'un étranger à son chevet.

Ce Bobran, jusque-là Jean-Robert n'y avait guère prêté attention. L'homme s'était présenté à lui bien mis, en gabardine, forçant lui sembla-t-il sur l'aspect « armée des Indes » en cessation d'activité. Bon genre, avec une pincée de Slave.

Sans le vouloir, Jean-Robert entreprit de lui parler comme le supérieur à un subordonné. « Vous ne devez pas ignorer qu'à peine révélée la mort de Mme Mathilde, se presseront ses amis, ses ayants droit. On se posera mille et mille questions. En premier lieu, l'autorité judiciaire. Vous êtes le dernier à l'avoir vue vivante. Je suis son exécuteur testamentaire, et comme tel mes responsabilités sont infinies. J'entends donc tout savoir. » Il demeura un moment silencieux, puis reprit : « Tous deux, grâce à Mathilde, nous sommes devenus plus proches. » Il semblait hésiter entre l'appeler Mme Mathilde ou Mathilde tout court.

Bobran à mi-voix, débuta son récit : « Il y a plus de trois ans, embauché par la société en tant que chauffeur, éventuellement garde du corps, à la disposition de Mme Mathilde, chaque jour dorénavant je la conduisais de sa maison jusqu'à la place Vendôme. Elle déjeunait là. Volontiers, aux beaux jours des marennes, elle souhaitait que je l'accompagne ici ou là, pour manger quelques huîtres. À la vue de l'excellente cliente, sans attendre la commande, la bouteille tournait entre les paumes du sommelier. À peine la première bouteille débouchée, on entamait la deuxième. Avec madame ça disparaissait vite. "À votre bonne santé !" et les verres se suivaient. J'avais beau dire que pour conduire ce n'était pas le rêve...

Mort au volant, et ma patronne estourbie contre le pare-brise ! Elle disait : "Tout comme maman !" Ça la faisait rire. Onze heures ! On rentrait. Devant le perron discrètement je lui tenais le coude. Je me permettais d'effleurer de l'index le bras. Négligeant les accès aux ascenseurs, main sur la rampe, j'entraînais madame, vacillante, jusqu'au premier. Devant la porte du petit salon, généralement elle me priait d'entrer, de fermer les rideaux de la chambre, d'éteindre le lustre, de laisser seulement les chevets. Hier soir, le temps de poser le manteau sur le siège, léger, en plumes de cygne, elle se prit à rire — les trois bouteilles faisaient leur effet. Sans autre forme de procès, elle se laissa choir sur le lit. Là elle demeura un moment, les yeux fermés. Je crus qu'elle s'était endormie lorsqu'elle me rappela à l'ordre. "Remplace la femme de chambre, défais les boutons, la jupe." La fermeture Éclair glissa, mais je dus l'érafler avec ses jarretelles. Elle me dit que j'étais toujours bien maladroit. Elle ajouta qu'elle trouvait ses cuisses maigrichonnes. Je la rassurai. C'est vrai qu'enveloppé de muscles, en dépit de la minceur des hanches, son corps était harmonieusement dessiné. Elle me dit : "Étends-toi, tu ne risques rien, ta vieille patronne aura bientôt trois fois ton âge." Elle me chatouilla, me pinça, ça lui arrivait. Elle et moi restâmes un long moment à rire. Puis elle se tut, demeura les yeux grands ouverts. J'ai dû remonter la couverture. Qui s'endormit le premier ? Au petit matin, surpris par son immobilité, je constatai qu'elle avait les yeux encore ouverts ; j'ai couru au téléphone. Le maître d'hôtel puis Antoinette sont accourus. En vain ! Nous avons sonné chez vous ; quelques minutes plus tard le docteur était là, il a examiné madame, il a même pris la température. D'après lui elle était morte cinq à six heures auparavant.

— Qu'elle se soit assoupie sans prononcer un mot ne vous a pas étonné ?

— C'était courant chez madame lorsque, comme ce soir, elle avait forcé sur le champagne.

— Au cours de la soirée, s'était-elle sentie mal ?

— Mal, madame ? Un roc. Pour l'endormir, il m'arrivait de lui raconter des légendes de mon pays, même en albanais. Elle était si gentille. Elle riait. Je la berçais ! »

Jean-Robert s'était approché de Bobran, jusqu'à l'effleurer. Il se frotta le front, qu'il avait de plus en plus large et dégarni, puis les yeux. Ainsi, il aurait passé une fraction de sa vie en compagnie de Mathilde à conclure qu'elle était sienne. En quelques mots, le bonhomme venait de lui révéler qu'elle l'avait ainsi délaissé, trahi en quelque sorte.

Bobran évoqua ses débuts à Courcelles. En 1949, âgé de dix ans, orphelin, il échoue à Bari. Recueilli par une association caritative, à l'âge de dix-neuf ans, signalé pour son ardeur au travail, il est embauché par une firme spécialisée dans la remise en état d'antiques et nobles véhicules. En 1970, il disparaît, on le croit mort. Trois ans plus tard, il s'en revient. À l'entendre, il aurait servi dans une unité grecque, hostile au gouvernement albanais. Puis on le retrouve à Turin chez Bugatti. Il a alors la chance de restaurer une Bugatti — orgueil du président Declercq — qui croupissait dans les garages de Courcelles. Bobran, après avoir démonté le bloc usagé, extrait ce qui pouvait demeurer utile, forgeant de ses mains de nouvelles pièces à l'identique des anciennes, remit la voiture en marche. Embauché par la famille, il passera là près de vingt ans, homme à tout faire, chauffeur, garde du corps. Mathilde dut trouver beau, plaisant, ce quadragénaire. À ce demi-solde, elle s'abandonna sur les nappes de cuir bleu d'origine de la torpédo dont les reflets se confondaient avec les prunelles de l'Albanais.

Jean-Robert, qui l'avait croisé dans les escaliers de Courcelles, avait pu s'étonner de la manière dont Bobran s'exprimait en français, en anglais, en italien, en grec même. Ces langues, il les avait apprises, heure après heure, les soirs de grand ennui à Tirana, lorsque, à partir de vingt-deux heures, l'Albanie tout entière écoutait les émissions semi-clandestines émises de la Péninsule. Bobran, ballotté de-ci, de-là, éternel réfugié, souvent indésirable, pour la première fois de son existence, avec Mathilde et les siens se sentait enfin protégé, intégré, d'où ce sentiment de reconnaissance mêlé de soumission qu'il éprouvait à se trouver, dans la force de l'âge, au service d'une semblable maîtresse. Rue de Courcelles, Bobran goûtait les charmes de la richesse, sans pour autant souffrir de ses imprévus. Séduit par l'harmonieuse élégance de la demeure, il appréciait ce coin tiède où la moquette était profonde et les parfums subtils, où la nourriture le disputait à la saveur des crus. Pourquoi alors s'éloigner de Mathilde ? Sauvage, pelotonné tel un bon chien de garde, mais pas dupe de son état, près d'elle il trouvait son réconfort. Jean-Robert observait cet homme, sur le compte duquel apparemment il y avait peu à redire, sinon que son apparente intimité avec Mathilde le gênait. « On parle beaucoup de cet homme » ; Rolande l'avait signalé à Jean-Robert. « Un peu partout dans la maison, il va comme chez lui. »

Jean-Robert avait décidé d'en parler à Mathilde, mais ne sachant au juste quelle était l'intensité de leurs rapports, il avait reculé. L'heure était arrivée. À Bobran, il dit : « Il me faut en savoir plus ! Mort naturelle, a conclu le médecin. Est-ce là votre sentiment, vous qui avez assisté à ses derniers instants ?

— Que dire ! Qu'à peine au lit, madame s'endormait. Ainsi m'arrivait-il de la surprendre, lumière allumée, un livre dans les mains ou posé sur sa poitrine. Je me retirais, j'éteignais, je m'absentais jusqu'à l'instant du petit déjeuner. Depuis trois ou quatre ans, je préparais le thé, les tranches de jambon, un yaourt. Auparavant il y avait eu la leçon de culture physique ; chaque matin, un professeur venait et, pendant une demi-heure, madame n'arrêtait pas.

— Le soir, vous lui teniez compagnie. On a pu vous rencontrer ensemble au restaurant.

— Peut-être, pour madame, une question d'orgueil vis-à-vis de son monde : ne pas apparaître comme une femme seule. Avec moi, apparemment, elle disposait d'un homme dans sa vie. Nous parlions comme si nous répétions des scènes, un peu de théâtre, dirons-nous. Le plus souvent je demeurais à mon étage, je regardais la télé. Vers dix heures madame me sonnait, je la retrouvais dans le petit salon qui précède sa chambre. Tout naturellement elle me demandait de me mettre à mon aise. Mes vestes de pyjama reposaient au milieu de ses dessous. Elle se coiffait devant moi, y consacrait beaucoup de temps, se maquillait pour la nuit. On parlait de tout et de rien comme si nous étions mari et femme. Elle aimait me toucher.

— Bobran, comment dire, est-ce que...

— Je sais, monsieur, c'est délicat. Vous allez me demander si je couchais avec madame. Oui ! Et autant que ça pouvait lui plaire, pourquoi ne pas vous répondre, son amour vous le fûtes également, en d'autres temps. Je suis persuadé que vous me tenez, disons le mot, pour un maquereau. Que, de plus, faire l'amour à une dame qui pourrait être votre aïeule paraît inconcevable. Ça, monsieur, ce sont vos idées. Chez nous, en Albanie dans nos villages, il n'est pas rare qu'une gamine de treize ans se retrouve dans le lit de son grand-père : lorsque, par grand froid, la bougie se réduit à un lumignon à la fin d'une longue journée grise, on est bien heureux de trouver ici ou là un peu de douceur. Chez nous il y a également la loi et puis la coutume. Un homme pauvre peut toujours prendre quatre épouses. » L'Albanais se leva. « Puisque nous devons, vous et moi, nous dire nos vérités, ne serait-il pas mieux, plutôt que de le faire en cachette, de parler devant madame ? Dans le peu de temps qui reste où elle peut encore nous entendre. Chez nous les morts, pendant encore un court moment, ont le pouvoir de percevoir ce qui se passe autour d'eux. J'ajoute, je le dis tout net : ce matin, madame est morte, on pourrait dire, de mes mains. D'une certaine façon je l'ai tuée. Depuis quelques semaines, son comportement était devenu inhabituel. Elle d'habitude si réservée me révéla alors qu'elle se sentait bizarre. Son médecin avait remarqué des modifications physiologiques. »

Jean-Robert ne pouvait plus reculer, le temps était venu pour lui de voir la mort et ses sinistres... Lorsqu'il leva les yeux, Mathilde lui apparut encore une fois, comme il l'avait si souvent observée, visage empreint de bienveillance, même sourire amusé, complice. Comme si, dans le courant de la nuit, elle avait perdu des années. Rajeunie ! Jean-Robert en voulut encore plus à Bobran.

À l'approche du petit jour, Bobran demanda l'autorisation de se retirer. Il allait essayer de dormir. Mathilde, Jean-Robert l'imaginait, fermant à jamais ses yeux sur cet homme ! C'en serait donc fini des rapports qu'il n'avait plus cessé d'avoir avec elle depuis que, il y a plus de trente ans, ils s'étaient rencontrés. Non seulement Bobran venait de révéler qu'elle avait couché avec lui mais, à l'entendre, elle avait perdu la tête, joui ! Ignorait-il qu'en ce genre d'exercice, Jean-Robert connaissait mieux que bien d'autres la comédie des rapports ? Ce que la plus éveillée de ses petites clientes, de temps à autre, lui offrait en spectacle. Mathilde était morte, Jean-Robert ne l'avait pas assistée. Ce matin-là, ce n'était pas particulièrement à ce Bobran qu'il en voulait, mais à lui-même. Mathilde, il n'avait pas su l'aimer.

Il repoussa la porte, donna un tour de clé. Des bougies fusaient de faibles lumières. Un souffle d'air faisait frissonner les voilages qui recouvraient les hanches de la morte ; de temps à autre, ils s'entrouvraient, laissant les cuisses dénudées, telles que Bobran avait dû les voir. D'une paupière qui s'était quelque peu entrouverte, Mathilde pouvait suivre les mouvements de Jean-Robert. Il lui sembla qu'elle lui souriait. Il s'approcha, écarta les tissus, jusqu'à ce que sa nudité apparût, aussi vivante qu'à Genève, il y a bien longtemps, quand pour la première fois elle s'était dévêtue. Il l'avait embrassée, surpris alors par son immobilité, son apparente soumission.

Il s'étendit contre le corps inerte, qui lui semblait offert comme ceux de ces filles avec lesquelles il avait choisi de passer, comme elles disaient, « un petit moment ». Lui donner, lui aussi, pour une première fois, qui serait aussi la dernière, ce plaisir que l'Albanais lui avait fait éprouver. Quelqu'un dut frapper, il ne broncha pas. Des lumignons, il ne restait que des fragments de cire. Il ceignit le torse. Il n'avait rien perdu de sa souplesse.

À l'Albanais il avait repris la si aimée.

La canopée

Elle était coquette, Mathilde. C'est à Rolande que Jean-Robert confia le soin de sa dépouille. On fit venir, dans le plus grand secret, Olivia, une ancienne de Carita, d'Alexandre, de Saint Laurent, qui veillait depuis vingt ans sur l'épiderme de Mme Declercq. Lorsque Olivia entra dans la chambre, elle déposa sur les mains de Mathilde un bouquet de violettes.

« Cela ne vous trouble-t-il pas de sauvegarder les traits d'une morte ?

— Madame a toujours été si gentille avec moi ! » Et, appliquant l'index sur la joue encore tendre : « Il va falloir faire vite. »

Sur une table à jeu, elle déploya ses batteries, nappes en papier, godets par dizaines, houppes. Elle poussa un profond soupir, comme pour reprendre ses esprits, puis, d'un pinceau à poils fins, puisa dans les pots, les soucoupes. On eût dit de ces pastellistes qui, aux temps passés, avaient pour tâche de fixer sur le vélin les traits d'une dame de qualité. Elle commentait l'ouvrage, vantait certaines pâtes, usait d'un dissolvant qui pénétrait la peau sans pour autant boucher les pores. Olivia mêlait à son discours des mots gentils, un peu sots, puisés dans de solides lectures. « On est tous affectés par la mort de madame... nous sommes si peu de chose. » De temps à autre, elle interrogeait Jean-Robert ou Rolande : la coiffure, devait-elle la défaire ? Un peu de désordre, ça ne ferait pas de mal. Jean-Robert demeura penché, à effleurer le visage de la morte, assis sur une masse de coussins brodés par ces dames Declercq qui, aiguilles et pelotes de laine à la main, avaient enluminé ces sièges de génération en génération. Les poufs, éparpillés par dizaines, étaient tous brodés du même motif, à la légende cent et cent fois répétée : « Le lièvre se tient en été dans les champs, en automne dans les vignes, en hiver dans les bois. »

À la fin de la journée, Jean-Robert félicita Olivia : « C'est bien, ce que vous avez fait là. Mathilde aimait porter cette bague, gardez-la en souvenir d'elle. » Un bloc de métal glissa dans la paume d'Olivia : « C'est pas possible », murmura-t-elle, et elle répéta : « C'est pas possible, c'est bien trop pour moi ! » Jean-Robert lui dit : « Ne l'oubliez pas au bord d'un lavabo. »

Au milieu de la nuit, signe avant-coureur de la dégradation, le corps parut s'être dissous dans la masse des textiles. De la corpulence ne demeurait que le drap soulevé, quasiment réduit à une illusion, Jean-Robert avait de la peine à la reconnaître, telle qu'à la tombée du soir, elle était sortie des mains de la maquilleuse.

Le lendemain matin, on livra le cercueil. Tendu de soie, capitonné, il évoquait ces boîtes qu'on trouve au Nain Bleu pour présenter de belles poupées. En retrait,

Rolande semblait redouter la mise en bière. « Elle va s'embêter, là-dedans », dit Bobran. Elle allait retrouver l'oncle Émile, songea Jean-Robert. Perspective maussade : cloîtré depuis quatre décennies au Père-Lachaise, il ne devait guère avoir à dire.

Chez les Declercq, on était de la « Doctrine » : de père en fils, en ultime mémoire de cousins forestiers originaires des environs de Louvain. On se souvenait plus particulièrement d'un certain Michel Baïus, qui, aux environs de 1560, s'était insurgé contre l'autorité romaine. Nombre de jansénistes s'étant par la suite ralliés à la Fronde, Louis XIV, qui les haïssait, ordonna que les murs de Port-Royal, leur couvent, fussent rasés et, plus dramatique encore, que l'on déterrât les corps qui peuplaient le cimetière et les sous-sols de la Compagnie. Depuis lors, en hommage à la souffrance des anciens, certains avaient pris toutes dispositions pour soustraire leur dépouille à l'instant de leur fin, et la faire inhumer en des lieux tenus secrets même pour leurs familles. Patrick Declercq n'avait pas agi autrement qui, mêlant la tradition familiale à son amour de la forêt, angoissé à l'idée d'une mort annoncée, avait choisi de se fondre dans la taïga.

Le goût de son père pour l'aventure, sa fin romanesque avaient toujours fasciné Mathilde. Malgré le dégoût qu'elle éprouvait à s'imaginer exposée à la vue de ses proches, abîmée par la corruption, la seule pensée de ce froid sibérien la faisait grelotter, elle si frileuse ! Elle avait toujours aimé l'Afrique, le Cameroun où « Forêts et Coupes » possédait des intérêts considérables. Bien des années plus tôt, au cours d'un colloque à Vendôme auquel assistaient des chefs d'État africains, elle s'était entichée d'un des représentants de la grande forêt, un chef babenzélé qui lui avait dit : « Viens chez moi, nous sommes immortels. Mort, notre corps retourne à la terre, à ses origines. À peine auras-tu effleuré le sol, la faune tout entière fera de toi l'occasion d'un immense banquet. Et chacun de ceux qui auront goûté un peu de toi, qui détiendront une part de ton essence connaîtront le même sort, leur heure venue : on les mangera, et leurs petits à leur tour, avant d'être réduits à la décomposition, seront croqués, mâchés, avalés. C'est cela, pour nous, l'éternité. Tu vois, avait-il ajouté, ta mort ne doit pas te tracasser, elle sera prétexte à des festivités, à une ultime célébration, la tienne. »

À mesure qu'elle vieillissait, de plus en plus souvent Mathilde avait évoqué combien la perspective de pourrir dans un caveau la révulsait. Pour calmer ses angoisses, Jean-Robert en riant lui promettait de chercher une sépulture plus confortable.

Ce qui allait se dérouler dans les jours qui suivirent sa mort pourrait sembler invraisemblable, si les archives d'Elf-Aquitaine n'en confirmaient la véracité. Là repose un important dossier, consacré à la conception et à la réalisation du Radeau des Cimes, opération à laquelle s'est consacré, entre autres, Francis Hallé, un éminent botaniste qui dirige deux laboratoires à l'université de Montpellier.

L'idée géniale, à première vue extravagante, est née de l'ardent désir des scientifiques de pénétrer au plus profond de la forêt équatoriale. Jusqu'alors, études et sondages effectués dans ces massifs demandaient infiniment d'énergie, de temps et de moyens. Plutôt que de perdre le souffle à traverser des espaces hostiles, à dépenser tant d'efforts à les vaincre, n'était-il pas plus efficace de survoler la canopée, pour déposer sur les cimes hommes et matériels, et sans effort regagner la base une fois le travail accompli ?

Le beau nom poétique de canopée désigne cet espace d'une quarantaine de centimètres qui sépare la cime des arbres du firmament. Là-haut, règnent des écosystèmes qui permettent à la nature de survivre, de respirer, de renouveler l'atmosphère au rythme des climats et de l'ensoleillement, tandis qu'au sol, des dizaines de mètres plus bas, vivent une flore et une faune régies par l'ombre, ses secrets et l'humidité.

Pour entraîner les équipes de chercheurs jusqu'à ces couronnements inviolés, on a imaginé un aéronef, un dirigeable immense, long de quarante-huit mètres cinquante et haut de vingt mètres, gonflé à l'air chaud, propulsé par un moteur continental de 100 CV, pressurisé par un moteur 6 CV Honda, chauffé par trois brûleurs. Attaché à lui, léger et gonflable, se balance un radeau, une plate-forme où évoluent, bercés par les vents à quelques centimètres des sommets feuillus, botanistes et climatologues, chimistes et spécialistes des insectes, jusqu'à ce que l'engin se pose sur les faîtes, avec une infinie délicatesse.

Ces détails avaient fait rêver Mathilde et Jean-Robert, leur confirmant qu'en notre fin de siècle, un peu de l'imaginaire de Jules Verne habitait les botanistes de Montpellier. Être ainsi déposée près des cieux, sur l'infini tapis de feuilles de la forêt, n'était-ce pas la fin que souhaitait Mathilde ?

Deux problèmes se posaient. Le premier, fondamental, était issu du droit français : nul ne peut disposer d'un cadavre sans une autorisation en bonne et due forme, difficile à obtenir. Le second consistait à persuader les chercheurs d'accepter de transporter une morte sur un esquif destiné à la recherche pure.

Jean-Robert décida de passer outre à la prescription légale. Avec Bobran, il décolla les scellés du cercueil. Ensemble, ils avaient extrait le corps de Mathilde, pour le remplacer par un mannequin de même taille, dûment lesté. Dans l'heure qui suivit, Mathilde, enveloppée d'une chemise fine, fut enfermée dans une malle-cabine dont l'odeur de naphtaline rappelait les fourrures et les linges précieux qu'elle avait contenus jusqu'alors. À vingt et une heures, le bagage, arrimé dans un Alpha-Jet de la compagnie, prenait son envol en direction de Douala. On avait là des amis qui ne poseraient pas de questions, ne toucheraient à aucune serrure.

Deux heures après le décollage, une liaison radio était assurée avec la réserve de Campo. Un command-car et un camion léger stationneraient en bout de piste : il ne faudrait que quelques minutes pour atteindre la forêt sauvage, là où, à deux petits singes noirs, il suffit de deux bonds pour franchir l'espace et rejoindre les cimes, à plus de cinquante mètres d'altitude.

John Shefields, un Écossais d'origine irlandaise, justement tenu pour l'un des meilleurs conseillers forestiers, attendait l'équipage au bas de l'avion. Dans la cabine du camion, l'air était léger. On passa du vin de palme. Shefields, calmement, écouta les ordres de Jean-Robert. « Elle n'est pas banale, votre affaire !

Mais après tout, c'est vous le patron. Vous me signez une décharge, et basta. Tout de même, faisons vite : dans moins de deux heures, la chaleur sera insupportable, et tout ce qui est privé de vie deviendra charogne. À peine le dirigeable gonflé, nous libérerons le corps sur le radeau déployé, et nous nous envolerons. Il faudra compter une heure pour découvrir les branches les plus résistantes. Pour la suite, voilà seulement quarante-huit heures que la saison des pluies est achevée, le sol est encore si spongieux qu'il est quasiment impossible de mettre un pied devant l'autre, sinon botté jusqu'aux cuisses. On baigne dans la grande pourriture liquide. Ne vous faites aucune illusion : sous l'effet de son poids, à peine déposé, le corps va s'enfoncer, dégringoler. Qu'il se pose sur une branche ou sur une roche, c'est pareil, il finira par basculer. Pas besoin de fossoyeurs, ici la nature s'y entend, infiniment plus clémente, plus douce que dans nos pays, à tiédir la boue, sans jamais la rendre brûlante. »

L'Écossais avait étendu le corps de Mathilde sur un lit de feuilles prélevées sur un phrynium, plante miracle, aussi impénétrable que les ardoises sur les toits bretons. Pendant une saison, rien ne filtrerait à travers elles. L'humidité était intense, et les chairs ramollies. Il suffit du doigt pour clore les paupières de la morte, à nouveau entrouvertes. Bobran et Jean-Robert se penchèrent sur les lèvres, aussi tendres, aussi gonflées de vie qu'elles l'avaient été naguère, et les embrassèrent. À travers le voile de tissu, on apercevait, se confondant avec la matité de l'épiderme, le triple rang de perles avec lequel Mathilde jadis avait joué, à Genève, provocante de vitalité.

Le radeau, doucement, voguait. Lorsque Shefields leur désigna une nappe de feuilles brillantes et argentées, Jean-Robert, aidé de Bobran, souleva le lit végétal qui enrobait le corps de Mathilde comme un linceul, et la livra à la forêt, à son secret.

Longtemps ils demeurèrent silencieux. Puis, comme s'il fallait rompre le charme, Jean-Robert dit à Bobran : « Imaginez qu'au hasard d'une randonnée forestière, on découvre des perles. Je vois d'ici le monde des savants s'interroger : ne seraient-elles pas la preuve manifeste qu'il y a mille et mille millénaires, l'océan et ses huîtres recouvraient ces espaces ? »

Cynthia et la petite Lucie

Il n'y avait maintenant plus personne de la grande et vieille race des Declercq pour transmettre la loi familiale non écrite, révélée bien avant la création de « Forêts et Coupes », et à laquelle Jean-Robert n'avait cessé d'obéir. Nicolas le lui avait dit et répété : les Declercq étaient les ultimes descendants des géants des forêts, ne connaissant d'autres lois que celles dictées par leurs désirs, derniers héritiers de Vulcain et des Cyclopes qui donnaient à tout géant le droit de posséder un coin de bois, jusqu'à ce que les hommes retrouvent la stature surnaturelle qu'ils avaient perdue. La science instinctive des forestiers, celle qui régnait dans l'inconscient des Declercq, cette sagesse poétique des premiers âges, ils avaient réussi à la reconquérir en amalgamant les recherches sur les bois, en favorisant les cultures. Demi-dieux, il leur suffisait d'effleurer la glèbe pour que pousse et se développe le plus sublime : l'arbre généalogique. On comprend mieux alors les motifs qui devaient conduire Jean-Robert Debief à associer « Forêts et Coupes » à la conception de la Nouvelle Bibliothèque de France.

Au cours des semaines qui allaient précéder sa fin, Jean-Robert s'attacha à régler les coupes et les transports d'arbres, projet sur lequel, à Vendôme, on planchait depuis bientôt trois ans. Il ne s'agissait de rien de moins que de charroyer de Normandie, de la forêt de Bord, cent trente pins sylvestres qui allaient rejoindre à Tolbiac autant de chênes, de bouleaux, de charmes. La forêt se prénommerait Mathilde, et le donateur pour tout l'ensemble n'était autre que Jean-Robert. Rendez-vous avait été pris, le président de la République épinglerait les insignes de la Légion d'honneur sur des revers de costume. Seulement, au jour et à l'heure dits, d'urgence, le président était hospitalisé. Quant à Jean-Robert, sa tête reposait inerte au creux de l'épaule de Cynthia.

Ce matin-là, pour Jean-Robert les choses de la vie se présentaient brassées, agitées par des vents qui lui semblaient contraires. Le plus sage eût été de consulter la météo, à l'occasion de se munir d'un parapluie, mais il devait penser à autre chose, de même qu'il n'avait tenu aucun compte des avis de son docteur. À plusieurs reprises le praticien l'avait mis en garde : le ventricule gauche donnait des signes d'usure.

Mais là où il se trouve étendu, sur le duvet de l'hôtel Beauséjour, il se sent apaisé. Il l'aime bien, Cynthia, encore si jeune, avec ses narines retroussées. Il avait l'air de se trouver si bien là qu'elle décida de lui laisser un sursis, d'autant qu'il était gentil ce bonhomme : trois mille francs, et pas besoin de baiser. C'est pas si fréquent. Ce n'est pas la première fois qu'elle le rencontre, elle s'en est souvenue à sa voix rocailleuse, à son eau de toilette.

« Tu veux que je te suce ? » Mais en cette fin de matinée, doucement il ronflotait : il allait falloir le secouer. Fascinée, elle regardait à la dérobée la chose se rétracter, qui tôt ce matin, plutôt importante, s'enfonçait jusque dans l'abdomen. Jean-Robert fit effort, il eût souhaité ouvrir grands les yeux, mais la force lui manquait. Un nom lui revenait, celui de Cynthia, la fille... il fut content de s'en souvenir ; quand il se réveillerait, il aurait plaisir à répéter son nom. Elle avait envie de se gratter, se retenant de peur d'éveiller le bonhomme. Voilà des heures qu'il dormait comme une souche. C'est sans doute à cet instant qu'il rendit le dernier soupir. Par mégarde, elle dut effleurer l'oreille, elle sursauta, elle effleura le front, le nez, déjà froids ! Elle se dit que son client pour jamais avait quitté notre monde.

À la suite de la déposition de Cynthia, Georges et Xavier, deux officiers de la police du 9e et du 6e arrondissement, avaient rencontré un travelo qui, pendant deux ans, avait travaillé au bois de Boulogne, près du grand lac. Il prétendait qu'il y avait là une fille, installée dans une roulotte, en quelque sorte son lieu de travail, et qu'à plusieurs reprises elle avait eu affaire à un type qui se prétendait avocat. Au portier de l'Éclipse, à Pigalle, ça dit quelque chose. Il vient d'appeler, il a des choses à révéler, justement à propos d'un avocat. Du 10e, il n'y a pas loin jusqu'à la rue Tronchet et, de là, on tombe rue Richepanse.

« Vous avez pris votre temps, dit le concierge du 6 *bis*. Du courrier, des lettres de banque, des journaux, allemands, anglais, américains s'accumulent. Depuis quatre ou cinq jours qu'il n'a pas reparu, ce n'est pas

303

dans ses habitudes. Voilà quinze ans que j'occupe la loge, depuis la mort de sa bonne j'entretiens l'appartement. Tous les soirs, maître Debief — c'était son seul luxe — faisait couler son bain, de là attrapait la presse posée sur une chaise ou sur un tabouret et, ciseaux à la main, souvent humidifiés par l'eau, il lisait, coupait ce qui retenait son attention. Les trois pièces, sa chambre à coucher, son bureau, une petite chambre qui avait jadis servi de secrétariat : tout est littéralement envahi par les livres, des piles et des piles qui menacent de chuter. Voyez, il n'y en a que pour la forêt, pour le bois. Des bouquins, certains si grands, taillés longs comme des oreillers. Ce matin, j'ai accompagné le commissaire de police, il a jeté un coup d'œil, il a dit qu'il fallait d'urgence que le tribunal désigne un administrateur ; surtout qu'à l'entendre, il y a là des albums remplis de clichés qui pourraient bien intéresser la police. »

Dans les tiroirs reposent des centaines de photographies ; parmi elles quantité de photos de Mathilde, remontant à sa communion, au temps où elle s'entraînait à skis, avec ses enfants, ses amants. Sur la plupart sont notés les lieux où le document a été pris. Ainsi, grâce à ces photographies, Jean-Robert eut toujours loisir de retrouver Mathilde telle qu'il l'avait rencontrée lors de la première réunion de Genève, de toujours la suivre.

Ce qu'il n'avait jamais révélé à quiconque, c'est que depuis qu'il avait atteint l'âge de raison, c'est-à-dire celui où il n'allait plus cesser de coucher avec l'une ou l'autre, il avait pris l'habitude de fixer leurs traits. Cela n'avait pas toujours été aisé : beaucoup se méfiaient, tenant le photographe pour quelque policier ou maniaque. Il disait aux filles : « C'est un petit souvenir, j'aime ton visage. » Passant d'une demoiselle à l'autre, se perdant dans leur corps à tâtons, avançant, reculant, à chaque fois c'était un nouveau miracle, un moment à part, privilégié entre tous. La curiosité y avait sa part : cette passagère, dont il y a quelques instants il occupait le réduit, qui gentiment feignait de s'abandonner, de perdre elle aussi un peu de sa tête, d'où sortait-elle ?

Jean-Robert n'en revenait pas, comme si, à chaque fois, il recueillait une preuve supplémentaire de l'existence du divin... Et tel le bienheureux auquel le Tout-Puissant pour un instant est apparu, redoutant que ce ne soit la dernière, anxieux de perdre à jamais une de ces filles, celle-ci esbignée, il vient à Jean-Robert une once de cafard à l'idée qu'il ne la reverra jamais plus. Jamais pourtant il ne se permettra de solliciter un prochain rendez-vous : finie Céleste, finie Albine, finie Angèle... Semblable émotion, il ne la recouvrera qu'en montant, guidé par la prochaine, le temps de défaire une ceinture, de faire glisser une fermeture Éclair, si anxieux de caresser la passagère. Il disait à l'une qu'elle ressemblait à l'aimée perdue, à une autre qu'elle personnifiait l'idée qu'il se faisait d'une sainte. Ça marchait plutôt bien. En ces instants, il les aimait. De ses yeux à demi fermés, il confortait son bonheur, promenant le bout de ses doigts sur des joues, un menton, une nuque ; aveugle de naissance qui, au simple toucher, se souvient des traits de celle qu'il ne verra jamais, qu'il n'a jamais vue.

Ainsi se sont accumulés ces albums, tous recouverts du même vélin le plus simple, qu'il donnait à relier à l'artisan. Rentré chez lui d'un périple à Pigalle, à la Roquette, à Hong Kong, sur le recueil de l'année, au mois, au jour, il collait l'effigie de la nouvelle élue. Un coffret était installé à Richepanse, dans le mur du corridor qui conduit du salon à l'office. Il ne se séparait jamais de la clé, au bout d'une chaîne en or : accès à son absolu trésor. Il n'avait qu'un seul regret, comme au numismate fait défaut le médaillon d'or de Constance Chlore, au philatéliste un centime de Chine édité en 1897, surcharge inversée, au libraire l'exemplaire de *La Nef des fous* relié en maroquin citron par Grolier : à Jean-Robert, dans ses albums, il manquait l'effigie qu'en son temps il n'avait pas songé à prendre, celle de la petite Lucie.

La chanson de la forêt

Le président de la Chambre nationale des notaires donna l'alerte. Rolande, la secrétaire particulière du président Debief, venait de lui remettre deux enveloppes à ouvrir immédiatement. Chacune devant être remise simultanément au directeur des forêts au ministère de l'Agriculture, l'autre au préfet Amade, le plus vieil ami de Jean-Robert, encore de ce monde. Préfet hors cadre, ancien directeur des services de police, en charge auprès de son ministre des affaires délicates, compte tenu de l'urgence, dans l'heure il se retrouva place Beauvau en face du ministre d'État.

« Il y a encore six jours, révéla-t-il, nous avions déjeuné en tête à tête dans un restaurant de la rue Duphot. Ce que Debief me révéla alors me parut si stupéfiant que je me proposais de vous en entretenir, lorsque la nouvelle de sa mort tomba. Pour en apprendre plus sur le défunt, il faudrait autant de temps qu'il en faut à un peuplier pour gratter les nues, d'autant que l'entité Debief hautement complexe se mêle si souvent dans les esprits les plus avertis à "Forêts et Coupes". Au cours de ce repas j'ai cru sentir dans le ton de mon vieil ami de la lassitude ; en même temps, le sens du devoir le conduisait à ne pas abandonner son poste. Le souvenir de Mathilde, ultime survivante de cette famille patricienne, y était sans doute pour beaucoup. L'un et l'autre s'étaient aimés. C'est d'elle que Debief tenait ses pouvoirs à "Forêts et Coupes", qu'elle devait par la suite intégralement lui remettre. Il y a longtemps, j'avais perçu à travers les paroles de Debief l'importance de "Forêts et Coupes" ; que semblable gisement, il n'en existait pas d'équivalent dans tout l'univers. À l'annonce de sa fin, à la suite des propos qu'il m'avait tenus, j'ai cru bon d'alerter le consul de France à New York, astucieux bonhomme qui, à chacun des voyages de Jean-Robert, l'hébergeait à la Maison de France. Il n'a fallu que quelques heures pour que la fièvre s'empare des esprits. Assailli je vais l'être, d'autant qu'il fait de moi son exécuteur testamentaire. À la lecture des dernières dispositions, sans ambiguïté, Debief expose que tout ce qu'il détenait, forêts et terres, devra dorénavant retourner à ceux qui jadis les possédaient. Faute de les retrouver, on laissera la forêt retourner à la forêt. "La forêt est la plus belle chevelure de la terre, la raser, c'est faire fi de la féminité de notre planète." Ce sont précisément les termes qu'il a employés. Depuis, ces phrases me trottent dans la tête, qui pourraient bien faire le thème d'une bien jolie chanson. »

Amade était flic, comme il aimait le préciser. Poète aussi, il était le parolier préféré de Gilbert Bécaud.

« Debief et moi, par une convention tacite, souvent renouvelée, nous nous sommes engagés à accompagner le premier de nous deux jusqu'à sa dernière demeure. »

Tôt ce matin, Rolande et lui, précédés par deux motards mis à disposition sur ordre du ministre, quittaient la rue Richepanse. Le convoi roulait à belle allure, le chauffeur se retourna : « À ce train, nous arriverons dans moins de trois heures. » L'inhumation était prévue pour la fin de la matinée, une courte cérémonie au cours de laquelle l'évêque de Cahors prierait sur la dépouille de l'un des compatriotes les plus valeureux de la vieille cité.

Rolande observait Amade : « Vous souriez, dit-elle.

— Sans doute, mais allez donc savoir pourquoi... dans nos métiers, les aveux c'est nous qui les recueillons. »

Devait-il lui révéler qu'en interrogeant les unes et les autres jusqu'à la dernière, celle qui avait accueilli l'ultime souffle de Jean-Robert, les enquêteurs avaient appris que quelques-unes des belles dans lesquelles Jean-Robert s'était aventuré, jusqu'à sa fin avaient continué à le héler ; et lui, inlassablement, d'acquiescer.

« On s'étendait. La moitié du temps il ne prenait même plus la peine de se déshabiller. Lui demandait-on à quoi il pensait, il répondait : "À rien." » Les plus futées le savaient : « Rien, ça ne veut rien dire. »

À trois pas de l'endroit où le chanoine est enseveli, une fosse disparaît sous la végétation, dont de temps à autre un jardinier nettoie les abords, de telle sorte qu'elle soit en état pour recueillir, si on parvient à les retrouver, les restes de Lucie.

Il y a ainsi, au Père-Lachaise, un monument élevé à Héloïse et Abélard, sous lequel jamais n'a reposé une once des corps de ces deux-là. De la sorte Jean-Robert espérait-il qu'un jour fussent inhumés, au bord du Lot, les souvenirs de chacune de ses filles qu'il avait aimées le temps de l'étreinte. « Lucie, reprit Amade, je ne connus d'elle que ce que Jean-Robert m'en conta. Une certaine affection qu'elle lui avait collée. Avec le temps l'historiette à entendre était devenue cocasse, émouvante comme la première fessée paternelle. Les mésaventures vénériennes, alors ça marquait les garçons, en quelque sorte stigmate ou médaille militaire. À en juger par l'émotion de Jean-Robert, Lucie apparaissait comme une manière d'héroïne, remembrance entêtante, gonflée par le temps, emblème d'une baise sublime. »

Écouter Amade enchantait Rolande. Il parlait des demoiselles, de la nature, de la leur, de celle des arbres. Plein de son sujet, il évoquait un certain Hésiode, un poète grec, mort il y a quelque vingt-cinq siècles. Il récitait ses vers. À les entendre, paraît-il, on devait se croire revenu aux temps homériques où Dionysos harcelait les géants de la forêt.

Dans l'hélicoptère qui les ramenait à Paris, Amade chantonnait, s'arrêtait, reprenait, comme s'il cherchait à retrouver une mélodie égarée. Les mots lui venaient aussi nombreux, aussi plaisants à entendre que les espèces qui poussent dans les bois et dans les halliers. Ils bruissent au vent, les rameaux à feuilles, les pétioles et les grappes. Le sapin est noble, l'épicéa commun, l'épine blanche est du Canada, et le tsuga Pruche — « c'est le nom de ma concierge », précisa

Amade — pousse au Canada et en Caroline. Le mélèze croît partout, et le genévrier commun voisine avec le peuplier grisard. Il y a le chêne rouge, le rouille, s'ajoutent des centaines de rosiers, le rugueux et le pimprenelle. L'érable est clair et le sycomore champêtre. Les familles du sapin dont les feuilles sont linéaires poussent à Vancouver, les fleurs mâles de l'épicéa de Sitka sont rubis et celles des femelles sont émeraude. On n'oubliera pas les cent variétés de Douglas, les pins sylvestres, ceux de la montagne, ceux d'Autriche. Les épineux viennent des quatre coins du monde, tel le sapin de Céphalonie. Celui-ci tirerait son nom d'un jardinier écossais, sans oublier le peuplier d'Italie et le vieux suisse. L'hélicoptère déposa Rolande et Amade place Beauvau. « Ça s'est plutôt bien passé, le temps était clément au bord du Lot. Mon vieil ami repose dorénavant à côté de son oncle, il pourra ainsi mieux intervenir auprès du Seigneur pour Jean-Robert, le forestier d'occasion qui, sa vie entière, n'eut guère à se reprocher, sinon entre tant de dames, de préférer les indulgentes aux belles, et les simplettes aux esprits contournés comme les racines de ginseng, cette plante chinoise qui donne longue vie, vigueur, esprit et pousse à tout moment à rire. »

DU MÊME AUTEUR

Aux Éditions Gallimard

LE SAINT-OFFICE (Folio nº 1647).

POUR L'AMOUR DE L'ART.

LES GRENIERS DE SIENNE (Folio nº 2172).

EN TOUS MES ÉTATS.

LES FORÊTS D'ARGENT.

Chez d'autres éditeurs

LA VIE ÉTRANGE DES OBJETS, Plon (épuisé).

LA MAIN, Julliard (épuisé).

UN CARPACCIO EN DORDOGNE, Julliard, Prix Décaméron (épuisé).

LE CHEVAL D'ARGENT, Julliard (épuisé).

L'OBJET 1900, Arts et Métiers graphiques (épuisé).

LA SITUATION DE LA PEINTURE, Éditions Bolaffi, Hazan.

L'ART 1900 OU LE STYLE JULES VERNE, Arts et Métiers graphiques (épuisé).

DICTIONNAIRE DES MOTS SAUVAGES, Larousse (épuisé).

LA VIE D'ARTISTE, Grasset, couronné par l'Académie française.

LA SCULPTURE AU XIXᵉ, Arts et Métiers graphiques.

LE LUTHIER DE MANTOUE, Flammarion.

MUSÉES DE FRANCE, Hachette.

HAUTE CURIOSITÉ, Laffont.

L'ENFER DE LA CURIOSITÉ, Albin Michel.

LES COLLECTIONNEURS, Ramsay.

ATTILA, LAISSE TA PETITE SŒUR TRANQUILLE, Flammarion.

HAARLEM NOIR, La Différence.

L'INSOLITE, Larousse.

LES FORTUNES D'APOLLON, Seuil.

APOLLON À WALL STREET, Seuil.

En collaboration, dans la collection « Génies et Réalités », 1960-1966

GAUGUIN.

TOULOUSE-LAUTREC.

DELACROIX.

GOYA.

REMBRANDT.

CÉZANNE.

Composition Bussière
et impression Bussière Camedan Imprimeries
à Saint-Amand (Cher), le 20 février 1997.
Dépôt légal : février 1997.
Numéro d'imprimeur : 2390-1/2628.

ISBN 2-07-040189-8./Imprimé en France.